Toteis

Georg Halder ist das Pseudonym eines Journalisten, der viele Jahre in Europa, Asien und Afrika für Zeitungen und Magazine im deutschsprachigen Raum unterwegs war. Darüber hinaus hat er sich in der Aus- und Weiterbildung von Journalisten betätigt.
Seine beruflichen Erfahrungen verarbeitet er jetzt in packenden Krimis. In den Bergen ist er seit seiner Jugend unterwegs, wobei er schon immer weniger auf Gipfel fixiert war, sondern sich mehr der Natur und Kultur dieser Regionen zugewandt hat. „Toteis“ ist sein erster Bergkrimi.

Georg Halder

Toteis

Bergkrimi

Bergverlag Rother

Umschlagfotos: Georg Halder, mit Ausnahme des Propellers:
© Bergrettung Prägraten
Umschlaggestaltung: Beate de Nijs, www.denijs.de
Lektorat: Carlos Westerkamp, Berlin; Barbara Wickenburg, Murnau
Druck und Bindung: Litotipografia Alcione srl., Trento
Originalausgabe

1. Auflage 2016

ISBN 978-3-7633-7076-4

Tot|eis, bewegungslos gewordene Teile von Gletschern oder Inlandeis (meist infolge von Abtrennung bei raschem Gletscherrückzug), über die sich Sande und Kiese der Gletscherschmelzwässer lagern, oft von Moränen- bzw. Schmelzwasserablagerungen überdeckt, wodurch das **T.** lange erhalten bleibt. Beim Abtauen des **T.** entstehen unregelmäßige Hohlformen (**T**-Loch), meist abflusslos, daher heute vielfach von Seen erfüllt.

Brockhaus, 21. Auflage

PROLOG

Gletscherruß

Seit rund vierzig oder fünfzig Sommern taut Firnschicht um Firnschicht auf unseren Gletschern ab. Die jährlichen Rußablagerungen unserer industriellen Kultur, die sich in rund hundert Jahren auf hundert entsprechende Schichten verteilt haben, addieren sich im tauenden Eis, sammeln sich in einer einzigen Schicht, der jeweils aktuellen Oberfläche, an. Diese obere Eisschicht ist deshalb nicht mehr weiß, sondern von einem dunklen Grau-Schwarz und erwärmt sich unter Sonneneinstrahlung immer schneller. Und jeder neue Sommer legt weitere verschmutzte Firnschichten frei, legt neue, zusätzliche Grauschleier auf das alte Eis, beschleunigt damit das Abtauen der Gletscher-Oberflächen weiter. An einigen Gletschern in der Schweiz, die touristische Relevanz haben, geht man inzwischen so weit, die Oberfläche während des Sommers unter weißen textilen Folien zu verbergen. Aber auch das verzögert den Effekt nur lokal und temporär: Das Abtauen der Gletscher eilt der allgemeinen globalen Klimakatastrophe weit voraus.

Und das ist ein Problem, mit dem ich mich auseinandersetzen muss. Natürlich ist die Erwärmung der Erde ein globales, allgemeines Problem – eines der größten, das wir je zu stemmen hatten. Aber in meinem Fall und im Fall des Toteisfeldes im Watzmannkar ist es auch ein spezielles, ganz persönliches Problem.

Deshalb pilgere ich einmal im Jahr da hoch. Mitte, Ende September, spätestens Anfang Oktober – wie es mein Terminplan eben zulässt. Das Ganze dauert drei Tage – mit dem Zug nach Berchtesgaden, mit dem Bus zur Seelände. Von Bartholomä über den Rinnkendlsteig zur Kührointalm, dort übernachte ich. Früh am nächsten Morgen ins Kar, am Nachmittag habe ich dann gesehen, was ich sehen muss, um in mein normales Leben zurückkehren zu können, um ein Jahr Ruhe zu haben. Am Abend des dritten Tages bin ich wieder zu Hause, besuche einen alten Freund, der auch in der Sache drinhängt, und erstatte ihm Bericht.

Früher mal war ich oft und gerne in dieser Gegend, heute gehe ich nur noch unter selbstauferlegtem Zwang dorthin – wegen der Erinnerungen, die damit verbunden sind, die nicht schön sind. Ich gehe, weil ich weiß, wie tief das Toteis ist – weil ich weiß, was dort liegt: etwas, das besser unentdeckt geblieben wäre. Etwas, das meine unausgesetzte Aufmerksamkeit fordert.

So gesehen bin ich nie dort weggekommen, immer noch im Kar, auf zweitausend Meter Meereshöhe, zwanzig Meter unter dem Eis.

Denn das Eis der Gletscher taut, weltweit, und jedes Jahr wird das Toteis etwas kleiner.

KAPITEL 1

Jahrhundertsommer

Oktober 2006 bis Oktober 2007

... schon wie ich das Wrack gefunden habe, ist eine Geschichte für sich. Das war im Oktober 2006, auf dem Toteisfeld des Watzmannkars, in etwas über zweitausend Meter Höhe. Ich hatte Steigeisen unter den Stiefeln, eine Sonnenbrille gegen das gleißende Nachmittagslicht auf der Nase – und sammelte Abfall ein.

„Math. Hager – Mineralwasserfabrik – Berchtesgaden“. Ein alter Flaschenverschluss, der Drahtbügel war längst weggerostet, er hatte nur braun-goldene Verfärbungen auf dem schneeweißen, glatten Porzellan hinterlassen – aber die Aufschrift war gut erhalten. Solche Verschlüsse hatte ich zuletzt in meiner Kindheit gesehen. Von der Flasche war natürlich nichts mehr übrig – in tausend Scherben zerplatzt, als sie auf das Eis geknallt war, nach hundert, dreihundert, sechshundert Meter im freien Fall. Sie war als lästiger Ballast aus der Kleinen Ostwand geworfen worden, als sie nutzlos, als sie leer gewesen war. Und drei Meter weiter lag eine antike Nivea-Dose auf dem Eis...

Nach einer halben Stunde hatte ich vier dieser Flaschenverschlüsse, einen kleinen Glastiegel mit festsitzendem Blechdeckel, ein einzelnes, zerbrochenes Steigeisen, drei Gewehr-Patronenhülsen, eine Bombennase und zwei handgroße Granatsplitter aufgesammelt. Dazu, so erstaunlich es klingen mag: verwelkte Buchenblätter – auf über zweitausend Meter Höhe. Erinnerungen an einen längst vergessenen Sturm.

Dann begriff ich es: Das hier war eine archäologische Fundstätte, eine, auf der nicht gegraben werden musste – weil die Artefakte von selbst ans Licht kamen. Eingesunken in der Sommerhitze, zugedeckt vom Winterschnee, ins Eis gepresst, tiefgefroren. Nach vierzig, sechzig oder siebzig Jahren wieder ans Licht getaut, als Folge der globalen Erwärmung. Ausgeapert aus altem, totem Eis ...

Hier taute offenbar eine Kulturschicht aus dem Boden, die etwa sechzig bis siebzig Jahre alt sein musste – die neunzehnhundertdreißiger und -vierziger Jahre waren das, die hier an die Oberfläche kamen. Ich fand das faszinierend, konnte nicht aufhören, Kreise zu ziehen, auf diesem vier, fünf Fußballfelder großen blauen Eisfladen. Dann ein Teil, das zu groß war, um es einzustecken: aus Blech, verdreht, gestaucht und rotgerostet – keine Ahnung, was das sein könnte. Ich versuchte, die ursprüngliche Form zu erkennen – mehrere gekrümmte Röhren, die zusammenliefen und an einer größeren ansetzten. Ich hatte so was schon mal gesehen, da war ich mir sicher, kam aber nicht drauf wo.

Die Zeit verging, und ich hatte ja noch was anderes vor, das, weshalb ich eigentlich hier heraufgekommen war: Ich wollte mir den Einstieg zu einer Führe durch die Kleine Ostwand des Watzmanns ansehen, die sogenannte „Wiederroute". Einfach, aber spektakulär schön, sie wird heute nur noch wenig begangen. Die Kopie einer alten Zeichnung hatte ich dabei und mit der war es kein Problem, diesen Einstieg zu finden: Ganz oben im Kar, am oberen Ende eines eisbedeckten Schuttkegels, begann eine steil nach oben führende Rinne. Wir würden Steigeisen brauchen, um sicher den Einstieg zu erreichen. Ab da würde es dann eine reine Genusstour werden ...

Anderthalb Stunden hatte ich von der Alm bis hier zum Einstieg gebraucht, ohne meine Extrarunden auf dem Eisfeld. Etwa drei Stunden rechnete ich für die siebenhundert Höhenmeter bis zum Gipfel, wenn man es langsam und gemütlich angehen würde. Dann eine halbe Stunde über den Grat zum Hocheck, anderthalb Stunden runter zum Watzmannhaus, weitere anderthalb für den Abstieg zur Kührointalm. Acht Stunden, ohne die Pausen. Ein wunderschöner, langer Tag in den Bergen, zusammen mit einem guten Freund als Seilpartner. Am Abend auf der Alm dann ein Weißbier als Aperitif und einen Kräuter-Enzian hinterher. Im kommenden Hochsommer oder im frühen Herbst. Herrlich, einfach perfekt.

Ich stieg wieder ab, runter zum Eisfeld. Auf halber Höhe sah ich, dass sich das Oberflächenwasser des Feldes einen Abfluss gefressen hatte, nahe dem Schutthügel, an dem das Eisfeld bergab endete. Ich legte meinen Weg so, dass ich daran vorbei kommen würde.

Ein senkrecht nach unten führender Schacht in wasserpoliertem Eis, gewunden, oben eineinhalb Meter im Durchmesser, nach unten verengte und verzweigte er sich – den Grund konnte man nicht sehen. Da hinein floss das ganze Schmelzwasser des Eisfeldes, ein klarer, gurgelnder Bach, eiskalt, gerade so über der Frostgrenze. Sofort hatte ich Lust, da hinunterzusteigen, mir die Höhle im blauen Eispanzer anzusehen, die das Wasser gefressen hatte. Aber das kam nicht in Frage: Zum einen war ich alleine hier, ich hatte auch weder Eisschrauben noch ein Seil dabei. Außerdem wäre ich patschnass geworden da unten.

Ich umrundete den Schutthügel rechts und stieg ein paar Dutzend Meter am gegenüberliegenden Hang auf, setzte mich auf einen Block, lehnte mich an einen zweiten und holte das Fernglas aus dem Rucksack. Damit und mit der alten Beschreibung der Route versuchte ich, sie in der Wand nachzuvollziehen, ausgehend von der Einstiegsrinne, die ich weiter oben gefunden hatte. Nicht, weil ich aus diesem Winkel viel hätte erkennen können vom Weg durch diese Wand – mehr, um festzustellen, ob meine Beschreibung zutreffend und verlässlich war.

Anscheinend war sie das, zumindest im unteren Drittel der Wand war alles da, wo diese Beschreibung es haben wollte. Zufrieden packte ich ein und machte mich an den Abstieg.

***

Das Kar, eingeklemmt zwischen den hohen Wänden von Hocheck, Mittelspitze und der Watzmannfrau, dem höchsten der Nebengipfel, ist im oberen Drittel eine reine Steinwüste. Mittendrin liegt das Toteisfeld: ein riesiger Fladen aus altem, blauem Eis, das in einer schief gehaltenen Schüssel aus Fels und Steinschutt festgefroren ist. Drumherum ein Durcheinander von Felsbrocken – vom Einfamilienhaus-Format bis runter zum fingernagelgroßen Kiesel. Die größeren Brocken sind an manchen Stellen geradezu übersät mit Fossilien – Muscheln hauptsächlich, die wegen ihrer Form „Kuhtritte" genannt werden.
Durch dieses Chaos windet sich ein Weg, der oft nur durch kleine Steinmännchen erkennbar ist, aufgeschichtet von den wenigen Wanderern, die noch hier heraufkommen. Vor allem im oberen Teil ist er über weite Strecken kaum erkennbar oder nachvollziehbar – deshalb achtete ich gar nicht groß auf die Markierungen, suchte mir meinen Weg in diesem Fels-Chaos selbst. Das führte mich zu meiner nächsten Entdeckung an diesem Tag.

Eine flache Felsplatte lag da vor mir, staubgrau, wie die ganze Umgebung, aber an der Oberfläche seltsam gleichmäßig strukturiert, wie gestreift. Eine so große Versteinerung? Als ich auf sie trat, erlebte ich eine Überraschung: Das Teil war, obwohl mehr als einen Quadratmeter groß, federleicht und rutschte sofort ein Stück zur Seite, gab dabei einen ganz charakteristischen und unverwechselbaren Ton von sich: Das war kein Fels, das war ein Stück Blech.

Ich ging in die Hocke, sah mir das Ganze aus der Nähe an: ein Stück Wellblech, verdreht und verbogen, fast gefaltet an manchen Stellen – aus zähem Aluminium. Als ich es umdrehte, sah ich profilierte Verstrebungen, Versteifungen und Nietenköpfe.

Wie kam das hierher, wozu hatte das gehört? Ich wusste die Antwort, bevor ich mir die Frage noch richtig gestellt hatte – vor allem wegen des Profils der vorderen, weich gerundeten Kante: Das war ein Teil der Tragfläche eines Flugzeugs.

Irgendwann war hier ein Flugzeug abgestürzt, ein altes, vor langer Zeit – und dem Anstrich nach war es vielleicht eine Militärmaschine gewesen. Mit Tragflächen aus kleingewelltem Aluminiumblech.

Ich legte meinen Rucksack ab und untersuchte den Boden im Umkreis. Fast sofort fand ich weitere, kleinere Stücke desselben Materials, vier waren es nach ein paar Minuten. Aber als ich meinen Kreis etwas weiter zog, fand ich nichts mehr. Ich stieg auf den Felsbrocken, an dessen Fuß ich auf das Tragflächen-Teil gestoßen war, und schaute mich aufmerksam um, erst ohne, dann mit dem Fernglas, suchte einen Kreis von etwa hundert Meter ab – und fand nichts weiter.

Natürlich kann man auf diese Weise ein derart chaotisches Gelände nicht vernünftig absuchen. Das erste Teil, immerhin einen Quadratmeter groß, hatte ich erst bemerkt, als ich fast draufgestanden war. Und bei nachlassendem Licht – und das hatten wir jetzt so langsam – macht es noch weniger Sinn. Zwei der kleineren Blechteile packte ich in meinen Rucksack. Dann stieg ich weiter ab.

Beim Abendessen in der Hütte auf der Kührointalm wusste ich es plötzlich: ein Auspufftopf. Das zerrissene, rostrote Röhrengebilde auf dem Eis war Teil der Auspuffanlage eines mehrzylindrigen Verbrennungsmotors gewesen. Und das passte fast schon zu gut zu meiner Tragfläche. Ich überlegte kurz, ob ich die Hüttenbetreiber nach einem Flugzeugwrack im Kar fragen sollte – aber der Chef war nicht da und die jungen Frauen, die bedienten und in der Küche arbeiteten, waren Studentinnen, die ihren Ferienjob hier oben abrissen. Direkt neben der Hütte gab es noch eine Dienststelle des Bundesgrenzschutzes und ein Büro der Nationalparkverwaltung – aber ich sah zu diesem Zeitpunkt keine Veranlassung, so offiziell mit der Sache umzugehen. Ich wollte erst mal für mich recherchieren, mal sehen, was dabei herauskam. Die Verwaltung des Parks wäre dann die nächste mögliche Adresse.

Am Morgen stieg ich ab und fuhr mit Bus und Bahn nach Österreich rüber. Ich hatte noch ein paar Tage frei und bestieg den Hochkönig über eine lange, selten begangene Route von dem Ort Werfen aus. Ich wollte eigentlich weiter ins Steinerne Meer und dann zurück zum Königssee, aber beim Sonnenaufgang, in dreitausend Meter Höhe, sah ich eine riesige Gewitter-Zelle auf dem gegenüberliegenden Gebirgszug, die langsam in meinen Weg drehte. Um diese Jahreszeit kann aus so einer Wettersituation alles entstehen, von einem frühen Wintereinbruch bis zum Schneesturm. Ich stieg also nach Südosten, an der imposanten Torsäule vorbei, nach Bischofshofen ab.

***

Nur zwei Wochen danach wurde ich an mein „Wrack" im Watzmannkar erinnert – auf dem Flughafen in Stuttgart. Zu der Zeit fotografierte ich dort ein, zwei Tage im Monat für die Firmenzeitschrift der Betreibergesellschaft.

Ich stand auf der Besucherterrasse, mit einem schweren Teleobjektiv auf einem Einbeinstativ im Anschlag, und nahm Szenen auf dem Vorfeld auf – dem „Parkplatz" der Verkehrsmaschinen. Hinter mir waren einige alte Helikopter und Flugzeuge aufgereiht, die ich mir ansah, als ich fertig war. Bei einem bestand die Rumpfverkleidung und die der Tragflächen aus einem kleingewellten Aluminiumblech, das ich schon einmal gesehen hatte und von dem ein paar Stücke in meinem Keller lagen. Der Tafel zufolge, die davor angeschraubt war, handelte es sich um einen Nachbau einer F13 der Junkers-Werke von 1920.

Im Internet hatte ich keinerlei Hinweise auf einen Flugzeugabsturz im Watzmannkar gefunden. Jetzt hatte ich einen Namen – und innerhalb von ein paar Stunden wusste ich, dass diese Aluminium-Wellbleche quasi ein Markenzeichen der Junkers-Werke gewesen waren, kein anderer Hersteller hatte die je in Flugzeugen verbaut. Ich schrieb eine Mail an die

Pressestelle des Nationalparks, erhielt aber nie eine Antwort darauf.

Und genau das stachelte meine Neugier so richtig an.

***

Damals arbeitete ich noch als Journalist, als Pressefotograf, war aber auch schon dabei, mich von dieser Sparte zu lösen. Zum einen wurden die Arbeitsbedingungen für uns Fotografen immer schlechter, zum anderen, weil ich so langsam den Glauben an die Rolle der „Fackel“, die der Journalismus in unserer Gesellschaft spielen sollte, verlor. Die letzten beiden Jahre hatte ich vermehrt Firmenaufträge angenommen – aber der Rechercheur, der alte „Schnüffler“, steckte noch tief in mir drin und ließ mir keine Ruhe.

Nachdem ich also wusste, dass es Teile einer alten Junkers waren, die da oben lagen, musste ich annehmen, dass sich der Absturz in den dreißiger oder vierziger Jahren des vergangenen Jahrhunderts abgespielt hatte. Das passte auch ganz gut zu der übrigen Fundlage auf dem Gletscher. Aber warum fand ich nichts zu diesem Ereignis in den Archiven? So etwas musste doch ein Echo in den Medien gefunden haben, das ging doch nicht unter, vor allem nicht damals, als die Fliegerei noch relativ jung war.

Eine mögliche Lösung für dieses Rätsel fiel mir ein: Wenn es in den letzten Kriegstagen passiert war, im Untergang des Dritten Reiches, als nichts mehr funktionierte, alles auf der Flucht war, dann wäre das vorstellbar. Es gab noch eine andere Erklärung dafür – aber auf die kam ich zu diesem Zeitpunkt nicht. Dazu war meine Idee auch viel zu spannend: ein geheimnisvoller Flug in den letzten Tagen des Zweiten Weltkriegs, der im Watzmannkar endete – um was hätte es dabei gehen können? Woher kam er und was war das Ziel dieses Fliegers gewesen, was sein Auftrag?

Jetzt muss man natürlich wissen, dass am Obersalzberg, nur ein paar Kilometer von Berchtesgaden, dem Watzmann und dem Kar entfernt, die „Alpenfestung“ Adolf Hitlers lag. Was soll ich sagen? Ich konnte die Geschichte hinter diesen Fakten buchstäblich riechen, sie fast schon mit den Händen ertasten, wie ein Blinder ein fremdes Gesicht. Da war nichts mehr zu machen, das würde mich nicht mehr loslassen, bis ich herausgefunden hatte, was dahintersteckte.

***

Die folgende Recherche zog sich über Monate. Immer wenn ich etwas Zeit erübrigen konnte, holte ich die Unterlagen heraus, brachte mich auf den letzten Stand und versuchte, neue Ansätze zu finden.

Im Frühjahr 2007 schließlich, nach Stunden über Stunden im Netz, nach Diskussionen in Web-Foren, zahllosen Mails und telefonischen Anfragen, stieß ich auf eine erstaunlich knappe Meldung in einer Tageszeitung, die während der NS-Zeit im Raum Berchtesgaden erschienen war. Die Ausgabe datierte auf den 2. November 1940 und in der Rubrik „Aus dem Berchtesgadener Land“ war Folgendes zu lesen:

„Am vergangenen Mittwoch kam es zu einem schweren Flug-Unfall nahe unserer Stadt. Eine Ju 52 der Deutschen Luftwaffe zerschellte bei schlechter Sicht an der Ostwand des Watzmanns.

Die Insaßen der Maschine, Pilot, Copilot und vier Soldaten, verloren dabei ihr Leben. Mittenwalder Gebirgsjäger werden heute mit der Bergung der Toten aus dem Watzmannkar beginnen. Wir trauern mit den Angehörigen.“

Das erstaunte mich sehr. Es war also eine Junkers 52 gewesen, ein recht großes Flugzeug für die damalige Zeit, dreimotorig, eine militärische Version wahrscheinlich. Und 1940, im Oktober war das geschehen – im ersten Kriegsjahr also. Das erklärte natürlich die Zurückhaltung der Presse: Es war Krieg, es ging um einen militärischen Einsatz, also war das Ganze mehr oder weniger geheim. Die damaligen Kollegen schrieben nur das, was sie vom Militär geliefert bekamen. Nachfragen, eigene Recherchen oder Spekulationen waren nicht erlaubt und hätten gefährlich werden können, so nahe an der „Alpenfestung des Führers". Ende der Geschichte.

Weiter hieß es, das Flugzeug sei an der Ostwand des Watzmanns zerschellt – „Kleine Ostwand" wäre zutreffender gewesen – und ins Kar gestürzt.

Sechs Tote, vier davon Soldaten, hatte man geborgen. Das Wrack war also zugänglich gewesen, damals, im Oktober 1940. Und vielleicht hatte man die Reste des Wracks dann gesprengt – wenn das Ganze geheim war und geheim bleiben sollte, konnte man sich das schon vorstellen. Danach stocherte ich wieder längere Zeit ergebnislos im Nebel, bis ich draufkam, dass Flugzeuge eigentlich fast immer eindeutige Ziele haben: Flugplätze.

Mit diesem neuen Ansatz bekam ich schnell heraus, dass damals ein kleiner Sportflugplatz bei Ainring in der Nähe von Salzburg ausgebaut worden war, nur etwa zwanzig Kilometer vom Watzmann entfernt. Hitler hatte ein Flugzeug zu seiner Verfügung, mit dem er regelmäßig dort landete, um dann die restlichen paar Kilometer mit dem Wagen zu seiner „Alpenfestung" zu fahren. Auch die regelmäßigen Kurierflüge von und nach Berlin gingen über diesen Platz.

Hatte die Junkers aus dem Kar also in Ainring landen wollen – oder war sie dort gestartet? Wie auch immer: Der Watzmann lag fast genau südlich dieses Flugfeldes. Die Maschine kam entweder aus dem Süden oder sie flog nach Süden. Also war es keiner der üblichen Flüge von und nach Berlin gewesen.

So weit war ich mit meinen Überlegungen und Rekonstruktionsversuchen, als der Sommer des Jahres 2007 begann.

***

Es war ein heißer Sommer, man glaubte schon an eine Wiederholung des „Jahrhundertsommers" von 2003 – ganz so schlimm wurde es dann doch nicht. Aber 35 bis 38 Grad im Schatten hatten wir im Juli schon an einigen Tagen. Ich erinnere mich, dass ich ein Weitwinkelobjektiv bei einem Kollegen im Auto liegen ließ, das dann den ganzen Tag in der prallen Sonne stand: Das Stossfett im Schneckengang wurde flüssig, verklebte die Springblende und verschmierte die Linsen von innen.

In der letzten Woche dieses heißen Monats, als es gerade anfing, etwas erträglicher zu werden, wurde ich nach Mombasa geschickt. Als ich nach zehn Tagen zurückfliegen wollte, hatte die Agentur für mich einen Folgeauftrag: in Äthiopien. Auf diese Weise hatte ich es schön warm und verpasste den etwas kühleren August in Deutschland.

Anfang September, als ich zurück war, begann der trockenste und wärmste Herbst seit Beginn der flächendeckenden Wetteraufzeichnungen im Jahr 1901. Mitte Oktober hatte ich die Nase voll von heiß und telefonierte mit meinem Freund Günter, dann machte ich mich auf den Weg nach Österreich. Ab zweitausend Meter war das Ganze um einiges erträglicher.

Drei Tage später überquerte ich die Grenze nach Deutschland mitten im Steinernen Meer und stieg zum Königssee ab, fuhr mit dem Boot von Salet nach St. Bartholomä, aß dort zu Mittag und kletterte nach dem Espresso die achthundert Meter über den Rinnkendlsteig zur Kührointalm hoch. Dort saß Günter auf der Terrasse, mit dem Kletterrucksack neben und einem schönen Weißbier vor sich, und ich beeilte mich, seinen Vorsprung aufzuholen.

Günter ist Sozialpädagoge, arbeitet mit den ganz bösen Jungen und Mädchen, ein freundlicher, ruhiger, sportlicher Typ in meinem Alter. Zu meinem Glück liebt er die Berge, und ein-, zweimal im Jahr schaffen wir es eigentlich immer, zusammen loszuziehen.

Gegen zweiundzwanzig Uhr gingen wir schlafen, der Wecker in der Armbanduhr stand auf fünf in der Früh.

***

Der ganz frühe Morgen in den Bergen – das ist eine magische Zeit. Wir waren bei Sonnenaufgang gerade über der Baumgrenze, unter uns kochte die feuchte Nachtluft aus dem Wald. Im frühen, indirekt einfallenden Licht sah man jeden Riss im Gestein überdeutlich, die Gipfel über uns, die schon direkt von der Sonne beschienen wurden, leuchteten in einem unwirklichen Rotgold. Und das ganze Tal, nein, die ganze restliche Welt unter uns war verschwunden, kauerte unter einer schweren, dicken Frühnebeldecke, die von hier oben so massiv aussah, als ob man darauf herumlaufen könnte.

In der nächsten halben Stunde stiegen wir in die halbrunde Steinarena des Kars. Die letzten Spuren verschwanden. Wir suchten uns den Weg jetzt selbst, dabei hielt ich, so gut das zu machen war in dieser chaotischen Landschaft, auf das obere Ende der Kleinen Ostwand des Watzmanns zu. Gegen acht Uhr kamen wir letztlich am Fuß des vereisten Schuttkegels an, der zum Einstieg in der Wand führte. Hier frühstückten wir erst mal.

Dieser erste Aufstieg in der Wand war fünfzig Grad steil, eine Mischung aus zusammengefrorenem Schutt und mit Staub paniertem, altem Eis. Es wäre sicher auch ohne Steigeisen zu machen gewesen, aber dann hätten wir mit dem Eispickel Stufen schlagen müssen. Die Steigeisen waren hier die bessere Wahl – auch wenn wir sie nach zehn Minuten schon wieder wegpacken konnten und sie auch den Rest des Tages nicht mehr brauchen würden.

Oben am Einstieg in die senkrechte Rinne knobelten wir um das „heiße Ende“ des Seils, dann richtete Günter die Sicherung ein und ich ging die erste Seillänge an.

Fünfundvierzig Meter weiter oben, auf der Spitze eines Felsturms, fand ich zwei Ringhaken, alt, aber so weit noch ganz vertrauenserweckend. Ich klickte den HMS-Karabiner in eine Seilschlinge, die durch die Hakenringe lief, legte das Seil in einem Halbmastwurf ein und rief nach unten: „Nachkommen!“

Von meinem Sicherungsplatz aus gesehen lag das Toteis fast senkrecht unter mir. Die Oberfläche des Eises sah aus wie der

Wasserspiegel eines Gletschersees – ein helles Grau-Blau, überzogen mit einer Glasur aus glitzerndem Schmelzwasser. Die Hitze dieses Sommers hatte den ganzen Altschnee weggebrannt und die Eisoberfläche wirkte wie poliert. Während ich das Sicherungsseil nachzog, suchte ich mit den Augen das Toteis ab. Ja, dort war das Abflussloch – wie es schien, noch um einiges größer als im vergangenen Herbst.

Da die Wand an dieser Stelle klettertechnisch einfach genug war und Günter die Sicherung eigentlich gar nicht nötig hatte, leistete ich mir eine kleine Nachlässigkeit und kramte mit der linken Hand mein Fernglas aus dem Köcher, richtete es auf den Abflusstrichter des Eisfeldes unter mir: ja, mindestens doppelt so groß wie im vergangenen Herbst – aber das war ja zu erwarten gewesen, nach dem Verlauf der Temperaturkurve in diesem Sommer.

Als ich das Glas um den Trichter herumführte, sah ich es zum ersten Mal – ein Schatten glitt durchs Bild, der merkwürdig symmetrisch geformt war. Ich ging zurück, zum Loch, erkannte die Torpedo-ähnliche Form – mit der stumpfen Spitze dicht am Loch, hinten seltsam ausgefranst und je eine Störung der Linie rechts und links, nahe bei der Spitze. Das war ein Flugzeug, ein Flugzeugrumpf im Eis, das konnte gar nichts anderes sein. Mit abgerissenen Flügeln, zerfetztem Leitwerk – selbst wenn ich nicht gewusst hätte, dass da unten irgendwo die Überreste eines Flugzeugs sein müssten, hätte ich sofort darauf getippt: ein Flugzeugrumpf, was anderes kam von der Form und den Proportionen her gar nicht in Frage. Und da unten lag es, eingebettet im Eis, wie die alten Flaschenverschlüsse und zerbrochenen Steigeisen, die ich vor einem Jahr dort aufgelesen hatte. Mir blieb einfach die Luft weg, ich war sprachlos.

Ich hatte fast vergessen, wo ich hier war, was ich hier machte – als ein Ruf von unten mich zurückholte. Günter hatte Probleme mit dem Seil, es hatte sich irgendwo über ihm verfangen und hing bei ihm durch. Ich legte das Fernglas weg, zog zwei Meter Seil durch den Karabiner und schlug es ein paar Mal zur Seite hin, sodass eine Welle an ihm runterlief – sofort war es wieder frei. Ich holte das Schlappseil ein, Günter kletterte weiter und ich griff noch mal nach dem Glas. Aber genau in diesem Moment verschwand die Sonne hinter einer Wolke – wie immer im Hochgebirge war der Effekt überraschend stark, die Temperatur fällt in einer einzigen Sekunde um gefühlte zehn Grad und es scheint beinahe Nacht zu werden, eine Dämmerung in Lichtgeschwindigkeit, bis die Iris sich angepasst hat. Als ich dann das Glas an den Augen hatte, sah ich nichts mehr von diesem Schatten im Eis, auch die Oberfläche sah völlig anders aus: matter, stumpfer, schmutziger. Es war das genau im richtigen Winkel einfallende, direkte Sonnenlicht gewesen, das mir diesen Einblick tief ins wasserpolierte Eis gewährt hatte. Jetzt wirkte die Wolke vor der Sonne wie ein Diffusor, das Licht durchdrang das Eis nicht mehr, es wurde an der Oberfläche reflektiert.

Ein paar Minuten später tauchte Günter aus der Tiefe auf, schwer atmend und glücklich grinsend.

Erst viel später wurde mir klar, dass ich an diesem Tag, in diesem Moment meinen „point of no return" hinter mir gelassen hatte – da oben in der Ostwand, als ich das ins Eis gebettete Wrack sah. Danach bekam ich diese Geschichte nicht mehr aus dem Kopf. Es hatte etwas von den Abenteuergeschichten meiner Kindheit: der Inka-Schatz, den man nur finden konnte, wenn man zur richtigen Zeit am richtigen Ort war, wenn die aufgehende Sonne mit dem Schatten einer Felsnadel auf den Eingang des verborgenen Canyons zeigt ... Das alles war, mit einem Wort gesagt: unwiderstehlich.

***

Die Idee, in den Abfluss einzusteigen, hatte ich am nächsten Morgen, beim Aufwachen. Ich kann mich nicht mehr erinnern, ob ich davon geträumt habe – vielleicht war es so. Ich wachte auf und wusste nur, dass man das machen müsste, aber nicht warum. Erst beim Frühstück, als das Koffein die Nachtschwere vertrieben hatte, wusste ich es: wegen dem, was ich gesehen hatte – weil der Rumpf mit seinem vorderen Ende fast schon in den Schacht gestoßen war. Zwar hatte ich keine Ahnung, wie tief das Wrack im Eis lag, aber der Abflussschacht ging auf jeden Fall runter bis zum Fels. Also war das eine sehr gute Idee ... so betrachtet auf jeden Fall.

Wir hatten gestern ganze Arbeit geleistet. Gegen zwölf Uhr dreißig waren wir auf dem Gipfel, der Mittelspitze, angekommen. Der weitere Weg durch die Wand nach der ersten Seillänge war einfach gewesen, das meiste stiegen wir zusammen und ohne Sicherung. Eine steile Rampe führte nach rechts, dann ein paar Meter nach oben, auf einem kurzen Band wieder etwas nach unten, und schon waren wir auf dem ersten, dem großen Band. Das wurde nach kurzem Anstieg richtig breit, zwanzig Meter an einigen Stellen, immer schräg nach oben und zur Seite geneigt – ein grandioser Ort. Nach einer Engstelle am Ende dieses breiten Bandes folgte der Umstieg auf ein weiteres, das steiler und schmäler war, und von diesem gelangten wir über einen einfachen, aber ausgesetzten steilen Grat zum Gipfel: 2713 Meter.

Anschließend ging es auf dem Gipfelgrat zum Hocheck, dann über die breite Schulter des Berges runter zum Watzmannhaus. Herrliches Wetter, die ganze Zeit. Eine Radler-Halbe auf der Terrasse und gegen halb fünf weiter über die Falzwand zur Kührointalm. Duschen, ein Weißbier, ein gutes Abendessen und Kräuterenzian hinterher – alles genau wie ein Jahr zuvor geplant.

Für die steile Treppe zu den Zimmern hoch hätte ich dann am liebsten meinen Pickel zu Hilfe genommen, aber es waren ja auch noch andere Leute da. Günter ging es wohl ähnlich, er murmelte was von einem „Fixseil" in seinen Bart. Wir schliefen dann auch nicht ein – wir wurden bewusstlos.

***

Um halb acht war ich am nächsten Morgen mit dem Frühstück fertig, von Günter war noch nichts zu sehen. Also ging ich über die Alm zur Archenkanzel rüber, um einen Blick auf den See zu werfen. Wenn Sie je in die Gegend kommen, lassen Sie sich das nicht entgehen: ein wunderbarer Blick über den Königssee, den Obersee und den ganzen gegenüberliegenden Gebirgsstock. Hinten links konnte ich sogar das Matras-Haus auf dem Hochkönig sehen, wo ich vor einem knappen Jahr übernachtet hatte, und die weiß spiegelnde Fläche der Übergossenen Alm rechts daneben.

***

Die Kletterei in den Eisschacht würde nicht einfach werden, vor allem alleine. Ich würde Eisschrauben brauchen, und meine lagen natürlich zu Hause. Sonst, überlegte ich, hatte ich alles dabei, was nötig wäre: Seil, Steigeisen, Eispickel, Stirnlampe, ein paar Meter Reepschnur – aber ohne die Eisschrauben war es nicht zu machen ...

Da hatte ich also ganz kostenlos eine prima Ausrede, es nicht zu tun – falls ich eine brauchen sollte. Tja ...

Aber es ist doch so: Man drückt sich viel zu oft im Leben um die Dinge, die man machen könnte, sollte, müsste. Und ich hatte irgendwie das Gefühl, dass es mir leid tun würde, wenn ich es nicht wenigstens versuchte. Genau, das war es: Ich würde es „versuchen“. Und es lassen, wenn es sich als zu gefährlich, zu schwierig – oder auch nur als zu unheimlich – herausstellen sollte. Da hatte ich mein Hintertürchen.

Also: Wie sollte ich das anpacken? Wenn ich nicht patschnass dabei werden wollte, gab es, was den Zeitpunkt dieser Aktion anging, schon mal keine Alternative. Morgens Früh um fünf Uhr ist normalerweise der kälteste Punkt der Nacht. Zu diesem Zeitpunkt würde nur noch wenig Wasser fließen – oder gar keines mehr, mit etwas Glück. Das setzte aber voraus, dass ich im Kar biwakieren müsste, was im Nationalpark eigentlich nicht erlaubt ist – außer in einem Notfall. Aber das war lediglich eine Frage des Protokolls: Ich erklärte die Aktion zum „alpinen Notfall".

Ich würde also Günter, der heute noch zurückfahren musste, nach unten begleiten und in Schönau oder Berchtesgaden zwei Eisschrauben kaufen. Dann zurück auf die Alm, weiter ins Kar und morgen Früh, gegen fünf... oder auch nicht... je nachdem.

***

Die Szene hätte in einen Science-Fiction-Film gepasst. Ein blasser Sichelmond stand über der Watzmannfrau, inmitten einer nicht fassbaren Menge kalt glitzernder Sterne. Über dem Toteis lag ein fahles, leicht blaues Leuchten, es schien aus dem Eis zu kommen und setzte graue Dunstschlieren, die über der kalten Oberfläche trieben, in ein unheimliches Licht. Ein alter Jupitermond, ein Asteroid, weit draußen im All – „Alien" und „Space Odyssey". Drumherum, wie die Zuschauerränge in einer Arena, einem Kolosseum der Natur, Kränze aus mächtigen, dunkel-kantig-schroffen Felsschichten: Die Bühne war bereit, der Gladiator war ich. Und es war nicht still. Überall rieselte Wasser, knackte Eis, kullerten Steinchen...

Hätte ich gestern gewusst, wie es bei Nacht hier sein würde, ich wäre jetzt dreihundert Kilometer weiter westlich und läge in einem weichen, warmen Bett. Ich musste mich wirklich schwer zusammenreißen, um nicht einfach abzuhauen.

Es war eiskalt, aber das war gut so. Als ich das morsche Oberflächeneis mit der Pickelhaue wegschlug, war es kurz vor fünf. Es floss kaum noch Wasser in den Schacht, der ganz oben weit über zwei Meter im Durchmesser maß, sich aber schnell auf einen Meter fünfzig verengte. Er wand sich in die Tiefe wie die Eingeweide eines riesigen prähistorischen Tieres, ein eiskalter Brunnen, die Wände waren spiegelglatt, verzweigten sich, bildeten glattpolierte Stege und führten wieder zusammen. Weil das noch nicht unheimlich genug war, gab es am Einstieg grelle, blutigrote Flecken im Eis – blühende

Schneealge – sonst war es weiß-milchig und grau und blau. Ein schwacher, muffig-dumpfer Brandgeruch stieg aus dem Loch, erinnerte irgendwie an regennasses Schmierfett und alten Rost. Ein Schrottplatzgeruch, etwas widerwärtig – bis ich begriff, dass ich diesen Geruch als gutes Zeichen sehen konnte, wenn man davon ausging, weshalb ich hier war.

Die neuen Eisschrauben bissen gut und bei der Qualität dieses steinalten Eises hätte eine völlig genügt. Aber natürlich hatte ich zwei gekauft, zu einem recht unverschämten Preis – aber so ist das nun mal in überlaufenen Touristenregionen. Also setzte ich auch beide, einen Meter vom Schacht entfernt, etwa dreißig Zentimeter auseinander, hängte mit Ankerstichen zwei Seilschlingen in die Ösen – ich hatte nur zwei Karabiner dabei. Dann ging ich mit dem Seilende durch die Schlingen und schlug es mit einem gesteckten Sackstich an. Das Seil war bereit. Die Steigeisen hatte ich an den Stiefeln, die Lampe am Helm, der Abseilachter war in den Klettergurt geklickt und die Prusik-Schlinge zur Selbstsicherung ums Seil gewunden. Und damit waren mir die Ausreden ausgegangen – jetzt musste ich los. Abwärts.

***

Als ich eine gute Stunde später wieder an die Oberfläche kam – nassgeschwitzt, aber gleichzeitig zitternd vor Kälte, mit angefrorenen Fingerkuppen, außer Atem und überhaupt fix und fertig –, war es Tag geworden. Ich riss mir die Ausrüstung vom Leib, baute die Sicherung ab, stopfte alles in den Rucksack und ganz oben drauf: den Lohn der ganzen Angst und Mühe.

Dann ging es schnurstracks zum nächsten erreichbaren Frühstück.

KAPITEL 2

Schicksalsberg

Winter 2007/2008

„Ein Flieger im Eis?“, fragte er. „Das hört sich etwas … literarisch an, oder?“

„Ja“, sagte ich lachend, „Hemingway, das eingefrorene Skelett des Leoparden am Gipfel des Kilimandscharos.“ Ich grinste ihn an. „Nein, im Ernst: eine Junkers 52, in einem Toteis-Feld, in rund zweitausend Meter Höhe. Aber die Frage ist genau dieselbe wie im Buch: Was hat der da gewollt?“

Ich saß bei einem alten Freund und ehemaligen Kollegen – nennen wir ihn Walter. Er hatte vor ein paar Jahren das Handtuch geworfen, nachdem er dahintergekommen war, dass er sich zwar nach wie vor brennend für alle möglichen Aspekte der Fotografie interessierte, aber nicht für die Befindlichkeiten und Launen der Bildredakteure bei den Magazinen, für die er arbeitete.

Früher war er neun von zwölf Monaten im Jahr unterwegs gewesen, auf allen fünf Kontinenten, und hatte immer einen etwas abwesenden und deplatzierten Eindruck gemacht, wenn man ihn mal zu Hause angetroffen hatte. Als er aussteigen wollte, hatte man ihm – ausgerechnet! – eine Stelle als Bildredakteur angeboten.

Er hatte sich dann in einer kleinen Lagerhalle am Rand der Innenstadt eingerichtet: Büro, Archiv, Werkstatt, Dunkelkammer und Bibliothek mit Feldbett – und Asyl für streunende Katzen. Alles unter einem Dach. Dass dieses Dach leicht undicht war, störte ihn nicht weiter. Auch nicht, dass die ganze Herrlichkeit mit einem alten Kaminofen nur sehr unzureichend zu heizen war – da zog man im Winter halt einen Pullover mehr an und saß mit expeditionstauglichen Pak-Boots am Schreibtisch.

Er sammelte Photographica sowie Bildbände berühmter Fotografen und verfasste Artikel für Fachzeitschriften, erstellte Gutachten für Sammler, Museen und Auktionshäuser, hielt Vorträge an Fachschulen und Universitäten. Nun saß er wie immer hinter dem riesigen ausgedienten Behörden-Schreibtisch auf einem uralten amerikanischen Bürostuhl aus massiver Eiche, kraulte einen weiß-grauen Kater mit grünen Augen und rosa Nase, der vor ihm auf dem Schreibtisch lag, und hörte mir gespannt zu.

„Es gibt für einen Flieger keinen vernünftigen Grund, zwischen den Hörnern der Watzmannfamilie durchzufliegen – es sei denn, er will im Kar landen", sagte ich. „Und es gibt nur einen unvernünftigen Grund, so was zu versuchen: Übermut und Angeberei."

„Und wenn es ein Unfall war?"

„Ja, auch vorstellbar: Er fliegt relativ hoch, eventuell bei Nacht, bei Nebel oder Sturm, und er muss sehr plötzlich und schnell runter. Er sieht nichts, hat nur eine ungefähre Ahnung, wo er ist, und knallt genau mitten auf das Toteis im Kar. Sehr wahrscheinlich ist das nicht, könnte aber so hinhauen, wenn er nichts gesehen hat. Die hatten ja nicht gerade viele Instrumente im Cockpit zu der Zeit: Tankanzeiger, Geschwindigkeitsmesser, Höhenmesser, Kompass. Ein paar Kontrollanzeigen für die Motoren und das Stromnetz. Das tollste war ein einfacher künstlicher Horizont. Blindfluginstrumente im eigentlichen Sinn gab es noch nicht, der sogenannte Instrumentenflug war noch in den Anfängen. Wenn es nach den Piloten ging, dann wurde auf Sicht geflogen. So viel hab ich inzwischen rausgefunden."

„Und wenn er doch einen Grund gehabt hätte, auf diesem Eisfeld zu landen?"

„Dann hätten sie es ganz sicher mit einem kleineren Flugzeug versucht. Mit der Junkers 52 standen die Chancen, dass es klappt, nicht sehr gut. Aber da ist noch was. Den Spuren nach, die ich da oben gefunden hab, sieht es eigentlich schon nach einem Landeversuch aus. Die Lage des Rumpfs schließt eigentlich alles andere aus."

„Soll das heißen, du hast den Rumpf entdeckt? Bisher hast du nur was von Tragflächenteilen erzählt."

„Auf dem Eis findest du auch nicht mehr. Aber darunter..."

Ich erzählte ihm die ganze Geschichte: wie ich den Rumpf im Eis vom Wiederband aus gesehen hatte und von meiner illegalen nächtlichen Kletterpartie.

„Du bist doch ein verrückter Hund", sagte er grinsend. „Und, was war da unten? Tatsächlich der Rumpf?"

„Schon", antwortete ich, „aber man kommt nicht an ihn ran. An einer Stelle in etwa fünfzehn Meter Tiefe wird das Eis plötzlich rostgefleckt und ist mit zerrissenen Metallteilen durchsetzt – so wie das hier." Ich nahm ein handgroßes, zerfetztes Stück Aluminium aus meinem Daypack, das bearbeitete Flächen und Bohrungen mit Gewinden zeigte. „Nochmal sechs oder sieben Meter tiefer steht man dann auf dem Grund-Schotter, wie oben an dem Hügel. Da lag auch einiges an Schrott herum, aber nichts Besonderes."

Er betrachtete das Stück Alu von allen Seiten: „Und sonst hast du nichts gefunden?"

„Doch. In der Wand der Höhle war etwas, ganz dicht über dem Boden. Erst hab ich gedacht, das könnte womöglich eine Bombe oder Granate sein, von der Form her. Also hab ich es ganz vorsichtig rausgepickelt." Ich griff noch mal in meinen Rucksack, holte den Behälter raus und stellte ihn auf den Schreibtisch. „Schau's dir an."

„Das muss ich nicht. Ich weiß, was das ist", sagte er etwas abfällig. „Ein alter Gasmaskenbehälter. Davon bekommst du bei eBay ein halbes Dutzend für zwanzig Euro."

Ich grinste: „Aber nicht mit dieser Füllung. Mach ihn mal auf."

Er griff sich den Behälter, sah mich nachdenklich an, schnippte den Spannbügel nach oben und klappte den Deckel auf. Sah hinein. Fiel fast von seinem antiken Hocker.

Ich nickte. „Ja, so ging's mir auch."

Walter hob den Kater von der Schreibunterlage und setzte ihn in einen vollgestopften Ablagekorb. Dafür kassierte er einen etwas irritierten Blick, aber das Tier war wohl einiges gewohnt. Es legte sich hin, schlug die Pfoten vorne ein, und jetzt waren es drei Augenpaare, die den Behälter anstarrten. Walter wischte die Katzenhaare mit der Handkante von der Schreibunterlage. Dann zog er mit spitzen Fingern die Herrlichkeiten aus dem Behälter: eine kleine Kamera, eine uralte Leica mit einem zusätzlichen aufgesteckten Sucher und einem Fünfzig-Millimeter-Objektiv. Ein Fünfunddreißig-Millimeter-Weitwinkel und ein Neunzig-Millimeter-Tele. Einen Belichtungsmesser.

„Da soll mich doch ...“, flüsterte Walter.

„Da ist noch was im Deckelfach, das kann man hier abschrauben“, sagte ich.

„Ja ... Ich werd nicht mehr. Das sind Filmdosen. Aus Bakelit. Drei Stück. Und da sind auch Filmpatronen drin.“ Er schüttelte die Dosen vorsichtig, eine nach der anderen.

„Die sehen komisch aus, mach mal eine auf. Sie sind aus Messing, richtig massiv und schwer, und – na ja, so was hab ich noch nie gesehen.“

„Das sind die Original-Patronen von Leitz. Genau dasselbe wie unsere Blechpatronen, nur stabiler – und einen Schließmechanismus haben die. Schau mal, hier.“

Er ging an eine seiner vielen Vitrinen und kam mit einer Patrone zurück, die genauso aussah wie die aus dem Deckelfach. Er zerlegte sie mit zwei Handgriffen und zeigte mir den Schließmechanismus.

„Was meinst du, sind da Filme drin?“

„Dafür wurden die gemacht, oder? Genau wissen wir das bei den beiden hier, weil die Filmzunge raushängt. Bei der dritten hängt nichts raus, aber das muss nichts heißen. Ich würde sagen, fürs Erste wiegen wir sie mal.“

Er griff sich eine Briefwaage. Die leere Patrone aus seiner Vitrine wog genau 41,5 Gramm, die drei aus dem Gasmaskenbehälter waren je 12 bis 14 Gramm schwerer. „Damit wissen wir das“, meinte Walter.

„Okay“, sagte ich, „was meinst du?“

„Tja – eine Leica III mit VIDOM-Sucher und einem Summicron 2,8/50 Millimeter. Ein Elmar 3,5/35 Millimeter und ein Elmar 4,0/90 Millimeter. Alles in Schwarzlack und Nickel, gebraucht, aber gut erhalten und gepflegt. Ein Electro-Bewi-Belichtungsmesser. Das alles in einem aufwändig umgebauten Gasmaskenbehälter, der unter dem Olivlack vernickelt ist und bei dem die Dichtung modifiziert wurde. Das Fach für die Reserve-Gläser der Maske wurde vergrößert und dient als Filmlager. Dazu drei geladene Original-Filmpatronen, davon zwei wahrscheinlich unbelichtet und eine belichtet. In der Kamera ein weiterer Film."

„Woher willst du wissen, dass zwei nicht belichtet sind?", fragte ich.

„Die haben das damals genauso gemacht wie wir heute noch", erklärte er. „Bei den beiden hängt die Filmzunge raus, also werden sie unbelichtet sein. Die hier ist zwar geladen, das wissen wir vom Wiegen, aber beim Zurückspulen hat er den Film ganz in die Patrone reingespult, damit er die belichteten von den frischen zweifelsfrei unterscheiden kann. Siehst du?"

Er hatte recht. Und dass ein Film in der Kamera war, hatte ich auch schon vermutet: Der Rückspulknopf blockierte schon nach wenigen Umdrehungen.

„Das ist die Ausrüstung eines ‚Kriegsberichters', wie sie das damals genannt haben. Solche Kameras hatten oft Sondergravuren wie eben ‚Kriegsberichter' oder ‚Eigentum Heer', ‚Eigentum Marine' oder so. Und jetzt kommt's: Die hier hat auch eine Sondergravur: HHB 016."

„Was bedeutet das? Ich dachte, das wäre die Seriennummer", sagte ich.

„Ich weiß es nicht", sagte Walter. „Noch nie gesehen, so eine Gravur. Und ich hab mir eingebildet, dass ich alles wüsste in dem Bereich... Eine Seriennummer ist das nicht, die waren zwar sechsstellig zu der Zeit, aber sie enthielten keine Buchstaben. Andererseits hat das Teil auch sonst nirgends eine Nummer... Aber lass mal, das krieg ich raus. Dazu muss ich nur die Kappe abschrauben und ein paar Bücher wälzen."

„Okay“, sagte ich. „Was wird mich das kosten?“

„Lass mal sehen. Wenn wir die Filmentwicklungen dazunehmen … Du hast bisher keinen Auftraggeber für diese Geschichte, oder?“

„Bis jetzt nicht.“

„Dann machen wir das so: Wenn du die Geschichte irgendwie vermarkten kannst, dann schicke ich dir eine reguläre Rechnung. In dem Fall musst du mit so was um die fünfhundert rechnen. Falls nicht, treffen wir folgende Vereinbarung: Wenn du den Krempel verkaufen willst, überlässt du das mir. Dann erhalte ich zwanzig Prozent vom Erlös und da ist die Expertise mit drin.“

„Ja, gerne. Aber kommst du dabei denn auf deine Kosten?“

Er sah mich lächelnd an. „Du hast keine Ahnung, was das hier wert ist, nicht wahr?“

„Na, ein paar Hunderter werden's schon sein, aber davon zwanzig Prozent? Für deine ganze Arbeit?“

„Ha! Wenn ich das als Ensemble anbiete, dann sind wir schon von Anfang an dick im vierstelligen Bereich. Wenn diese Gravur auch noch irgendwie interessant ist, dann verdoppelt sich das sofort. Wenn wir aber die Fundgeschichte miteinbeziehen – 1940 bei einem ungeklärten Flugzeugabsturz vor der Hintertür des Führers im Gebirge verschollen, knapp siebzig Jahre später aus einer zwanzig Meter tiefen Gletscherspalte geborgen – und wenn ich dann noch den japanischen Markt mit reinnehme, dann … Weiß der Himmel, was dann dabei rauskommt. Das ist überhaupt nicht absehbar.“

Er lachte wieder. „Mach den Mund zu. So läuft das nun mal. Diese Sammler haben schon im Normalfall alle ein Rad ab. Sobald aber irgendwie das Dritte Reich ins Spiel kommt ...“ Er schüttelte langsam den Kopf. „Ich kenne da einen Sammler – stinkreich, aber knausrig wie ein Pfarrer am Opferstock der Nachbarkirche. Ich würde für mein Leben gerne sehen, wie der sich windet, wenn ich ihm so ein Teil unter die Nase halte.“ Er lachte und hieb vor Vorfreude mit der flachen Hand auf den Schreibtisch, dass die Bücher hüpften.

Der Kater hüpfte mit in seinem Ablagekorb. Sein Kopf fuhr hoch. Giftgrüne Augen starrten Walter an, mit einem Ausdruck, böser als jeder ausgesprochene Fluch. Er seufzte tief, legte den Kopf wieder auf die Pfoten, aber zwei grüne Sicheln leuchteten weiter hinter dem schütteren Schnurrbart – eindeutig eine Warnung, unmissverständlich.

„Oha", sagte Walter in gespieltem Erschrecken, „da haben wir Missfallen erregt, was?" Und flüsternd: „Ruf mich übermorgen Abend an, dann werd ich schon ein bisschen mehr wissen. Bis Ende nächster Woche bekommst du die schriftliche Expertise."

Dann schmiss er mich raus.

Zwei Minuten später stand ich wieder vor seinem Schreibtisch: „Gehört mir denn dieses Zeug überhaupt?"

„Das wissen wir, wenn ich meine Arbeit gemacht habe. Und jetzt hau ab, du störst. Ich bin schon mittendrin."

***

Etwa eine Woche später, an einem Freitagnachmittag, bekam ich eine SMS von Walter – ob ich irgendwann am Abend bei ihm vorbeikommen könnte. Sobald es ging, machte ich mich auf den Weg.

Inzwischen war es November geworden, der warme, trockene Herbst war Geschichte. Eisregen und Ostwind, aber in seinem Büro bullerte der Ofen. Es roch irgendwie weihnachtlich bei ihm, nach Glühwein, Nelken, Zimt und Orangen. Er stand am Ofen, rührte mit einer Schöpfkelle in einem kugeligen Eisentopf mit kleinen Füßchen.

„Feuerzangen-Bowle, das Beste, was man sich antun kann bei so einem deutschen Schmuddelwetter. Mit echtem kubanischem Rum. Technisch gesehen ginge auch ein anderer, aber vom Weltanschaulichen her nicht", dozierte er.

Der weiß-graue Kater lag wieder in seinem Ablagekorb auf Rechnungen und Lieferscheinen und sah recht merkwürdig aus: als ob er grinsen würde. Ich weiß, dass Tiere das angeblich nicht können, aber dem da war das egal, er tat es trotzdem. Ich rieb ihm leicht über den Nasenrücken, er gähnte, streckte sich und zog dann die Vorderpfoten vor die Augen, wie ein Kind, das noch nicht aufstehen will.

„Was hast du mit dem Kater angestellt?“, fragte ich. „Der sieht aus, als ob er an deinen Rum gegangen wäre.“

„Aber nein, das ist nichts für ihn. Hier“, sagte er und hielt einen Blumentopf hoch, in dem eine recht angefressen aussehende Pflanze vegetierte. „Katzenminze. Das ist seine Cannabis-Plantage. Das wirkt bei ihm wie eine Tüte Shit bei uns.“

Ich musste lachen. „Du spielst also den Dealer für deinen Kater?“

„Na ja, wenn wir uns so feine Sachen antun“, dabei füllte er zwei große Keramikbecher mit seinem Gebräu, „dann muss der gute alte Rudi doch auch was haben ...“

„Rudi?“

„Ja, nach dem Rentier von Disney – wegen der roten Nase. Kennst du doch: ‚Rudolf, the Red-Nosed Reindeer‘?“

„Aha. Und wenn ich wieder weg bin, dann schmückt ihr zusammen den Weihnachtsbaum?“

„Wir sind genusssüchtig, nicht verkitscht!“, sagte er von oben herab und setzte sich hinter seinen Schreibtisch. „Außerdem schreiben wir den 9. November.“

Er nahm einen Schluck, sah mich an und sagte: „ ‚HHB‘ steht für ‚Hans Heinrich Burger‘. Das heißt, unsere Kamera hat dicht bei der Macht gelebt. HHB steht nämlich auch für Heinrich Himmler.“

„Der wahnsinnige SS-Führer? Wie kommst du jetzt da drauf?“

„Himmler hatte einen Fotografen zum Freund. Alter Kumpel aus Münchner Zeiten, Komplize im Verbrechen, SS-Mann mit niedriger Beitrittsnummer in der Partei. Als der mal in Schwierigkeiten war, hat Himmler ihm offenbar ausgeholfen. Sie gründeten eine ‚Hans Heinrich Burger GmbH‘ mit Himmler als Teilhaber – 1937 war das. Burger war gerettet und er konnte sich ab da vor lukrativen Aufträgen kaum retten. Himmler stellte so sicher, dass sein eingeschossenes Kapital nicht zum Teufel ging und hatte dazu noch so was wie einen frei verfügbaren Haus- und Hof-Fotografen."

„Und dieser Burger ließ seine Kameras mit seinen Initialen gravieren?"

„Und mit einer Inventar-Nummer offenbar. So eine Leica-Ausrüstung war in den 1930er Jahren ein kleines Vermögen wert – etwa das Jahreseinkommen eines Fabrik-Arbeiters. Von daher ... Burger hatte ab 1939 so viel Arbeit, dass er ein paar Kollegen beschäftigen musste. Sein Bruder war von Anfang an mit im Betrieb."

„Dann war das in der Ju 52 nicht zwingend er oder sein Bruder?"

„Nein, sogar ganz bestimmt nicht. Burger starb 1972 und sein Bruder lebt heute noch. Aber da kommen mindestens noch fünf weitere angestellte Fotografen in Betracht."

„Okay, dann wissen wir also das. Der Flieger war womöglich im Auftrag Himmlers dort oben unterwegs und ein Fotograf der SS-Hausfirma sollte dabei irgendwas fotografieren. Und wie geht's jetzt weiter?"

„Na, jetzt entwickeln wir die Filme, würde ich sagen. Ich hab damit extra auf dich gewartet."

Also tranken wir unsere Becher leer und gingen in die Dunkelkammer.

***

Ich kannte seine Dunkelkammer, hatte selbst schon darin gearbeitet, aber das war schon eine ganze Weile her. In unserer Zeit bekommt man kaum noch mal die Gelegenheit, in Schwarz-Weiß zu arbeiten – leider, muss ich sagen.

Zwischen den Spülbecken aus Edelstahl und der großen blauen Wässerungswanne stand eine kompliziert aussehende Maschine auf der Tischplatte.

„Was ist denn das?", fragte ich.

„Ein Agitations-Gerät", antwortete er. „Du weißt doch, dass man bei der Dosen-Entwicklung einen genauen Kipprhythmus einhalten muss. Das übernimmt diese Maschine, für drei Zweierdosen gleichzeitig – also für maximal sechs Kleinbildfilme, oder drei Stück im Mittelformat."

„Ja, klar", antwortete ich. „Aber bisher gab es doch dabei diese Probleme mit den Luftblasen zwischen den Filmwicklungen."

„Richtig. Man musste die Dosen nach dem Kippen auf die Arbeitsplatte stoßen, damit die Blasen sich lösten, deshalb musste man es von Hand machen. Aber diese Maschine kann das auch. Pass mal auf."

Er setzte eine Dose in die mittlere Halterung des Spannrahmens. Dann drückte er auf einen Taster und eine LCD-Anzeige fing an, Sekunden zu zählen. Bei fünfzig Sekunden schaltete sich ein lauter Motor ein, eine zwanzig Zentimeter große Aluscheibe an der rechten Seite begann sich zu drehen und ein Zapfen auf dieser Scheibe nahm den Rahmen mit der Dose mit und drehte ihn, bis er auf dem Kopf stand. Oben angekommen rutschte der Zapfen vom Rahmen, der fiel zurück und die Dose schlug an einen unten angebrachten harten Gummipuffer. Das wiederholte sich drei Mal. Dann schaltete sich der Motor ab – und für die nächsten fünfzig Sekunden war Ruhe.

„Genial und einfach", staunte ich, „nur der Motor ist etwas laut."

„Das ist noch ein Problem, ich musste ihn von einem elektrischen Büchsenöffner nehmen. Ich hab nichts anderes gefunden, das die richtige Drehzahl hatte und dann noch stark genug war."

„Du hast das selbst gebaut? Woher hast du die Teile?"

„Ich kenne jemanden bei einer kleinen Filmproduktion, die haben dort einen Sechzehn-Millimeter-Schneidetisch verschrottet. Von da hab ich die Scheibe, die Teile für die Transmission und die Lager. Der Rest ist Profil-Alu aus dem Baumarkt."

„Hast du ein Patent dafür beantragt?"

„Jetzt hör auf, das braucht doch keiner mehr. Wer macht denn schon noch Schwarz-Weiß von Hand in der Dunkelkammer?"

Da hatte er natürlich recht. Mit dem Aufkommen der digitalen Techniken war die handwerkliche Silber-Fotografie vom Tisch. Dabei wurde sehr viel an Know-how und Qualität aufgegeben – das vertrug sich halt nicht mit „einfach, schnell und billig". Aber genau das waren die Forderungen des Marktes. Und wir Fotografen waren genau das geworden, was der Markt forderte: schnell und billig. Überkommenes wie Handwerk und Qualität spielte keine Rolle mehr...

Wir beschlossen, zunächst einen etwa dreißig Zentimeter langen Streifen aus einer der beiden Filmkapseln zu entwickeln, die wir für unbelichtet hielten. Dadurch wollten wir erstens diese Vermutung bestätigt haben, zweitens würden wir etwas darüber erfahren, wie das Material sich technisch verhielt: War es brüchig geworden, klebten die Schichten aneinander, wie stark war der Grundschleier geworden im Laufe der Jahre? Zuletzt hatten wir die Hoffnung, dass der Film vielleicht mit einer Randbelichtung konfektioniert worden war. Dann würden wir wissen, wie empfindlich er war, und das war wichtig für die richtige Bestimmung der Entwicklungszeit.

Der allererste Test aber war viel einfacher: Walter schnitt ein kleines Stück der Filmzunge ab und hielt es mit einer Pinzette in die Flamme seines Gasfeuerzeugs. Es gab keinen Lichtblitz, es schmorte nur langsam vor sich hin.

„Sicherheitsfilm", meinte er, „kein Zelluloid. Von daher passt es schon mal gut in die Zeit um 1940."

Wir einigten uns auf die Rahmenbedingungen für die erste Probe: Kipprhythmus drei Mal pro Minute, Temperatur zwanzig Grad. Entwicklungszeit zehn Minuten mit einem modernen Einmal-Feinkornentwickler auf Gel-Basis. Dann machten wir das Licht aus, ich zog etwa dreißig Zentimeter Film aus der Kapsel – er war flexibel, brach und klebte nicht, fühlte sich glatt und trocken an. Ich schnitt ihn mit der Schere ab und reichte ihn Walter, der ihn einspulte, in die Dose steckte und den Deckel draufschraubte. Licht an, den temperierten Entwickler rein und die Dose in den selbstgebauten „Agitator".

Zehn Minuten später gossen wir den Entwickler ab, spülten mit Wasser zwischen und kippten das Fixierbad rein. Nach einer Minute konnten wir die Dose öffnen – der Film war jetzt lichtsicher, aber noch milchig verschleiert. Nun maßen wir die Zeit, die er brauchte, um im Fixierbad klar zu werden. Die Endfixierzeit lässt sich auf diese Art ganz genau bestimmen, es ist einfach die doppelte Klärzeit. So kann man von vornherein Über-Fixagen verhindern. Verschwindendes handwerkliches Wissen aus vergangenen Zeiten ...

Und das Ergebnis? Der Film war unbelichtet, hatte einen recht hohen Grundschleier, laut Densitometermessung – aber er war auch mit dem Auge erkennbar. Insgesamt hatte der Film die Zeit im Eis sehr gut überstanden. Und das Wichtigste: Er hatte eine Randbelichtung. Agfa Isopan F 18 DIN.

„Hochmodern", meinte Walter, „der kam erst Ende der 1930er Jahre auf den Markt."

Wir teilten den Rest des ersten Filmes in drei gleichlange Streifen und entwickelten sie zwölf, fünfzehn und zwanzig Minuten lang. Danach konnten wir entscheiden, dass wir bei unserem Set-up mit siebzehn Minuten die besten Ergebnisse bekommen würden.

„Ich will ihn so dicht wie möglich, gerade so, dass noch keine Feinheiten absaufen", sagte Walter. „Wir digitalisieren die Negative mit einem Spezial-Scanner, einem Imacon, den ein Kollege von mir hat. Dabei können wir den Grundschleier völlig rausbekommen. Und mit dichten Negativen bekommen wir eine wesentlich höhere Informationsdichte im Scan. Die Helligkeit nachzuregeln und den Kontrast anzupassen stellt demgegenüber kein Problem dar."

Hier zeigte sich der überragende Techniker: Die Kombination alter und modernster Techniken führte zum optimalen Ergebnis, zur maximalen Ausbeute.

Anschließend nahmen wir uns die zwei belichteten Filme vor. Walter schnitt von jedem Filmanfang fünf Zentimeter ab und entwickelte sie. Er wollte sichergehen, dass auch diese Filme vom gleichen Fabrikat waren – das war so. Also riskierten wir es und entwickelten beide Filme wie gehabt.

Und sie waren tatsächlich belichtet: Auf dem Film, der in der Kamera gewesen war, waren einunddreißig Bilder belichtet, auf dem in der Kapsel neununddreißig. Wir entschieden uns dagegen, die Filme nass zu begutachten, die Gelatineschicht ist in diesem Zustand einfach zu empfindlich. Nach einem kurzen Bad in einem Netzmittel hängten wir sie tropfnass in den Trockenschrank – auch ein Abstreifen der Flüssigkeit schien uns zu riskant, dabei kann sich die Schicht vom Träger lösen. Walter stellte die Heizung auf Null und die Abluft würde auf der niedrigsten Stufe rund fünf Stunden laufen.

Gegen zweiundzwanzig Uhr waren wir so weit fertig und genehmigten uns einen zweiten Becher Punsch. Der weißgraue Kater war verschwunden.

„Wochenende", meinte Walter trocken. „Da sitzt man nicht zu Hause rum, da zieht man um die Häuser."

Was wir dann auch machten. Die Filme trockneten ohne uns genauso gut.

***

Am Samstagvormittag trafen wir uns wieder und legten die Negativstreifen auf den Leuchttisch. Walter bestand darauf, sie zuerst in transparente Hüllen zu packen, um jede Beschädigung zu vermeiden, dann nahm jeder einen der Filme unter die Lupe.

Walter war schnell fertig mit seinem Streifen.

„Aufnahmen aus einer Flugzeugwerft", sagte er. „Kein over-all, sondern nur von der Montage eines bestimmten Typs. Aber so einen Flieger hab ich noch nie gesehen, höchstens in billigen Science-Fiction-Filmen. Und bei dir?"

„Weiß nicht recht. Das sieht aus wie Physik-Unterricht um die vorletzte Jahrhundertwende. Holztische mit komischen Apparaturen drauf, aber irgendwie alt, primitiv und zusammengestoppelt. Am Anfang des Streifens zwei Bilder von einem Flugzeug auf dem Rollfeld. Schau dir das mal an: Das ist doch eine Junkers 52?"

„Unbedingt", sagte Walter, nachdem er die beiden Negative unter seine Lupe gelegt hatte. „Ein Tiefdecker mit drei Motoren, in Alu-Wellblech. Ich gehe jede Wette ein, dass der Fotograf den Flieger vor dem Abflug fotografiert hat. Fliegen war damals ja noch nichts Alltägliches. Das hier ist sicher das Wrack, das du im Kar gefunden hast. Und es war keine Militär-Maschine – die hat die typische Lackierung der Deutschen Lufthansa."

„Woher weißt du das?"

„Ich habe mir alte Fotos aus dem Netz runtergeladen." Er ging an seinen Rechner und öffnete ein paar Bilddateien. Und zwei dieser Bilder zeigten dieselbe bogenförmige Lackierung wie die Ju vom Kar. In der Bildlegende wurde das bestätigt: „Eine Ju 52/3m in den Farben der Deutschen Lufthansa", stand da zu lesen.

„Ja", sagte ich, „die Lackierung ist identisch. Aber schau mal genau hin: Auf unseren Bildern steht auf der Seite nichts von Lufthansa, und an der Stelle, wo das stehen sollte, ist der Lack etwas dunkler. Das sieht aus wie übermalt..."

„Genau", antwortete er. „Und diese großen Buchstaben am Flügel fehlen auch, siehst du? Das war die internationale Kennung, da ist auf unseren Bildern nichts zu sehen. Könnte auch überpinselt worden sein."

Dann tauschten wir die Streifen aus. Das Flugzeug auf den Werftbildern sah wirklich merkwürdig aus: flach wie eine Flunder mit einer vorne angesetzten Beule – einem Cockpit? Rechts und links davon zwei große Löcher, aus denen runde Nasen lugten – Ansaughutzen? Kein Leitwerk. Drumherum Monteure und Menschen in weißen Kitteln.

Mit den Bildern auf meinem Streifen konnte auch Walter nicht viel anfangen.

Eine halbe Stunde später besprachen wir das weitere Vorgehen bei einer Tasse Kaffee. Walter machte mir ein Angebot, das ich nicht ablehnen konnte: „Ich muss schon sagen, du hast da wirklich interessantes Material angeschleppt." Er grinste. „Ich sag dir was: Wir könnten diese Geschichte zusammen machen."

„Damit bin ich natürlich sofort einverstanden", beeilte ich mich zu antworten. „Wem würdest du das anbieten?"

„Ehrlich gesagt: vorerst gar niemandem. Ich habe ein merkwürdiges Gefühl bei dem Ganzen. Ich weiß nicht – da könnte eine richtig große Geschichte dahinterstecken. Und ich finde, die sollte sich erst mal unbeeinflusst entwickeln dürfen, bevor sie ein Ressortleiter von irgendeinem Magazin an sich reißt und der Redaktionslinie anpasst."

„Das heißt aber auch, dass wir die Kosten selber tragen müssen", wandte ich ein.

„Ja", sagte er, „das ist halt das Problem: Wie weit traust du deiner eigenen Geschichte? Ich habe so was früher öfter mal gemacht, gelohnt hat es sich eigentlich immer – früher oder später. Es ist schon ein tolles Gefühl, wenn du vor einem Redakteur stehst mit deinem Material und merkst, wie scharf er darauf ist: Da ist kein Risiko für ihn, das Ding liegt fertig auf dem Tisch, er hat was zum Vorlegen in der Redaktionskonferenz, das leistungsmäßig ihm gutgeschrieben wird, ohne dass er dafür gearbeitet hat. Jetzt muss er es nur noch an Land ziehen – und er weiß halt auch genau, dass es für dich keinen Aufwand bedeutet, zur Konkurrenz rüberzugehen, wenn er rumzickt. Also ..." Er hatte ein Grinsen wie ein Kühlergrill im Gesicht.

„Und wer schreibt den Text?", fragte ich.

„Irgendwer. Da suchen wir uns einen, wenn es so weit ist."

Er grinste immer noch, und ich grinste zurück. Das hörte sich für mich sehr ungewohnt an. Normalerweise steht der schreibende Journalist im Mittelpunkt, er hat das Sagen, wir Fotografen sind geduldete Zuarbeiter, mehr nicht. Man braucht uns für die visuelle Umrahmung und Auskleidung der Geschichten, denn nach einer wissenschaftlichen Untersuchung, die jeder in der Branche kennt, laufen 74 Prozent des sinnlichen Inputs beim Menschen über die Augen. Und der Anblick gedruckter Textspalten ist in der Regel nichts, was die Sinne tanzen lässt. Also dürfen wir gerne phänomenale Bilder liefern, aber an Entscheidungsprozessen mag man uns nicht beteiligen. Deshalb kommen wir oft erst recht spät ins Spiel und erfahren nur das Allernötigste.

Walter wollte hier den Spieß offenbar mal umdrehen.

Wie er mir erklärte, war das früher, bevor die Quasselbude TV ihren Siegeszug durch die Wohnzimmer der Welt antrat, ohnehin das gewöhnliche Verfahren gewesen: Bei vielen Geschichten, vor allem bei spektakulären, war das Bild die Hauptsache, der Text war Beiwerk, das eben auch so, nämlich nebenbei, abgehandelt wurde. Ein Fotograf wurde instruiert und losgeschickt, brachte eine Bilderstrecke zurück und wurde dann für ein paar Stunden mit einem Schreiber zusammengesperrt, dem er die Details und Hintergründe der Geschichte erklären musste, damit der die Bildtexte schreiben konnte.

Das war es in etwa, was Walter vorschlug. Und da war ich sofort dabei.

Damit war das beschlossen, Walter war mit im Boot. Mir konnte das nur recht sein, er war mir nicht nur vom Alter, sondern auch von der Erfahrung her um mindestens zehn Jahre voraus. Aber so ganz konnte ich seine Einschätzung nicht nachvollziehen – das Material bot meiner Meinung nach erst mal wenig Ansatzpunkte.

Er sah das anders: „Da steckt was Größeres dahinter. Wie oft kommt es denn vor, dass man so gut lesbares Material auf den Tisch bekommt, dessen Bedeutung aber völlig im Dunkeln liegt? Von dem man mit einiger Sicherheit annehmen kann, dass man der Einzige ist, der dran ist? Das ist wirklich spannend, dafür liebe ich diesen Beruf."

Walter würde also die Filme mit dem Scanner seines Kollegen digitalisieren, bearbeiten und auf CDs brennen. Was die Recherche anging, wollte er sich dann an dem merkwürdigen Flugzeug versuchen, ich würde mich um diese Physik-Stunde kümmern. Dann wollten wir uns wieder zusammensetzen, uns austauschen und das weitere Vorgehen besprechen.

„Na", sagte ich, „hoffentlich muss die Geschichte des Dritten Reiches nicht umgeschrieben werden, wenn wir fertig sind."

Das war als Witz gemeint, kam aber bei Walter nicht gut an. Es ist schon so: Seit dem Skandal um die gefälschten Hitler-Tagebücher haben Journalisten in dieser Hinsicht einen bösen Stachel im Fleisch sitzen.

***

Zwei Tage später hatte ich die versprochene CD im Briefkasten liegen. Zu dem Zeitpunkt wusste ich bereits Folgendes: Genau genommen war es doch eine Militär-Maschine gewesen, deren Trümmer ich im Kar gefunden hatte. Denn die „Deutsche Lufthansa" und ihr gesamtes fliegendes Gerät waren mit Kriegsbeginn im September 1939 von der Luftwaffe übernommen worden. Im Wesentlichen wurden die LH-Flieger zunächst für Transportzwecke eingesetzt. Insofern war es also gar nicht so ungewöhnlich, dass Soldaten in einer LH-Maschine bei einem Absturz ums Leben kamen. Weiterhin völlig ungeklärt war allerdings die zentrale Frage: Was hatten die mit ihrer Kiste da oben im Watzmannkar verloren?

Ich legte die CD in das Laufwerk des Rechners und öffnete die Bilder meines Streifens als Slideshow: ein Tisch, aus Holz, einfach und robust gebaut. Etwa so groß wie der Küchentisch meiner Großmutter – vermutlich war es ganz einfach das: ein alter Küchentisch. Die Oberfläche brandversehrt und zerkratzt, mit merkwürdigen Gegenständen vollgestellt. Hinten eine Kiste, handspannengroß, fünf Zentimeter hoch: „Pertrix" stand da drauf. Das wenigstens kannte ich, aus meiner Kindheit – das war eine Batterie. Davor rechts und links je eine flache Holzplatte, bestückt mit Röhren und einem großen Kippschalter. Dazwischen zwei hochkant gestellte Klötzchen aus irgendeinem Metall, etwa zigarettenschachtelgroß. Dahinter, neben der Batterie, eine weitere, größere Holzplatte, ebenfalls mit Röhren bestückt, auch mit großen Kondensatoren und etwas, das wie ein altertümlicher Transformator aussah. Am rechten Rand des Tisches dann eine runde Dose von Wasserglas-Format, eingeschlossen in einer Art zweigeteilter runden Masse, wie eine Torte – aus Metall? Gips? Beton? –, sodass nur die obere Kappe der Dose herausschaute. Dazwischen Scherenklammern, ein Erlenmeyerkolben, Glasstäbe und anderes Zeug, das ich nicht einordnen konnte. Ganz im Vordergrund mehrere Rohre und eine halbierte Hohlkugel ...

Das war eine Art Versuchsaufbau, so viel war klar. Es ging dabei in irgendeiner Form um Elektrizität – aber da war kein einziges erkennbares Messgerät verbaut. Alle Einzelteile waren mit Kabeln verbunden, mit Ausnahme der „Torte“.

Auch die weiteren Bilder auf diesem Negativstreifen brachten nicht mehr Licht ins Dunkel: Immer nur dieser eine Tisch, aus verschiedenen Perspektiven, immer der ganze Tisch, keine Ausschnitte oder Nahaufnahmen. Jemand wollte das vorzeigen können, ohne zu sehr ins Detail gehen zu müssen. Ein paar Mal war eine deutende Hand im Bild, eine Hand in einem weißen Ärmel.

Außer der Batterie war keines der Bauteile lesbar beschriftet. Walter hatte die Negative riesengroß eingescannt, ich vergrößerte sie auf dem Bildschirm bis hundert Prozent, suchte Sektor für Sektor ab – und fand nichts.

Da war also jemand – ein Kollege – 1940 losgeschickt worden, mit einem von der Luftwaffe requirierten Zivilflugzeug. Bevor es losging, hatte er den Flieger auf dem Rollfeld fotografiert. Dieses Flugzeug hatte den Grundanstrich der Deutschen Lufthansa, aber der Name und die internationale Kennung waren offenbar überpinselt worden. Dann war er zu einer – oder zwei – Lokalitäten geflogen worden, wo er den Versuchsaufbau und die Montage dieses merkwürdigen runden Flugzeuges fotografiert hatte. Auf dem Rückweg war die Maschine aus einem unbekannten Grund über dem Watzmannkar abgestürzt. Soweit die erkennbaren Fakten.

Vielleicht ist es auch ein Defekt, der sie zur Notlandung zwingt. Dabei werden der Maschine die Flügel und das Heck abgerissen, der Rumpf bleibt am tiefsten Punkt des Toteises liegen, der Behälter mit der Kamera-Ausrüstung des Fotografen rutscht in den Gletscherbrunnen und friert am Grund für die nächsten 67 Jahre ein. Der Rumpf sinkt in jeder folgenden Tauperiode weiter ins Eis – einfach aufgrund seines Gewichts und der Tatsache, dass sich das Metall in der Sonne stärker und schneller erwärmt als das Eis. Dazu kommt jeden Winter eine neue Schneedecke, die sich auf das Wrack legt. Schon nach drei bis vier Jahren ist der Rumpf von der Oberfläche verschwunden.

Aber natürlich war das nur die einfachste Erklärung – und das Leben ist eigensinniger, bleibt nicht gerne in der ausgefahrenen Spur. Es gab sicher noch weitere Möglichkeiten, man musste nur drauf kommen ...

***

Für Walter war das alles glasklar: „Die beiden Bilderstrecken gehören zusammen, der Versuchsaufbau hat irgendwas mit Flugtechnik zu tun – Funktechnik, oder Radar? Die Deutschen haben damals an einem frühen Radarsystem herumentwickelt, ‚System Würzburg' wurde das genannt."

„Dann sind wir also bei diesen ‚Wunderwaffen' angekommen?"

„Ja, warum nicht? Ich nenne die Dinge gerne beim Namen, wenn sie einen haben. Es ist bekannt, dass die Nazis versucht haben, mit waffentechnischer Forschung ihre militärische Überlegenheit auszubauen. Denen war da jedes Mittel recht. Himmler hat tatsächlich einen Auftrag erteilt, Historiker sollten untersuchen, ob der Donnerkeil der Germanengötter eventuell kein Mythos, sondern eine hochentwickelte Waffe gewesen sei. Nein, kein Witz, das ist verbürgt."

„Okay, aber auch damit wissen wir noch nicht, was der Flieger da oben gesucht hat. Dazu hab ich mir noch ein paar

Gedanken gemacht: Es wäre möglich, dass es einfach ein fehlgeschlagener Landeversuch war. Aus irgendeinem Grund haben sie probiert, ob es möglich ist, mit so einer Maschine auf einem Gletscher zu landen. Der Fotograf sollte das dokumentieren – sein dritter Auftrag, wenn du so willst. Dieses Szenario würde auch erklären, weshalb das Wrack gerade auf dem Toteis liegt. Normale Gletscher wären für solche Versuche zu gefährlich gewesen, wegen der Spalten hauptsächlich. Ein Toteis hat aber keine Spalten. Und auf dem Gebiet des damaligen Deutschen Reiches gab es nur das Toteis im Watzmannkar und die Übergossene Alm am Hochkönig, ein paar Kilometer südwestlich. Außerdem ist nur das Toteis einigermaßen eben."

„Aha. Und wie kommst du jetzt darauf?"

„Ganz ehrlich: Das weiß ich nicht so recht, und das plagt mich, seit ich gestern versucht habe, mir dieses Absturz-Szenario auszumalen. Irgendwo, irgendwann habe ich mal was gehört oder gelesen, das damit zu tun hatte: ein Flieger auf einem Gletscher. Aber ich komm einfach nicht drauf, was genau das war..."

Kein Wunder, denn es war lange her und es spielte auf der anderen Seite der Welt.

„Und dann natürlich die Lage des Rumpfes. Wenn ich mir vorstellen soll, wie der relativ intakte Rumpf ohne Schwanz und Flügel dorthin gekommen ist – dann lande ich automatisch bei einem missglückten Landeversuch."

„Gut", sagte Walter, „dann nehmen wir das als weiteren Rechercheansatz mit rein. Ein Landeversuch, warum nicht. Das schließt sich ja auch nicht gegenseitig aus. Dann haben wir diesen Landeversuch und den Wunderwaffen-Ansatz."

„Und ich kümmere mich um die Gletscherlandung?"

„War ja deine Idee. Wenn du einverstanden bist, dann stelle ich eines der Flugzeug-Bilder in ein Forum, in dem sich Leute rumtreiben, die sich fürs Dritte Reich und Waffentechnik interessieren. Das kann uns viel Zeit sparen."

„Ich weiß nicht, wir werden uns dann mit jeder Menge Spinner rumärgern müssen – rechtsradikalen womöglich noch dazu."

„Da hast du sicher recht, aber das können wir ins Leere laufen lassen: Einmal werde ich uns dort unter einem fiktiven Namen registrieren. Zweitens über einen Server, der vorspiegelt, dass wir uns ganz woanders befinden, in den USA zum Beispiel. Drittens läuft das Ganze auf einem isolierten Notebook über ein Programm, das zusätzlich alle paar Minuten völlig sinnfreie IP-Adressen generiert und ins Netz schickt. Wer da etwas zurückverfolgen will, landet im Internet-Nirwana."

„Ist so was denn legal?"

„Nein, natürlich nicht. Aber wenn wir erwischt werden, können wir mildernde Umstände bekommen – wegen Notwehr."

„Okay", sagte ich lachend, „das ist doch mal was. Was den Namen angeht, da musst du dir nichts ausdenken. Ich schreib dir den meines Vaters auf, den hab ich im Bosnischen Krieg auch schon ein paar Mal benutzt. Es gibt auch noch eine kleine Internetpräsenz samt E-Mail-Adresse dazu."

Als er mich fragend ansah, dozierte ich: „Du weißt doch, eine Tarnbiografie sollte sich so nah wie möglich an der Realität orientieren, ohne etwas Wesentliches preiszugeben." Ich schob ihm den Zettel über den Tisch.

„Gut, das erspart mir einiges an Arbeit. – Du bist unehelich?", fragte er, als er den Namen las.

„Ja, zum Glück", antwortete ich.

***

Die journalistische Recherche in den Jahren 2006 oder 2007 unterschied sich noch sehr von dem, was wir heute kennen. Wikipedia war noch recht dünn, das Internet ein kleines Dorf und Google so etwas wie das Adressbuch dieses Dorfes. Zu dieser Zeit wurde im Netz über verschiedene Suchmaschinen vorrecherchiert, aber man kam schnell an den Punkt, an dem man mit den alten Methoden weitermachen musste: Bibliotheken, Archive und Telefon – man wälzte Bücher und Zeitungen und versuchte Fachleute an die Strippe zu bekommen. Oft hangelte man sich von einem zum nächsten, immer mit der Schlussfrage: „Was meinen Sie, wen könnte ich noch anrufen in dieser Angelegenheit?“ Und wenn gar nichts mehr ging, gab man Suchanzeigen in geeigneten Tageszeitungen oder Fachblättern auf. E-Mail gab es natürlich schon, es war eingeführt, aber noch neu genug, und man kam damit auch an Leute ran, die auf konventionellem Weg eher nicht erreichbar gewesen wären, weil jeder gerne damit herumspielte. Insgesamt aber war das Recherchieren damals noch um einiges langsamer und mühseliger.

Heute, im Zeitalter der „digitalen Revolution“, ist das Internet die erste und wichtigste Anlaufstelle geworden. Man bekommt auf die meisten Fragen Antworten in Echtzeit.

Natürlich birgt das auch viele Gefahren: Vor allem jüngere Kollegen neigen dazu anzunehmen, dass etwas, das im Internet nicht vorkommt, auch in der Realität nicht existieren kann. Viele Rechercheansätze fallen auch der Oberflächlichkeit der abgelegten digitalen Weisheiten zum Opfer – oder der Tatsache, dass jeder ohne größeren Aufwand Fehlinformationen im Netz hinterlassen kann, absichtlich oder aus Dummheit und Nachlässigkeit. Deshalb wird das Internet und vor allem Wikipedia von vielen älteren Rechercheuren verteufelt und abgelehnt.

Aber wie so oft ist auch hier nicht das Medium schuld, sondern der Anwender: Man kann das Internet sehr gut verwenden, um sich einen ersten Überblick zu einem Thema zu verschaffen. Darin liegt auch die Stärke von Wikipedia, und hier kommt noch die Fülle von Verweisen am Ende der meisten Artikel dazu, mit deren Hilfe auch Suchbegriffe präzisiert oder neue entwickelt werden können. Aber bevor man mit etwas in den Druck geht, muss man jede aus dem Netz gezogene Information auf herkömmliche Weise verifizieren. Dann bewegt man sich wieder in der vor-digitalen Zeit – langsam und behäbig. Alles andere muss als leichtfertig gelten.

Was mich bei meiner Recherche weiterbrachte, waren eben diese Verweise am Ende der Artikel bei Wikipedia. Zunächst einmal fand ich heraus, wo ich schon mal etwas über eine Ju 52 auf einem Gletscher gelesen hatte: in der Autobiografie von Heinrich Harrer, einem der Erstbesteiger der Eiger-Nordwand.

Dort stand es, in der Taschenbuchausgabe von Ullstein, Seite 202: *„Auch am Nanga Parbat war er gewesen* [gemeint ist ein Kollege, Mathias Rebitsch] *und hatte 1938 an der Expedition teilgenommen, die mit der Ju 52 Versuche anstellte, wie man Hochlager aus der Luft versorgen könne."*

Innerhalb von ein paar Stunden hatte ich die wesentlichen Fakten beisammen: Die „Deutsche Himalaja-Stiftung" hatte im Sommer 1938 eine Expedition zum Nanga Parbat organisiert. Es war der fünfte Versuch, diesen Bergriesen im Kaschmir zu besteigen, der vierte unter deutscher Leitung. Eine beachtliche Verluststrecke hatte dahin geführt: fünfzehn Tote bei den einheimischen Hilfsmannschaften, elf Tote auf deutscher Seite in nur fünf Jahren. In der Folge war der Nanga Parbat zum „Schicksalsberg der Deutschen" hochstilisiert worden.

Diese fünfte Expedition sollte den „Gipfelsieg" bringen, und zwar mit Luftunterstützung. Irgendwie war es diesen Leuten gelungen, eine Ju 52 samt Pilot und Mechaniker aufzutreiben, die ihnen die notwendige Verpflegung in die Hochlager fliegen sollte. Der offizielle Expeditionsbericht war in Buchform erschienen, und das nächste erreichbare Exemplar stand in der Deutschen Nationalbibliothek in Frankfurt am Main.

***

Zu dem Zeitpunkt lebte ich im beruflichen Wartestand, ich sollte mich bereithalten, eine Reportage in Osteuropa zu bebildern. Um Zeit und Geld zu sparen, war der Autor vorausgereist und versuchte in der Ost-Ukraine Gesprächspartner, Permits und geeignete Dolmetscher aufzutreiben. Ich sollte nachkommen, wenn alles geregelt war – und das konnte noch dauern. Ich hatte mich der Agentur gegenüber verpflichtet, für die nächsten vierzehn Tage nur Tagesjobs anzunehmen, um jederzeit abreisen zu können. Mit anderen Worten: Ich hatte Zeit, musste nur erreichbar sein. Also besorgte ich mir ein Ticket nach Frankfurt und sagte Walter Bescheid. Der wartete immer noch auf eine brauchbare Meldung auf seine Bildanfrage im Militaristen-Forum – bisher war nur Schrott gekommen. Aber er war nach wie vor zuversichtlich.

Die Bücher, für die man sich interessiert, kann man in Frankfurt nicht ausleihen, wer etwas will, muss sich hinbemühen. Dafür kann man seinen Lesestoff per Internet vorbestellen. Ich hatte mir eine interessante Liste zusammengestellt: „Die Geschichte der Deutschen Lufthansa“, zwei Bücher über die Junkers 52 und natürlich von Paul Bauer: „Das Ringen um den Nanga Parbat“ und „Nanga Parbat – Berg der Kameraden“. Letzteres war der offizielle Expeditionsbericht von 1938, Paul Bauer war der Leiter dieser Expedition gewesen.

Bauer beschrieb darin im Stil der Zeit – mit Begriffen wie Opferbereitschaft, Unterordnung, Kameradentreue, Gipfelsturm und so weiter um sich werfend –, wie sie am Berg gekämpft, gelitten und verloren hatten. Der Pilot war Mitglied der Himalaja-Stiftung, hatte zusammen mit Bauer ein paar Jahre zuvor einen Versuch am Kangchendzönga, einem anderen Achttausender, unternommen und in seiner Funktion als Luftwaffenoffizier den Zeugmeister der Luftwaffe, Generaloberst Udet, um diese Maschine samt Mechaniker gebeten. Und Udet, mehr Luftakrobat als General, hatte offenbar dafür gesorgt, dass eine Ju 52, die für die Lufthansa vorgesehen war, mit speziellen höhentauglichen Motoren ausgerüstet und der Stiftung geliehen wurde.

Die geplanten Material-Abwürfe fanden statt: einmal über dem Basislager auf 4000 Meter Höhe, dann auch über dem Lager IV auf 6200 Meter. Weitere Abwürfe, die auf bis zu 7500 Meter folgen sollten, fanden nicht mehr statt, weil die Expedition das Plateau über dem Silbersattel gar nicht erreichte. Schwierigkeiten gab es genug dabei, vor allem der Funkkontakt zwischen Flugzeug und der Mannschaft am Boden bereitete Probleme. Der Einsatz des Flugzeugs wurde allerdings sehr positiv gewertet – vor allem auch, weil der Pilot nach dem Abbruch der Expedition mit den Bergsteigern an Bord einen Flug in die Gipfelregion des Berges unternahm. Dabei wurden diese Bereiche zum ersten Mal gesehen und fotografiert, was als wesentlicher Vorteil für weitere Versuche betrachtet wurde.

Zwei weitere Angaben waren noch interessant: Für die Material-Abwürfe sei im Vorfeld der 1938er-Expedition in den Alpen geübt worden. Und: Im folgenden Jahr 1939 sollte eine Erkundung der Diamir-Seite des Berges erfolgen, zur Vorbereitung einer „Großen Expedition“ im Jahr 1940. Da hatte ich die erste Bestätigung: Es war 1938 in den Alpen geprobt worden. Und im Oktober 1940 war eine Ju 52 im Watzmannkar abgestürzt...

Eine „Große Expedition“ im Jahr 1940 hatte es nicht gegeben. Kein Wunder, im Jahr zuvor war der Zweite Weltkrieg vom Zaun gebrochen worden. Das Gebiet, in dem der Nanga Parbat lag, war unter englischer Verwaltung, dem Kriegsgegner Deutschlands. Aber die Erkundung von 1939 hatte noch stattgefunden – allerdings waren die Teilnehmer, unter ihnen auch Harrer, auf der Rückreise in Indien festgenommen und als Kriegsgefangene interniert worden. Was also hätte ein Flugzeug im Jahr 1940 in den Alpen proben können? Abwürfe ja wohl kaum. Ich war überzeugt davon, dass sie einen Schritt weiter gehen wollten: Landungen auf und Starts von Gletschern mit der Ju 52, einem Transportflugzeug. Aber weshalb das, wenn die Region, in der dieser Berg liegt, gar nicht mehr zugänglich war?

Vielleicht...gerade deshalb?

Ich gab die Bücher am Tresen zurück und fragte nach einem Terminal mit Internet-Zugang. Dort gab ich den Suchbegriff „Nanga-Parbat-Expedition 1940“ ein. Kein Ergebnis. Dann versuchte ich das Thema etwas weiter zu fassen: „Bergsport 1940“. Da kam auch nichts Interessantes – aber ich hatte einen Treffer unter „Sport 1940“. In diesem Jahr sollten die

12. Olympischen Sommerspiele stattfinden – in Tokio. Warum ich das so spannend fand? Weil ich wusste, dass damals bei Olympischen Spielen Medaillen für hervorragende Leistungen im Bergsteigen verliehen wurden.

Nachdem ich immer weitere Kreise um diese Stichworte gezogen hatte, kam ich bei einem Treffer an, der mich regelrecht ansprang: eine Diplomarbeit unter dem Titel: „Nationalsozialistische Expeditionspolitik – Deutsche Asien-Expeditionen 1933–1945". Und die lag in der Staatsbibliothek in Berlin.

***

Es war eiskalt in Berlin, und die Staatsbibliothek in der Potsdamer Straße wurde gerade umgebaut – wie seit Jahren die ganze Stadt an allen Ecken und Enden. In all dem Chaos brauchte ich einige Zeit, bis ich diese Diplomarbeit in den Händen hatte, aber dafür lohnte es sich: kenntnisreich, detailversessen, gut geschrieben und strukturiert, dabei verständlich und keinen Moment langweilig. Was mir aber am besten gefiel: Sie bediente meine Nanga-Parbat-Theorie absolut perfekt.

Es hatte tatsächlich der größenwahnsinnige Plan bestanden, den Nanga Parbat während der Olympiade in Tokio zu besteigen. Der „Gipfelsieg" sollte dann dort verkündet werden.

Erfolgreiche Bergsteiger waren die Popstars dieser Zeit. Auch war noch kein einziger der vierzehn Achttausender dieser Welt bestiegen worden. Die Erstbesteigung eines dieser Riesen, noch dazu so perfekt getimed, wäre ein Propagandaerfolg sondergleichen gewesen.

Aber warum hätte man im Herbst 1940 noch für so etwas proben sollen? Der Nanga Parbat war nicht mehr zugänglich und die Olympiade in Tokio wegen des Krieges abgesagt. Die Antwort konnte nur sein, da war ich mir ganz sicher: Weil die viel mehr vorhatten. Die wollten hinter dem Rücken der Engländer eine vollausgerüstete Gipfelmannschaft hoch oben am Berg absetzen und nach der Erstbesteigung wieder abholen. Und bevor der Kriegsfeind Nummer eins überhaupt etwas bemerkt hätte, würde der Rest der Welt schon über sie lachen. Das musste für einen wie Goebbels, den „Reichsminister für Volksaufklärung und Propaganda", unwiderstehlich gewesen sein.

Eine halbe Stunde später wurde ich rausgeworfen – die Bibliothek machte zu. Ich setzte mich in das nächste Café, rief Walter an und noch völlig besoffen von meiner Entdeckung erzählte ich ihm alles. Und wurde kugelrund gemacht.

„Wo ist da die Geschichte?", wollte er wissen.

„Na hör mal, alpinhistorisch gesehen ist das hochinteressant. Alleine, dass die geplant haben, den ..."

„Und wie viele alpinhistorisch interessierte Magazine kennst du, denen du das anbieten könntest?", unterbrach er mich.

Da fiel mir jetzt spontan nichts dazu ein.

„Und wo sind deine Belege?", fuhr er fort. „Oder führst du einen reinen Indizienprozess gegen Leute, die man nicht mehr befragen kann?"

„Na ja, ich könnte versuchen, die Namen der bei diesem Absturz Getöteten herauszubekommen. Wenn das dann lauter dienstverpflichtete Alpinisten waren, dann wäre die Sache ja wohl klar, oder?"

„Hör mal, es kann durchaus sein, dass du richtig liegst. Von dem ganzen Thema verstehst du wesentlich mehr als ich. Aber das kann höchstens eine Side-Story sein. Wir haben hier einmaliges Material liegen, Bilder aus dem Eis, aus der Geschichte. Merkwürdige Versuchsanordnungen, nie gesehene Flugapparate. Das kann ich jedem verkaufen – sobald wir rausgefunden haben, was es damit auf sich hat. Also komm runter von deinem Achttausender und arbeite hier mit, einverstanden?"

„Ja, okay", maulte ich, „aber ich muss mir das jetzt erst mal durch den Kopf gehen lassen. Ich suche mir hier eine Bleibe und melde mich morgen wieder bei dir. Gibt's auf deiner Seite denn was Neues?"

„Ja, jede Menge Mist und Unsinn. Kennst du Neuschwabenland? In der Antarktis? Nein? Da lebte Hitler bis vor ein paar

Jahren, in einem riesigen Bunker, mit seinem ganzen Hofstaat und den Nachfahren seiner Schäferhunde. Aber es gab auch noch zwei Antworten, die man vielleicht ernster nehmen sollte. Der eine sagt, wenn man den richtigen Ansatz hat, kommt man ganz schnell weiter mit diesem Flugzeug. Aber der will Geld sehen für seine Weisheiten. Der andere hört sich seriöser an, will aber weder per Mail noch am Telefon reden. Den werden wir besuchen müssen."

Ich fuhr dann mit der U-Bahn zum Schlesischen Tor und nahm mir ein Zimmer in einem kleinen Hotel, das ich noch von früher her kannte. Ich hatte zwar auch Verwandtschaft hier, mit einem schönen Gästezimmer, aber in meiner momentanen Laune wollte ich bei denen jetzt lieber nicht aufschlagen. Ich ging runter zum nächsten Dönerladen, kaufte mir ein Abendessen und zwei Flaschen Beck's.

Zurück in meinem Zimmer packte ich mein Material aus und suchte nach belastbaren Haken, an denen ich meine „Nanga-Parbat-Theorie" vielleicht doch noch aufhängen könnte. Aber da war nichts, glatter, senkrechter Fels, ohne den kleinsten Riss.

Kurz nach Mitternacht buddelte ich ein großes Loch, warf alles rein und schaufelte es zu. Und packte mich ins Bett.

***

Nach dem Frühstück rief ich Walter an, konnte ihn aber nicht erreichen. Ich hinterließ auf seinem AB eine Bitte um Rückruf, dann machte ich mich auf die Socken in die Innenstadt.

Das Handy klingelte zwanzig Minuten später, als ich in der U-Bahn saß: „Moin! Wo steckst du?"

Kennen Sie das auch? Das ist die neue Zeit der mobilen Kommunikation. Früher war bei einem Anruf unter Freunden die erste Frage gewesen: „Wie geht's?" Aber heutzutage...

„In der U-Bahn, Linie eins, Fahrtrichtung Uhlandstraße", antwortete ich.

Das sollte sarkastisch sein, aber das kam bei Walter nicht an: „Echt? Und wo da genau?“

Das wurde ja immer besser. „Ich glaube, die nächste Station ist Gleisdreieck“, antwortete ich.

„Ist ja nicht zu fassen. Hast du eine Stunde Zeit? Oder bist du verabredet?“

„Nein, ich habe jetzt schon Zeit, nachdem du mir gestern Abend die Arbeit von zwei Tagen in den Müll gekloppt hast ...“

Aber auch darauf ging er nicht ein: „Dann steig doch bitte Gleisdreieck aus, geh die Treppe runter auf den unteren Bahnsteig und noch eine Treppe zum Ausgang – es gibt nur den einen. Wenn du auf der Straße bist, gehst du rechts etwa hundert, zweihundert Meter bis ans Tempelhofer Ufer, dann wieder rechts unter der Hochbahn durch und dahinter sofort noch mal rechts in die Trebbiner Straße. Nach hundert Meter überquerst du die Trebbiner und stehst vor dem Eingang des Technikmuseums. Kauf dir eine Eintrittskarte, geh in den vierten Stock im Hauptgebäude und ruf mich wieder an. Okay?“

Was blieb mir anderes übrig?

KAPITEL 3

Achtundachtzig

Der dritte und vierte Stock im Deutschen Technikmuseum Berlin ist der Luftfahrt vorbehalten. Man sieht das schon von ganz unten, auf dem Niveau der Seefahrt, wenn man den Kopf in den Nacken legt: Da oben ist der Himmel voller Flugzeuge.

Das zweitgrößte unter ihnen trägt den Namen „Hans Kirschstein“. Ein Riese aus matt glänzendem Silber, drei schwarz maskierte Motoren, ein einzelnes, facettiertes Zyklopenauge auf der steil nach oben gereckten Nase. 19 Meter lang, 29 Meter breit, 6000 Kilo schwer. Die Tragflächen bedecken eine Fläche von 110 Quadratmetern – eine großzügige Vier-Zimmer-Wohnung hätte darauf Platz. Die Motoren leisten in der Startphase drei Mal 750 PS und bringen die fast drei Meter langen Propeller auf eine Drehzahl von 2500 Umdrehungen pro Minute. Das ist Leistung genug für den ganzen Flieger und noch zwanzig Menschen dazu, samt ihrem Gepäck. Tatsächlich kann die Zuladung über 4000 Kilogramm gehen – und es sind Fälle bekannt, wo diese Tonnage noch heftig überschritten wurde. Aber der große silberne Vogel hat auch das gepackt.

Da hatte er mich hingelotst, zu einer der wenigen intakten Junkers 52/3m, die es noch gibt. In der folgenden Stunde lernte ich einiges über diese beeindruckenden Maschinen: 4845 der silbernen Riesen wurden bis 1945 gebaut, rund 4000 im wahnsinnigsten aller Kriege vernichtet. 18 Überlebende soll es heute noch geben, die meisten stehen fest an den Boden geschraubt in Museen und Sammlungen. Sechs Maschinen, die noch fliegen dürfen, gibt es heute in Mitteleuropa. Und wo sie starten, laufen die Menschen zusammen, um das donnernde Lied ihrer Motoren zu hören – das Lied, das die zivile Luftfahrt eingeläutet hat.

Denn das waren alle diese Maschinen: Zivilisten. Erdacht, konstruiert, erprobt und gebaut, um Menschen zu befördern.

Nur rund dreihundert von ihnen hatten – wenigstens vorübergehend – dieses Vergnügen, die „Hans Kirschstein" gehört dazu. Der große Rest wurde sofort nach Fertigstellung zum Kriegsdienst gepresst und umgehend der Vernichtung zugeführt. Und deshalb tut man der Ju 52 in Berlin auch bitter Unrecht mit dem Namen, den man ihr verpasst hat: Hans Kirschstein war ein „Fliegerheld" des Ersten Weltkriegs mit 27 bestätigten Abschüssen.

Ich musste diesen Anblick erst mal verdauen – und Walter musste fast zwei Stunden auf meinen Rückruf warten.

„Tja, was soll ich sagen? Vielen Dank? Fürs Runterholen von meinem Achttausender?"

„Ach komm, vergiss es. Es ist halt so, dass es deine Geschichte ist, dass du bis zum Hals drinsteckst, und da verliert man schon mal den Überblick. Ich bin gerade heute morgen draufgekommen, dass in Berlin noch eine Ju 52 zu besichtigen ist, und als ich dich anrufe, stehst du praktisch schon fast davor. Da konnte ich mir den Gag nicht verkneifen ... Aber jetzt sag mal: Wie sieht das Teil aus?"

„Absolut überwältigend. Du kannst dir nicht vorstellen, wie das ist, der Sprung von den Trümmern im Kar zu diesem Riesenteil hier. Ich hab zwar schon ein paar Bilder von dem Flieger gesehen, aber das Original in Original-Größe schlägt einfach alles."

„Ja, kann's mir vorstellen. Also, was ich sagen wollte: Das, wo du jetzt davorstehst, wozu dir nur ein ‚Überwältigend' einfällt – das ist nicht mal das, um was es geht bei unserer Geschichte. Wir haben das noch einen Tick besser: ein Flugzeug, genauso groß oder noch größer, das keiner kennt, kaum einer je gesehen hat. Dazu noch das eine oder andere Geheimnis als Zugabe ... Darauf sollten wir uns konzentrieren, okay?"

„Absolut, du hast völlig recht. Es gibt hier eine kleine Bibliothek, ich geh da gleich mal runter und sichte den Bestand."

„Brauchst du nicht, hab ich schon, die haben einen Online-Katalog. Hast du was zu schreiben?“

Er diktierte mir eine Liste von Titeln, die ich durchblättern sollte. Bücher über die Entwicklung der Flugzeugtechnik im Dritten Reich, Waffentechnik bei der Luftwaffe, Heinkel, Messerschmitt, Focke-Wulf und Konsorten.

Die Bibliothek war klein: ein schmaler Tresen, ein kleiner Lesesaal. Aber dahinter verbarg sich ein Magazin mit 500.000 Büchern. Und die Leute dort waren wirklich nett, suchten mir mein Zeug in einer halben Stunde raus, und den Rest des Tages verbrachte ich damit, nach Abbildungen unserer fliegenden Untertasse zu suchen – oder wenigstens nach etwas, was in diese Richtung gehen könnte.

Das alles brachte jedoch kein Ergebnis, und ich hätte es mir sparen können, wenn ich mal die Augen aufgemacht hätte. Mir war die Evolution im Weg – sie hat uns so geschaffen, dass wir nicht gerne nach oben schauen: Eine dieser „Untertassen“ hing senkrecht über mir, als ich den vierten Stock auf dem Weg in die Bibliothek verließ. Allerdings war das ein Segelflugzeug.

***

Als ich die Museumstür hinter mir hatte – mit brennenden Augen, steifem Genick und einem lahmen Kreuz – war es gegen achtzehn Uhr. Ich schaltete das Handy wieder ein, hatte eine Nachricht von Walter drauf, rief ihn zurück auf dem Weg zur U-Bahn: Ich sollte auf dem Rückweg in Stuttgart vorbeifahren. Dort, in der Landesbibliothek, stünde eine komplette Ausgabe der Goebbels-Tagebücher – im Gegensatz zu Hitler hatte der wirklich Tagebuch geschrieben, und zwar manisch, wie mir Walter erzählte.

„Wir haben eine gute Chance, dass der den Absturz erwähnt – wenn es um was Wichtiges ging. Du musst eigentlich nur um den Absturztermin herum nachschlagen, ob da irgendetwas auftaucht.“

Das war mein Glück, denn diese Gesamtausgabe umfasste einen halben Regalmeter ... und ich wurde fast sofort fündig!

Mit Datum vom 10. November 1940 stand da zu lesen:

„Raskin ist auf einem Flug nach Bukarest tödlich verunglückt. Ein ganz schwerer Schlag für mich und meine Arbeit. Ich verliere in ihm einen meiner fähigsten Auslandspropagandisten, den ich überhaupt nicht ersetzen kann. Vereisung. Aber was nutzt die Erklärung. Auch menschlich war mir Raskin so wertvoll. Ich bin wie vom Schlag gerührt, als ich die traurige Botschaft erhalte. Und gerade jetzt, wo ich ihn so nötig hatte."*

Unten auf der Seite noch ein Hinweis des Herausgebers:

** Gemeint ist die Absturz-Ursache: Tragflächenvereisung.*

Das Einzige, was mir nicht so gut gefiel, war, dass Goebbels diesen Eintrag erst zehn Tage nach unserem Absturzdatum gemacht hatte.

Der uns bekannte Absturztag war Mittwoch, der 30. Oktober 1940. Wir wussten natürlich nicht, wie lange es dauerte, bis die Maschine gefunden wurde. Dass etwas nicht stimmt, merken die, als das Flugzeug in Bukarest nicht ankommt. Und dann wird es sicher erst mal als vermisst gemeldet. Man nimmt wahrscheinlich auch noch eine ungeplante Außenlandung wegen schlechten Wetters an. Man wartet ab, am Donnerstag und vielleicht auch noch am Freitag. Dann wird die Befürchtung zur Gewissheit: Da ist was passiert. Eventuell wird erst jetzt das Ministerium benachrichtigt – aber da sind erst mal alle im Wochenende. Frühestens am Montag, den 4.11. erfährt Goebbels etwas – und vielleicht noch nicht mal dann: In seinem Tagebucheintrag vom Dienstag, den 5.11. erwähnt er jedenfalls nichts. Aber am Sonntag, den 10.11. weiß er dann sogar schon die Ursache des Unglücks: „Vereisung".

Ich dachte mir, so muss man sich das vorstellen, in einer Welt ohne Flugsicherung, Handy, Internet und GPS.

Aber das Ganze war wieder nur eine Sackgasse. Das merkte ich recht schnell, als ich den Namen Raskin in einem Medien-

Lexikon nachschlug: Adolf Raskin war ein Journalist und Rundfunkpionier. Außerdem unter Josef Goebbels der Chef der Geheimsender für psychologische Kriegsführung. Er starb am 8. November 1940 bei einem Flugzeugabsturz in der Nähe von Dresden, als er von Berlin kommend auf dem Weg nach Sofia war. Das Flugzeug war eine Junkers 90, mit vier Motoren und 29 Insassen, von denen keiner überlebte – eine sehr große Opferzahl für diese Zeit. Und dieser Dr. Goebbels bedauert in seinem Tagebuch ausschließlich den Tod seines Mitarbeiters, erwähnt die anderen 28 mit keinem Wort?

Als ich Walter das alles erzählte, meinte er: „Da hast du diese Faschisten. Das war deren Vorstellung von Sozialismus: Der Einzelne ist nichts, die ‚Gemeinschaft' ist alles. Diese Härte und Ignoranz muss man haben, wenn man Millionen in den Tod schicken will für Volk und Vaterland, wenn man am Ende die eigenen Kinder umbringt, damit sie ‚dem Feind' nicht in die Hände fallen."

Und wieder waren wir festgefahren, wussten erst mal nicht weiter.

„Was haben wir noch?", fragte Walter.

„Den zweiten Informanten aus dem Militaria-Forum", antwortete ich.

„Gut", meinte er, „dann kontaktiere ich den."

Wir vereinbarten, dass ich den persönlichen Kontakt übernehmen würde, Walter sollte unerkannt im Hintergrund bleiben. Dann verabredeten wir uns für den nächsten Vormittag auf einen Kaffee in der Innenstadt. Aber daraus wurde erst mal nichts ...

***

Auf dem Nachhauseweg klingelte das Handy, die Agentur war dran: Morgen Früh sollte mein Flug ab Stuttgart gehen, via Zürich und Kiew nach Donezk. Dort würde der Schreiber mich abholen, weiter ginge es mit dem Taxi. Die ganzen Unterlagen würden mir gerade zugefaxt – und richtig: Als ich die Tür aufschloss, ratterte das Faxgerät schon.

Ich packte, suchte die spezielle Ausrüstung zusammen, die ich schon vor zwei Wochen zusammengestellt beziehungsweise -gebettelt hatte: darunter eine alte, rein mechanisch funktionierende Kamera, die ohne Strom auskam, dazu ein Blitzgerät, das in eine gasdichte Stahlröhre eingebaut war – ich würde in den Kohleminen fotografieren müssen, dort war wegen der Explosionsgefahr alles verboten, was Funken erzeugen könnte.

Am nächsten Morgen saß ich in Stuttgart am Gate für den Flug nach Zürich.

Als die Abfertigung schon begonnen hatte, tauchte eine Flughafen-Angestellte auf, die meinen Namen ausrief. Ich müsse mit ihr kommen, so schnell wie möglich. Der Flug von Zürich nach Kiew sei ausgefallen, alternativ ginge in zwei Stunden aber ein anderer ab Frankfurt am Main. Den müsse ich unbedingt erwischen, denn meinen Inlandsflug von Kiew nach Donezk gebe es nur zwei Mal die Woche. Man würde mich jetzt mit dem Taxi nach Frankfurt schicken. Gerade, als ich nach meinem bereits aufgegebenen Koffer fragen wollte, kam ein junger Mann angerannt, der ihn hinter sich herzerrte. Zu dritt rannten wir weiter zum Ausgang der Abflughalle, wo schon ein Taxi stand, mit einem grinsenden Fahrer, der mir die Tür aufhielt.

Warum der so breit grinste, erfuhr ich, sobald wir losgefahren waren: „Hörn Se mal, ich sag Ihnen das gleich: Das wird nix mit Frankfurt in der Zeit. Ist nich zu machn, auf der Strecke sind drei Wanderbaustellen – no way."

„Haben Sie das denen gesagt?"

„Ja klar!"

„Warum schicken die uns dann überhaupt los?"

„Na, weil Sie dann nich mehr denen ihr Problem sind, sondern das von den Leuten in Frankfurt, klar?"

„Ahso, ja. Und für Sie lohnt sich das Ganze, nehm ich mal an?"

„Aber klar doch!", grinste er in den Rückspiegel.

Er hatte natürlich recht. Mit zwanzig Minuten Verspätung stand ich am Terminal in Frankfurt. Erst mal wurde ich zum Mittagessen eingeladen, von Swissair, auf Coupon, in egal welchem Restaurant auf dem Flughafengelände.

Zwei Stunden später wurde ich ausgerufen, ging zum Terminal von Swiss und erfuhr Folgendes: Morgen Früh um zehn würde mein Flug nach Kiew gehen. Meinen Anschluss würde ich dort auch bekommen, der Flug sei nämlich heute abgesagt und auf morgen verschoben worden.

Als die Dame mein verdutztes Gesicht sah, meinte sie: „Da waren mindestens zehn Personen heute auf dem ausgefallenen Kiew-Flug, die weiter nach Donezk wollten. Wir konnten die ukrainischen Kollegen davon überzeugen, dass es besser wäre, morgen mit einem wenigstens halbvollen Flugzeug zu fliegen als heute mit einem leeren ..."

Und der Service ging noch weiter: „Sie müssen in Kiew vom Internationalen Flughafen zum Nationalen wechseln. Sie gehen raus aus dem Ankunftsgebäude, wenden sich nach rechts. Nach hundert Meter stehen Sie vor einer Art Lagerhalle. Da müssen Sie rein. Dort liegt ein Haufen Gepäck, suchen Sie sich Ihre Koffer raus und gehen Sie damit an den Schalter – es gibt nur den einen. So, jetzt müssen wir noch klären, wo Sie die Nacht verbringen möchten: Steigenberger oder Sheraton?"

Diese Sonderbehandlung bekam ich übrigens nicht, weil ich etwa prominent gewesen oder erster Klasse geflogen wäre – ich hatte ein ganz normales Touristen-Ticket. Aber dieses Ticket war von einer bekannten Presseagentur für mich gekauft worden, und das war schon das ganze Geheimnis. Alle Reisenden sind gleich, aber Journalisten, Meinungs-Multiplikatoren, sind viel gleicher ...

Im Sheraton, das in Frankfurt zwischen Flughafenbahnhof und Abflughalle lag, musste ich mich dann noch entscheiden, ob mir ein Früchtekorb oder eine Flasche Champagner lieber wäre – den die Swiss mir aufs Zimmer stellen wollte.

Natürlich war das auch das Ende aller Bequemlichkeiten für die nächsten zehn Tage. Der Flug von Kiew nach Donezk war – sagen wir mal: pittoresk. Die Taxifahrt in einem steinalten Wolga über 120 Kilometer Schlaglochpiste war eine Steigerung des Flugerlebnisses und das Quartier in der kleinen Bergbaustadt im Donezk-Becken der absolute Hammer: zusammen mit Schreiber und Dolmetscher in einem knapp zehn Quadratmeter großen Zimmer, in dem vier Feldbetten standen, in jeder Ecke eines – und das war schon die gesamte Möblierung. Es gab auch ein mittelgroßes Hotel, aber das war geschlossen, seit die Funktionäre aus Moskau nicht mehr kamen. Uns blieb nur das „Bergarbeiter-Heim" der Stadt. Der Hygiene-Bereich wurde von uns nach der ersten Besichtigung „die Tropfsteinhöhle" genannt. Aber immerhin mussten wir nicht auf Parkbänken schlafen – mal abgesehen davon, dass es keinen Park in der Stadt gab.

Das sind so die Wechselbäder, die einen in diesem Job erwarten. Aber die Geschichte lief gut, die Menschen waren freundlich, interessant und begierig, ihre Situation zu schildern, wir liefen überall offene Türen ein – und dafür nimmt man ja vieles in Kauf. Nur die Tropfsteinhöhle habe ich bis heute nicht vergessen können ...

***

Wieder zu Hause stellte sich – nach der ersten wirklich warmen Dusche, der ersten guten Tasse Kaffee – dieser merkwürdige Zustand ein, den wir „Dekompression" nennen. Ich war zehn Tage lang mit zwei anderen auf engstem Raum zusammengepfercht gewesen, wir hatten fast jede Privatsphäre aufgeben müssen, waren täglich zwölf, vierzehn Stunden am Arbeiten, krochen sechshundert Meter unter dem Boden in achtzig Zentimeter hohen Kohleflözen herum, hatten mit Bergarbeitern, Rettungstrupps, Pfarrern, Minenbesitzern und Politikern geredet. In der verbleibenden, eigentlich nicht vorhandenen Freizeit mussten wir schlafen, was zu essen und die sonstigen Notwendigkeiten des täglichen Lebens organisieren und uns von den Bergwerksbesitzern zu wüsten Besäufnissen einladen lassen – für die Erlaubnis, am nächsten Morgen total verkatert mit ihren Arbeitern in die Minen einfahren zu dürfen.

Und dann wird man plötzlich zurückgeworfen in sein ganz normales Leben ...

Walter war nicht gut drauf. Wir begingen unsere private Weihnachtsfeier in einem Irish Pub: Guinness, Tullamore Dew, Vinegar Chips. Er war frustriert, die Geschichte steckte fest, es ging ihm alles viel zu langsam, das passte ihm nicht. Der Tippgeber, den ich aufsuchen sollte, hatte sich auch noch nicht gemeldet. Was für mich erst mal kein so großes Problem war, ich würde auf Tage hinaus genug zu tun haben mit der Bildauswertung der Ukraine-Reise.

„Und? Wie war's?“, grummelte er.

Ich schüttelte den Kopf. „Lebendig begraben. Das ist so ein Spruch bei den Bergleuten dort: ‚Wir sind schon vor dem Tod begraben.‘ Stimmt natürlich, und wenn man in diesen Minen war, versteht man das. Kann man aber so auch für den ganzen Landstrich sagen. Das ist schon hart, wie die sich dort durchschlagen müssen. Aber weißt du was? Ich bin mit der Ju 52 geflogen. Also gut, nicht so ganz, aber fast: mit ihrer kleinen russischen Schwester. Der Flug von Kiew nach Donezk, das war eine uralte Propeller-Maschine, dreißig Plätze, zwei Motoren. Stand da wie die „Kirschstein“ im Museum: Hintern am Boden, Schnauze himmelwärts gereckt – man geht steil bergauf zu seinem Platz. Die Motoren werden mit einem riesigen Kompressor angeworfen, der auf der Ladefläche eines antiken Lastwagens montiert ist. Der Laster schaukelt zum rechten Motor, der Fahrer steigt aus, schließt ein paar Schläuche an, dann zischt es, die ganze Kiste fängt an sich zu schütteln wie ein nasser Hund, die Schraube dreht langsam an, der Motor fängt an zu wimmern, zu spucken und röhrt schließlich los. Der Typ macht die Schläuche ab, fährt um die Maschine herum, dasselbe am linken Motor, er koppelt ab, verstaut sein Zeug, verschwindet. Die Motoren laufen ein paar Minuten im Leerlauf, der Pilot schiebt das Gas rein, es wird lauter und immer lauter, die Kiste schüttelt immer stärker, es geht über in ein Vibrieren, das du zuerst im Magen und dann im Rückgrat spürst. Und dann macht er die Bremsen auf und – ab die Post. So muss sich das auch damals angefühlt haben ..."

„Hast du Angst gehabt?"

„Na ja, ganz wohl war mir nicht, das muss ich zugeben. Die Kiste machte einen so improvisierten und zusammengeflickten Eindruck, dazu der Lärm und die Vibrationen ... Da bekommt man schon etwas schwitzige Hände. Aber dann wurde für Ablenkung gesorgt: Kabinenservice." Ich musste lachen. „Da waren zwölf, fünfzehn Leute an Bord, in total durchgesessenen Sitzen – die Beinfreiheit war allerdings sensationell. Und es gab tatsächlich eine Stewardess. Eine hübsche, junge Frau, blond, himmelblaue Uniform, kurzer Rock, Nylonstrümpfe, schräges Mützchen, wie aus dem Bilderbuch. Die schob einen Karren vor sich her – das war ganz einfach ein geklauter Einkaufswagen aus dem Supermarkt, ob du's glaubst oder nicht. Darin hatte sie einen Packen Plastikbecher und drei Zwei-Liter-Flaschen: Cola, Sprite und Mineralwasser. So schob sie die Karre von Sitzreihe zu Sitzreihe und jeder bekam, was er wollte. Der Witz war allerdings, dass die Räder der alten Karre sich nicht mehr so richtig drehen wollten und der Spannteppich auf dem Boden so ausgeleiert war, dass er vor den Rädern zu Falten zusammengeschoben wurde. Es hat sich dann so eingespielt, dass jeweils zwei Passagiere den Wagen über das entstandene Teppichgewurstel drüberhoben, und weiter ging's zum nächsten Stau ..."

Ein kleines Grinsen wenigstens bekam ich als Belohnung für diese Geschichte. Aber so richtig der Alte war Walter erst Anfang Januar, als ich von ihm eine Adresse und einen Termin mit unserem Informanten erhielt: in München diesmal.

„Du besuchst also einen Herrn Zeller. Morgen Nachmittag um fünfzehn Uhr. Hier ist die Adresse und die Telefonnummer."

Er hatte mir den Mailkopf von diesem Herrn Zeller ausgedruckt.

„Fernsprecher? Fernkopierer? Elektronische Post? Was soll denn das?"

„Scheint was gegen Fremdwörter zu haben. Vielleicht ein ganz strammer Deutsch-Nationaler? Du findest das raus. Ich habe dich bei diesem Herrn unter deinem Tarnnamen eingeführt, er kennt nur diesen, keine Adresse, keine Telefonnummern. Er weiß, dass der Inhaber dieses Namens Journalist ist. Hier hast du Kopien von unserem Mailverkehr – nein: von unserm Schriftwechsel per Elektronischer Post", fügte er grinsend an. Ich blies dazu die Backen auf.

„Und wenn du schon in München bist, dann geh doch bitte im Deutschen Museum vorbei. Ich bin da auf einen Begriff gestoßen, der was mit unserem Flugzeug zu tun haben könnte. Ich hab es dir aufgeschrieben." Damit reichte er mir einen gelben Klebezettel rüber, auf dem ein merkwürdiges Wort stand: „Reichsflugscheibe".

„Und was soll das sein?", fragte ich. „Ein deutsch-nationales Wort für UFO?"

„Na ja, es gab ja diesen Idioten, der mir den Mist über Hitler nach dem Krieg in der Antarktis gemailt hat, du erinnerst dich? Da kam dieser merkwürdige Begriff vor. Zuerst dachte ich, das ist auch nur wieder so ein Blödsinn. Aber andererseits: Wenn ein Laie unser Flugzeug beschreiben müsste, könnte ihm so ein Begriff einfallen."

„Aha, Hitler wollte also fliegende Untertassen bauen lassen", spöttelte ich. „Das passt ja gut zu unserem Leitthema Wunderwaffen. Und was kommt als Nächstes?"

„Weißt du was? Mir ist auch nicht so ganz wohl dabei. Eigentlich stinkt das ganze drei Meilen gegen den Wind nach Boulevard der untersten Kategorie, und ich würde so was normalerweise nicht mit der Feuerzange anfassen." Er zog die Schultern hoch. „Aber ..."

„... da sind diese verdammten Fotos", vervollständigte ich seinen Satz. „Und ja, du hast recht, die habe ich angeschleppt." Ich seufzte. „Klar, ich schau in der Bibliothek des Museums mal nach, ob die unter diesem Begriff was im Katalog haben. Aber fragen tu ich das niemanden, das kannst du nicht verlangen!“

Walter hatte schon recht: Zu diesem Zeitpunkt hatten wir noch genug Abstand, um den Braten wenigstens riechen zu können. Später waren wir dann einfach zu dicht dran, um das Messer zu sehen, in das wir laufen sollten.

***

Ich arbeitete damals zum ersten Mal auf diese Weise – ohne Auftrag, auf eigene Rechnung, in der vagen Hoffnung, dass am Ende etwas herauskommen könnte, für das es einen Markt gab. Normalerweise werde ich angerufen, von der Pressestelle eines Unternehmens oder von der Agentur, bei der ich assoziiertes Mitglied bin. Ich erfahre von den Geschichten, auf die ich angesetzt werde, recht wenig, was oft unbefriedigend ist.

Was das Wirtschaftliche angeht: Assoziiert heißt in diesem Zusammenhang nichts anderes, als dass ich nicht für die Agentur arbeiten muss, wenn ich nicht will, und sie mir nichts schulden, wenn sie keine Arbeit für mich haben. Mir wurde die Mitgliedschaft gegen ein Festgehalt angeboten, und ich habe zweimal abgelehnt. Erstaunt habe ich einmal in einem Artikel der Gewerkschaftszeitung gelesen, dass von Fachleuten meine Art, mein Geld zu verdienen, als „prekäres Arbeitsverhältnis“ umschrieben wird, und ich muss sagen, das trifft es gut. Aus meiner Sicht ist die damit verbundene Freiheit aber mit Geld auch nicht zu bezahlen. Und jetzt hatte ich mich also auf eine noch prekärere Geschichte eingelassen ... wie prekär, das wusste ich damals allerdings noch nicht.

***

Einen Tag später, München-Bogenhausen, Büchnerstraße 17.

Ich war mit der Bahn angereist. Kein Auto: kein Kennzeichen, das man zurückverfolgen konnte. Vor dem Bahnhof hatte ich mir ein Taxi genommen.

Eine niedrige Mauer mit aufgesetztem Lattenzaun zwischen viereckigen Pfeilern, die mit dicken, überstehenden Granitplatten gedeckelt sind. Ein Gartentor, ein Namensschild, eine runde Messingklingel. Eine Frauenstimme aus einem unsichtbaren Lautsprecher: „Bitte kommen Sie zur Haustür." Ein leises Summen am Gartentor, dann klickt es auf. Dahinter taucht ein Einfamilienhaus aus dem Schneeregen, ein gegliedertes Biberschwanz-Dach mit Fledermaus-Gauben, in einem unbestimmten Beige verputzt, zum Teil mit beschneitem Efeu bewachsen.

An der Haustür aus schwerer Eiche springt die Zeit: ein ältliches Dienstmädchen in Schwarz-Weiß. Spitzenschürze und Häubchen in Weiß, Schuhe, Strümpfe und das Kleid sind schwarz. Die Haare liegen dazwischen: grau. Und dann – bin ich in einem alten Film gelandet? – fragt sie: „Wen darf ich melden?"

Die Inneneinrichtung im selben Stil: Gründerzeit in Reinform. Allerdings etwas zu viel Eiche, zu wenig Nussbaum – gemessen an dem, was man sonst so sieht in den Antiquitätenläden. Merkwürdig gemusterte Textil-Tapeten, zu kleine Fenster, irgendwie alles Grau in Braun. Klar, in so einem Haus benutzt man kein Telefon, man hat einen Fernsprecher. Und einen Fernkopierer. Auch einen Computer? Falls es die inzwischen nicht in kannelierten Eichenholz-Gehäusen gibt, musste so eine Maschine in dieser Umgebung wirken wie ein Hundehaufen auf einem Perserteppich. Und: Wie nannte man solche Geräte in dieser Umgebung dann?

Ich wurde gebeten, in der Diele Platz zu nehmen. Auf einem Sessel mit geschnitzten Löwenköpfen am Ende der Armlehnen. Man würde mich anmelden. Da saß ich dann eine geschlagene Viertelstunde, einen Gobelin mit einem röhrenden Hirsch vor der Nase. Dann kehrte das schwarz-weiße Fräulein zurück und sagte – ob Sie es glauben oder nicht: „Herr Zeller lässt bitten."

Er kam mir quer durch sein Arbeitszimmer entgegengehüpft: ein altes, kleines, mageres Männchen, fast kahl, grauer Einreiher mit Weste, braune Krawatte, schiefgelegtes Köpfchen mit einem Grinsen im Gesicht. Er passte so perfekt in diese Umgebung zwischen 1870 und 1914, dass ich einen Moment lang sicher war, in eine Filmkulisse geraten zu sein – aber es gab keine Kabel, Scheinwerfer oder Kameras. Nur die deprimierende Abwesenheit von Farbe und Licht.

Ich wurde in einen Sessel bugsiert, einem Bruder von dem Möbel in der Diele, an ein Tischchen, auf dem ein monströser Aschenbecher stand: schwarzgrün und aus Metall – Bronze? –, so groß wie eine Radkappe, ein Löwe lag auf seinem breiten Rand, hielt ein Wappenschild fest, unter seiner rechten Pranke.

Herr Zeller hielt sich nicht lange mit Vorreden auf: „Woher haben Sie nur diese interessanten Fotografien, die ich im Netz gesehen habe?“, wollte er wissen.

„Aus einem abgestürzten Flugzeug, irgendwo in den Alpen. So, wie Sie es im Internet gelesen haben“, war meine Antwort.

„Diese Bilder“, antwortete der alte Mann, „sind Eigentum eines Verstorbenen, der Rechtsnachfolger hat. Alles, was Sie gefunden haben, müssen sie von Rechts wegen diesen Rechtsnachfolgern aushändigen, das ist Ihnen doch hoffentlich klar?“

„Und diese Rechtsnachfolger kennen Sie?“

„Ich könnte Verbindung mit ihnen aufnehmen ...“

„Dann sollten Sie das tun. Mir geht es ja gerade darum herauszufinden, was es mit diesen Bildern auf sich hat – und dem, was darauf abgebildet ist. Ich bin kein Dieb.“

Er machte mit dem Oberkörper eine merkwürdig windende Bewegung, legte die Hände zusammen, rieb sie aneinander, hielt den dürren Kopf leicht schräg, spitzte die Lippen, ein etwas widerlicher Anblick. Er hatte mich zum Komplizen machen wollen – und das hatte nicht geklappt. So ein Pech aber auch ...

„Lassen wir diese Spielchen“, surrte er, „das bringt uns nicht weiter. Möchten Sie mir fürs Erste nicht wenigstens sagen, wo genau dieses Flugzeugwrack liegt?“

Dir würde ich freiwillig nicht mal die Uhrzeit sagen, dachte ich. Was ich laut sagte: „Dazu ist es noch etwas zu früh. Erst mal möchte ich von Ihnen etwas hören, möglichst etwas, das ich noch nicht weiß. Sie haben mir geschrieben, Sie könnten mir im persönlichen Gespräch wichtige Mitteilungen zu diesen Bildern machen. Nun?“ Damit zog ich den Umschlag mit den Bildern aus dem Rucksack und legte sie vor mir auf das Tischchen.

„Ja“, sagte er und schielte nach den Bildern, „Sie zitieren außergewöhnlich korrekt. ‚Könnte‘ war der Konjunktiv...“ Er schaute lächelnd an mir vorbei, hinter mich, ins Leere.

Okay, auch nur wieder so ein Wichtigtuer. Schade ums Fahrgeld, dachte ich. Ich schüttelte den Kopf, stand auf, packte die Bilder wieder in den Umschlag – aber dann passierte etwas, das dazu führte, dass ich fünf Sekunden später doch wieder in dem muffigen Lehnstuhl saß. Zeller sagte: „Ach wissen Sie, wo der Flieger liegt, das ist mir doch längst bekannt. Im Watzmannkar. Eine Junkers 52 der Lufthansa, dreimotorig. Richtig oder falsch?“

Die Frage war reine Rhetorik, und er hatte an meiner Reaktion sofort gesehen, dass er recht hatte. Er feierte das mit seinem widerlich öligen Grinsen und rieb die knochigen Hände in katholischer Gebetshaltung aneinander. Beinahe wurde mir schlecht ...

Ich mache es kurz, es war ohnehin zum Brüllen, was dann kam: Dieser Herr war hinter den Hitler-Tagebüchern her, ob Sie es glauben oder nicht. Hinter „den echten“, und die sollten dort oben im Watzmannkar liegen.

Ich lachte ihn fast aus: Diese Maschine mit Hitlers Unterlagen sei doch im Osten, bei Breinersdorf oder Breunersdorf oder wie auch immer abgestürzt und nicht am Watzmann.

Er antwortete, das sei „von Kujau und dem Stern“ so hingetürkt worden: Der Absturzort habe in der DDR liegen müssen, damit niemand so einfach dahin fahren, die Hintergründe überprüfen und Fragen stellen konnte. Tatsächlich sei die Maschine „mit dem Nachlass des Führers“ nach Ainring bei Salzburg unterwegs gewesen, dort aber von britischen Jägern an der Landung gehindert worden. Die Jäger hätten die Ju 52 angegriffen, verfolgt und über dem Kar abgeschossen.

Auf meinen Einwand, dass das Flugzeug im Kar aber doch im Oktober 40 abgestürzt sei und nicht im April 45, antwortete er: „Das haben sie aus der Meldung in diesem Berchtesgadener Lokalblatt, nicht wahr?"

Diese Zeitungsnotiz über den Absturz sei nachträglich gefälscht worden, erklärte er mir. Ich bekam dann eine recht interessante Geschichte von ihm zu hören: Das Flugzeug sei am 25. oder 26. April 45 über dem Kar abgeschossen worden. „Interessierte Kreise" hätten 1950 versucht, das Flugzeug und seine brisante Ladung zu bergen, um sie vor dem Zugriff „Unbefugter" zu sichern. Man sei aber daran gescheitert, dass man auf der Schneedecke des Kars nichts mehr von dem Wrack vorgefunden habe.

Da man kein Aufsehen erregen wollte, konnte man keine größeren Bergungsaktionen anstellen und ließ das Ganze einfach ruhen. Kaum einer wusste von diesem Abschuss, für die Briten sei es nur einer mehr unter vielen in diesen letzten Tagen des Krieges gewesen. Und die Maschine war, wie gesagt, von der Oberfläche verschwunden.

Im Sommer 1967 sei dann aber ein ehemaliger englischer Flieger in Berchtesgaden aufgetaucht, der Fragen nach einer 1945 über dem Watzmann-Gebiet abgeschossenen Frachtmaschine stellte. Das sei zu der Zeit gewesen, als Geschichten von NS-Goldschätzen in Alpenseen und Gemäldesammlungen in Bergwerksschächten anfingen, die Runde zu machen.

Diese „interessierten Kreise" seien immer noch wachsam gewesen. Als im Gerüchtenebel auch das Kar als möglicher Absturzort auftauchte, wurden sie nervös. Andererseits wussten sie auch, dass die Überreste inzwischen unter einer meterdicken Schneeschicht lagen, und einer von ihnen hatte eine geradezu brillante Idee: Man könnte das Flugzeug sehr effektiv verstecken, indem man die Archiv-Lage veränderte.

Die nach dem Krieg noch vorhandenen Ausgaben dieser Berchtesgadener Zeitung, in der ich die Notiz über den Absturz gefunden hatte, waren schon früh mikroverfilmt worden, weil das Papier von sehr schlechter Qualität war. Ende der 1960er lieh sich jemand einen dieser Filme aus dem Archiv und gab ihn ein paar Tage später leicht verändert zurück: Aus einer einspaltigen Werbeanzeige im Lokalteil war eine Notiz über einen Flugzeugabsturz im Kar geworden, bei dem es sechs Tote gegeben hatte. Die Toten – und damit vermutlich auch die Fracht – waren in den folgenden Tagen geborgen worden. Und das Ganze war 1940 passiert, nicht 45.

Jeder, der von da an nach einer im Watzmann-Gebiet abgestürzten Ju 52 fahndete, landete über kurz oder lang bei dieser gefälschten Pressemeldung, nach der das Flugzeug schon 1940 dort oben heruntergekommen war – und vor allem erfuhr man, dass die Ladung und die Toten damals geborgen worden waren. Die Reaktionen waren vorhersehbar: Die Zeitung hatte recht, das war die Macht des gedruckten Wortes – und die Informanten hatten 1945 mit 1940 verwechselt. Abbruch der Suche...

Dass die globale Erwärmung die Trümmer ein halbes Jahrhundert später wieder freilegen sollte, konnte sich in den 1960er Jahren noch kein Mensch vorstellen.

Eine verrückte Geschichte. So irre und verschroben, dass sie schon wieder wahr sein konnte. Immerhin wurde bei dieser Version verständlich, dass es nur diese eine, kleine Notiz in der Presse gegeben hatte.

Trotzdem war ich fast nicht imstande, mich ernsthaft mit Zellers Geschichte auseinanderzusetzen – und das lag an diesen „Tagebüchern“. Kein Journalist, der seinen Verstand auch nur einigermaßen beisammen hatte, würde sich je wieder auf etwas einlassen, das den Namen „Hitler“ mit „Tagebüchern“ in Verbindung brachte. Das war absolut und völlig ausgeschlossen, vor allem aus einem Grund: Niemand aus der Branche würde ihm auch nur zuhören wollen.

Aber die Idee, eine potenzielle Fundstelle zu tarnen, indem man Pressemeldungen darüber manipulierte – das hatte etwas, von so etwas hatte ich noch nie gehört.

„Woher haben Sie diese Informationen?“, fragte ich ihn – aber Zeller lächelte nur.

„Gut“, fasste ich zusammen, „mit diesen Tagebüchern sollten Sie Journalisten gegenüber vorsichtig sein, es gibt da gewisse Wehleidigkeiten. Aber gehen wir mal davon aus, dass es die Ju sein könnte, die am 25. oder 26. April 1945 von Berlin nach Ainring geflogen ist und Papiere aus dem persönlichen Besitz Hitlers an Bord hatte. Wie passen diese Fotos ins Bild?“

„Das, was Sie dort in Ihrem Umschlag haben, das sind nicht die Originale, die Sie im Kar gefunden haben, richtig? Sie haben Reproduktionen davon gemacht?“

Er wusste nichts von Gasmasken-Büchsen, Filmkapseln oder Kameras. Er glaubte, ich hätte Positive gefunden. Ich nickte das einfach ab.

„Die Originale müssen in einem recht guten Zustand gewesen sein. Jedenfalls kann man das annehmen, wenn man von der Qualität der Reproduktionen ausgeht.“

„Sie waren gut verpackt“, antwortete ich – was ja auch stimmte.

„Und dürfte ich diese Bilder jetzt vielleicht einmal sehen?“

Er hatte geliefert, also reichte ich ihm den Packen rüber: acht Aufnahmen im Presseformat 16 x 22 Zentimeter, sieben aus der Flugzeugwerft, eines vom Experimentier-Tisch. Und dieses letzte wurde mit ganz besonderer Aufmerksamkeit studiert.

„Was haben Sie sonst noch gefunden?“

Langsam wurde mir klar, worauf er hinauswollte: Wenn die Bilder gut verpackt gewesen waren, dann war da vielleicht noch anderes, das gut erhalten sein könnte. Diplomatengepäck, für den Lufttransport verpackt ...

Ich ließ mir Zeit für die Antwort. „Wir haben bis jetzt nur diese Bilder geborgen.“

„Aber da ist noch mehr!“ Das war keine Frage, mehr eine Feststellung. Der Geruch von Gier machte sich im Raum breit ...

Ich beschränkte mich auf ein Lächeln, gepaart mit einem Schulterzucken.

„Hören Sie, ich mache Ihnen ein Angebot. Irgendwie müssen wir zusammenkommen. Ich gebe unumwunden zu, dass mich die ganze Sache sehr interessiert. Sehen wir es einmal so: Sie haben offenbar etwas, was ich gerne haben möchte. Habe ich etwas, was Sie interessieren könnte?"

„Zunächst mal habe ich ein paar Fragen. Zum Beispiel die: Sie wissen doch angeblich, wo dieses Flugzeug liegt. Warum gehen Sie nicht einfach dahin und holen sich, was Sie haben möchten?"

„Ich war dort. Gut, nicht ich selbst, aber Beauftragte von mir. Dort gibt es angeblich nichts außer Fels, Schnee und Eis."

Was ja auch kein Wunder war – im Winter, auf gut zweitausend Meter Höhe. Herr Zeller verstand sich anscheinend ganz gut auf Intrigen, Fälschungen und das Dritte Reich, aber von alpinen Verhältnissen hatte er offenbar keine Ahnung. Hier konnte ich ein bisschen Entgegenkommen zeigen, ohne zu viel zu verraten.

„Die Trümmer sind fast immer unter meterdickem Schnee verborgen. Erst im kommenden Oktober haben Sie wieder eine Chance, etwas zu finden – außer wenn der Sommer im nächsten Jahr eher kühl und feucht werden sollte. Dann taut die Schneedecke eventuell gar nicht weit genug ab."

„Aber Sie kennen die Stellen, an denen man graben müsste?"

„Mit Graben ist da nichts zu machen – man steht dort fast immer unter Beobachtung. Das Kar liegt in einem Nationalpark, die Verwaltung duldet nur Tagesbesucher. Selbst das Übernachten ist nur in wenigen lizenzierten Hütten erlaubt. Es gibt Ranger-Patrouillen, und die verfügen auch über einen Hubschrauber, den sie einsetzen, wenn illegale Aktivitäten vermutet werden."

„Aber wie sind Sie dann an diese Bilder gekommen?"

„Reiner Zufall, ich bin sozusagen darüber gestolpert, auf dem Weg zu einer Kletterführe in der Ostwand."

Er lächelte wieder, diesmal etwas unglücklich – irgendwas hatte ihm den Tag verdorben. „Bitte nehmen Sie mir das jetzt nicht übel, aber das glaube ich Ihnen nicht. Warum wollen Sie nicht ehrlich mit mir sein? Ich bin harmlos, ein historisch interessierter Mensch, ich führe nichts Böses im Schilde!“

„Vielleicht hat meine Zurückhaltung etwas zu tun mit dem Ruf, der Ihnen vorauseilt“, setzte ich dagegen.

„Ich bitte Sie: Was wäre das für ein Ruf?“

„Der Ruf von einem, der kein Telefon hat, sondern einen Fernsprecher. Einen Fernkopierer statt einem Fax. Elektronische Post statt E-Mail.“

„Dann ist man heute schon verdächtig, wenn man versucht, undeutsche Abkürzungen und Anglizismen zu vermeiden? In seinem persönlichen Bereich?“

„Ja, ist man. Aber warum sollten wir das vertiefen, bevor wir nicht wissen, wie es weitergeht mit uns? Es kann durchaus Ebenen der Zusammenarbeit geben. Aber momentan sehe ich das eher so: Ich habe mein Blatt auf den Tisch gelegt, mehr kommt von mir zu diesem Zeitpunkt nicht. Erzählen Sie mir was über dieses Flugzeug auf den Bildern, dann sehen wir weiter.“

„Ja“, sagte er, „warum eigentlich nicht? Aber wissen Sie was? Was ich Ihnen erzählen könnte, das glauben Sie mir wahrscheinlich gar nicht, so misstrauisch wie Sie sind. Ich gebe Ihnen ein Stichwort, dann können Sie selbst nachforschen. Danach sehen wir weiter.“

„Also gut, damit bin ich einverstanden. Was für ein Stichwort wäre das?“

„Im Austausch gegen diese Bilder, die ja nicht die Originale, sondern nur Reproduktionen sind?“

Ich dachte kurz nach, dann stimmte ich zu und legte den Umschlag auf den Tisch.

„Nurflügler“, sagte er, als er sich den Umschlag griff. Er buchstabierte es: „N-U-R-flügler. Und wenn Sie dann bei Ihrer Suche in einem großen deutschen Kaufhaus landen, dann sind Sie genau auf der richtigen Etage.“

Da war es wieder, sein öliges Grinsen. Da hatte er wahrscheinlich ein Patent drauf.

***

Ich hinterließ dieses Stichwort und den kryptischen Satz über das „deutsche Kaufhaus“ auf Walters Anrufbeantworter, dann verzog ich mich ins Büro der Agentur, die eine Niederlassung in München hatte. Ich hatte noch eine ganze Menge von Bildern aus der Ukraine zu bearbeiten, die ich in spätestens zwei Tagen vorlegen musste. Bis nach Mitternacht saß ich dort am Rechner. Danach legte ich mich auf ein Feldbett im Ruheraum.

Am späteren Vormittag ließ ich mir ein Frühstück am Viktualienmarkt schmecken, als das Handy in der Hosentasche vibrierte.

Walter war dran, total aufgeregt: Er war mit dem Stichwort von Zeller fündig geworden und erzählte irgendwas von einem „Sperrholzbomber“ und einer „Tarnkappe“, oder so ähnlich – ich wurde nicht schlau draus. So hatte ich mich wohl angehört, als ich bei ihm mit meiner Nanga-Parbat-Theorie aufgelaufen war ...

„Und wo ist da bitte die Geschichte?“, unterbrach ich ihn brüsk.

Erst stutzte er, dann wurde gelacht. „Okay“, meinte er, „das geht wohl nicht am Telefon. Wann bist du wieder zurück?“

„Ich wollte jetzt noch ins Museum und dann den Zug um Viertel nach drei nehmen. Zu Hause müsste ich dann so gegen sieben sein.“

„Gut“, sagte er. „Lass das mit dem Museum, nimm den ersten Zug, den du kriegen kannst, aber fahr durch bis Stuttgart-Hauptbahnhof. Ich hol dich dann dort ab. Ja, da bin ich zur Zeit. Was? Ja, in der Landesbibliothek.“

Mein „Nurflügler“ hatte ihn also herausgelockt aus seinem Fuchsbau.

***

Im Auto erklärte er mir dann Folgendes: „Das Flugzeug auf unseren Werftbildern ist eine echte Sensation. Das ist ein Kampfflugzeug mit zwei Strahltriebwerken, gebaut nach der ‚Vorgabe 3x1000‘. Das heißt, es musste ein tausend Kilometer weit entferntes Ziel mit einer Geschwindigkeit von tausend Kilometer pro Stunde anfliegen und dabei eine Bombenlast von tausend Kilo tragen können. Damit wäre es das schnellste Flugzeug der damaligen Zeit gewesen, und kein anderes konnte so hoch steigen: bis auf fünfzehntausend Meter. Aber das ist noch längst nicht alles ...“

„Weißt du“, sprach er aufgeregt weiter, als er seinen alten Volvo durch die Kurven des Zubringers zur B 312 zog, „das ist eine dieser Geschichten, von denen man nur träumen kann in unserem Beruf. Das wäre auch damals schon eine Sensation gewesen – aber es war geheim. Nach der Kapitulation rissen sich sofort die Siegermächte alles unter den Nagel – Berechnungen, Pläne, Prototypen samt dem Personal, das diese Flieger gebaut hatte, und ab ging's nach Amerika. Und dort war das alles noch viel geheimer. Tatsächlich basiert dieser hypermoderne Tarnkappenbomber der Amerikaner – Stealth, kennst du doch? – auf dem Prinzip dieses Nurflüglers. Warum? Ja, weil der nicht nur diese ‚Vorgabe 3x1000‘ erfüllte, sondern auch nicht zu orten war mit dem, was die damals an Radar hatten. Zum einen lag das an der Form, zum anderen am verbauten Material. Der war nämlich größtenteils aus Sperrholz ... Ja, zum Mitschreiben: ein Düsenjäger aus Sperrholz!“ Er schüttelte fassungslos den Kopf.

Da sei zunächst mal dieses Nurflügler-Prinzip: Es sind die Flügel, die ein Flugzeug zum Fliegen bringen. Genauer: die am Flügel vorbeiströmende Luft. Wenn der Flügel die richtige Form hat und mit einer entsprechenden Geschwindigkeit durch die Luft gezogen wird, kann er sein eigenes Gewicht plus eine Nutzlast vom Boden heben.

„Die meisten Flugzeuge bestehen also aus Teilen, die fliegen können – die Flügel – und anderen, die an den Flügeln dranhängen – Motoren, Rumpf und Steuereinrichtungen. Aber dabei gilt: Je größer der Flügel, desto besser fliegt das Gerät – so ungefähr jedenfalls. Große Flügel braucht man also vor allem dann, wenn man sparsam fliegen möchte, große Lasten transportieren und eine besondere Höhe erreichen will.“

Zwei junge Segelflieger versuchten sich Anfang der 1930er Jahre an diesem Prinzip – ihre Idee war es, ein Segelflugzeug zu konstruieren, das praktisch nur aus einem großen Flügel bestand. Sie fingen ganz unten an und bauten Holzmodelle, die von Fahrrädern geschleppt wurden, dann größere, bemannte, die von Autos gezogen wurden, später auch von Motorflugzeugen. Irgendwann um 1934 folgten die ersten Alleinflüge. Dabei stellte sich heraus, dass es nicht einfach war, mit diesem Gerät zu fliegen, aber wenn man es erst mal beherrschte, funktionierte das Prinzip sehr gut. Sie bauten ein paar kleinere Segelflugzeuge, die auf Flugschauen auch einige Aufmerksamkeit bekamen. Dann einen motorisierten Prototypen.

„Du hättest das übrigens schon in Berlin merken können: Im selben Saal wie die ‚Kirschstein' hängt eines dieser Segelflugzeuge an der Decke. Es sieht genauso aus wie auf unseren Fotos, nur kleiner und ohne die Ansaughutzen."

„Na ja, da hängen die Flieger von der Decke wie die Fledermäuse in einer Höhle", verteidigte ich mich.

„Was soll's. Die beiden hießen Horten, Reimar und Walter Horten, wie die ehemalige Warenhauskette – deshalb Zellers Hinweis mit dem Kaufhaus. Bei Kriegsbeginn war es aus mit der Segelfliegerei, die beiden wurden als ausgebildete Jagdflieger sofort eingezogen. Erst im August 1943 wurden beide freigestellt und mit der Entwicklung dieses Nurflüglers beauftragt – übrigens von Göring höchstpersönlich. Dem muss damals der Hintern gebrannt haben, weil die Alliierten in der Luft hoffnungslos überlegen waren und dies ihm, dem Reichsmarschall, zuständig für die Luftwaffe des Deutschen Reiches, zur Last gelegt wurde."

Zu diesem Zeitpunkt herrschte bereits große Knappheit an bestimmten Rohstoffen, aber auch an Energie. Die Hortens machten eine einfache Rechnung auf: Für die Herstellung eines Kilo Sperrholzes braucht man zwei Kilowatt, für dieselbe Menge Flugzeugaluminium zweitausend – bei etwa gleichen Materialeigenschaften. Außerdem war Sperrholz vom Radar weit weniger gut zu orten als Metall. Und mit Sperrholz hatten sie, als Konstrukteure von Segelflugzeugen, auch viel mehr Erfahrung. Also gingen sie aufs Ganze: Die Grundzelle, bestehend aus Cockpit und den Halterungen für die beiden Strahltriebwerke, wurde aus dünnem Stahlrohr zusammengeschweißt – eine Art Käfig, der dann mit Sperrholz beplankt wurde. Der Flügel bestand nur aus Sperrholz und sein gesamter Innenraum war als Treibstofftank vorgesehen. Und zwar ohne Metallauskleidung: ein spezieller treibstofffester Leim sollte das ermöglichen. Zuletzt sollte die ganze Außenfläche des Flugzeugs mit Leim beschichtet werden, auf den Holzkohlenstaub aufgeblasen werden sollte. Damit wäre dieses Flugzeug für das damalige Radar unsichtbar gewesen.

„Heute wird das Letztere angezweifelt – also die Tarnkappenwirkung dieses Flugzeugs. Die Fachhistoriker behaupten, die Hortens hätten sich das nach dem Krieg ausgedacht, um an Gelder für die Weiterentwicklung ihres Prinzips zu kommen. Tatsächlich ist der erste Prototyp schon beim zweiten Testflug abgestürzt und zerstört worden – was aber daran lag, dass ein Triebwerk ausgefallen war. Es gab Gerüchte, dass noch weitere Prototypen existiert hätten – aber die hat niemand je gesehen. Bis heute. Bis auf uns.“

Er grinste mich an. „Auf einem unserer Bilder ist in der linken unteren Ecke ein Leimeimer zu sehen, von Henkel, daneben ein Sack mit einer schwarzen, pulverförmigen Substanz. Was das wohl sein könnte...?“

„Bekommst du das wasserdicht?“, fragte ich.

Er nickte. „Es gibt mehr als eine Quelle, die besagt, dass der Tarnkappeneffekt bei Stealth auf einer Kombination von äußerer Form, dem verbauten Material und einer speziellen Oberflächenbeschichtung beruht.“

„Dann hätten wir's ja“, sagte ich.

„Na ja, sagen wir mal so: Eines von drei Problemen haben wir gelöst. Dann wäre da noch der Experimentiertisch. Hast du Zeller das Bild davon auch gezeigt?“

„Ja, klar. Und kein anderes hat er sich so lange angesehen wie das.“

„Hat er irgendwas dazu gesagt?“

„Kein Wort. Ich hab auch schon dran gedacht: Vielleicht hat er uns genau das überlassen, was ihn am wenigsten interessiert.“

„Damit sollten wir rechnen.“

„Wie geht's dann weiter? Wollen wir ihn erst mal ein bisschen zappeln lassen?“

„Ja, das ist vielleicht eine gute Idee. Wir warten ab, bis er sich wieder meldet. Bis dahin kann ich die ganze Nurflügler-Geschichte ausrecherchieren und vor allem auch dokumentieren.“

„Das kommt mir entgegen. Ich sollte mal ein bisschen was für die Miete verdienen.“

Aber um ehrlich zu sein, hatte ich vor allem befürchtet, sofort wieder nach München zu meinem Lieblingsinformanten fahren zu müssen.

„Übrigens hast du gerade auch nachgewiesen, dass Zeller recht hat mit seinem Absturzdatum. Und damit auch mit seiner Geschichte über die Archivfälschung“, sagte ich.

„Wieso jetzt das?“

„Ganz einfach: Die Bilder aus der Flugzeugwerft waren auf dem Film in der Kamera. Dieses Flugzeug kann es aber vor 1944 noch gar nicht gegeben haben, nach dem, was du herausgefunden hast. Also kann der Flieger nicht 1940 abgestürzt sein, sondern ...“

„... im April 1945“, beendete Walter meinen Satz. „Natürlich, du hast recht!“ Und nach kurzem Nachdenken: „Damit gewinnt dieser Zeller aber schon sehr an Glaubwürdigkeit.“

„Ja, leider.“

„... und es heißt auch, dass Zeller sehr gute Verbindungen haben muss. Verbindungen in rechte, vielleicht auch rechtsradikale Kreise.“

KAPITEL 4

Zeitkapsel

Frühjahr 2008

Wir saßen „Im Kirchengestühl“. Der Ratskeller, seinem Namen zum Trotz eine ebenerdige Kneipe, war zu dieser Zeit ein beliebter Treffpunkt von „Kreativen“ jeder Art und fast immer gerammelt voll. Es gab im ersten Stock einen kleinen Saal und in diesem Saal eine nicht einsehbare Nische, in der rechts und links eines Eichentischs zwei uralte Kirchenbänke standen. Da hier oben nicht bedient wurde, hatte man meistens seine Ruhe. Ab und an kamen ein oder zwei Leute hier herauf, um etwas zu rauchen, mit dem sie nicht erwischt werden wollten – aber die waren dann auch sehr mit sich selbst beschäftigt.

Wir hatten Probleme. Zeller hatte sich wieder gemeldet, bat um einen weiteren Gesprächstermin. Er war uns beiden in hohem Maß suspekt, umso mehr, je länger wir über ihn und seine Rolle in unserer Recherche nachdachten. Sicher, er hatte uns auf die Geschichte dieses Nurflüglers der Brüder Horten gebracht, und allein deshalb vermuteten wir, dass er als Quelle noch nützlich sein könnte. Andererseits war klar, dass er mit einiger Sicherheit ein alter Nazi war, der nur vorgab, historisch interessiert zu sein. Also etwas, mit dem man sich aus unserer Sicht eigentlich nicht einlassen konnte – es sei denn, im Rahmen eines verdeckten Vorgehens. Und wir waren uneins, ob wir das wollten.

Walter war der Ansicht, dass es hochinteressant sein könnte, mehr über Zellers Umfeld herauszubekommen: „Weil der Verfassungsschutz und die sonstigen Dienste doch total blind sind auf dem rechten Auge.“

Ich wollte, rein vom Gefühl her, nichts mehr mit ihm zu schaffen haben, musste aber zugeben, dass Walter schon auch recht hatte.

Also: weiter an ihm dranbleiben, ihn weiter abschöpfen und dabei seinen Hintergrund ausleuchten ...

So rutschten wir fast zwangsläufig in ein investigatives Vorgehen, bei dem einer von uns „undercover" mitspielen sollte. „Teilnehmende Beobachtung" wird das in der Soziologie und Ethnologie genannt, und es wird sehr kritisch gesehen. Beim Wechsel vom Beobachter zum Mitspieler überschreitet man eine Grenze, hinter der viele Gefahren lauern. Die erste Tugend, die dabei auf der Strecke bleibt, ist die Objektivität. Weil uns das auch klar war, beschlossen wir, dass nur einer von uns vor Ort aktiv werden sollte, der andere durfte auf keinen Fall seine relativ objektive Sicht auf die Dinge aufgeben. So wie der Fall lag, waren die Rollen an dem Punkt schon fest vergeben: Ich war derjenige, der sich mit den Nazis einlassen musste.

Mir war dabei gar nicht wohl – weil ich in dieser Beziehung schon unangenehme Erfahrungen gemacht hatte, und auch aus allgemein-moralischen Gründen. Aber in der Hauptsache, weil Zeller mir als Mensch unangenehm war bis in die Knochen. Aber, so dachte ich damals, so etwas muss man halt auch mal zurückstellen können, wenn's der Sache dient.

***

Ich versuchte also, eine neutrale, professionelle Position zu Zeller einzunehmen. Bei unserem zweiten Treffen versicherte ich ihm so sachlich wie möglich, dass ich seine Informationen zu den Nurflüglern der Brüder Horten sehr interessant gefunden hätte, und bedankte mich ausdrücklich. Dann fragte ich ihn, ob er auch das Bild von dem Experimentiertisch irgendwie einordnen könne.

„Nein, leider habe ich keine Vorstellung, was das darstellen soll. Naheliegend wäre natürlich, dass es um irgendeine Art von Elektronik geht, die im Zusammenhang mit diesem Horten-Flugzeug auf den Bildern steht, finden Sie nicht? Schließlich haben Sie diese Fotos zusammen gefunden, stimmt's?"

Er verstand sich recht gut darauf, fast jede Antwort, die er gab, in eine Frage münden zu lassen.

„Das ist richtig“, bestätigte ich. „Und so langsam frage ich mich auch, was man da oben noch alles finden könnte...“

Der Köder wurde angenommen: Zeller vertraute mir an, dass „wir daran denken, ein paar Leute da hochzuschicken, die sich das Ganze mal aus der Nähe ansehen“. Er fragte mich ganz offen, ob ich bereit wäre, diesen „Trupp“ ins Kar zu führen. „Wir können das doch nicht irgendwelchen Goldgräbern überlassen“, stieß er nach, „wir, mit dem speziellen Hintergrund in dieser Sache, den wir beide haben.“

Als ich wegen dieses gemeinsamen Hintergrunds nachfragte, bekam ich eine Antwort, die mich fast vom Hocker holte: „Ich weiß, wer Ihr Herr Vater war.“

„Sie haben meinen Vater gekannt?“, brachte ich mühsam heraus.

„Soweit man jemanden durch intensives Aktenstudium kennenlernen kann ...“

Ich bin heute noch froh, dass ich geistesgegenwärtig genug war, um an diesem Punkt zuzumachen. Das ist wie beim Boxen: Wenn man erst mal am Boden liegt, nach Luft schnappt und angezählt wird, weiß der Gegner, dass er einen erwischt hat. In einer Situation wie der, in der ich mich jetzt befand, muss man sofort und mit einem Ruck den Rollladen runterlassen, bevor sich das Gegenüber zu viele Vorteile verschafft.

„Dazu äußere ich mich nicht.“ Ich schüttelte den Kopf. „Darauf werde ich mit keinem Wort eingehen.“

Erst nachdem es schon heraus war, wurde mir klar, wie aufrichtig diese Ansage war: Ich kannte keine „Akten“ über meinen Vater.

Seine Antwort war wieder eine Überraschung: „Diese Haltung ehrt Sie, muss ich sagen. Obwohl es nicht nötig ist, dass wir untereinander solche Vorsichtsmaßnahmen walten lassen. Auf diese sensiblen Unterlagen haben nur wenige Eingeweihte Zugriff – aber ich glaube, das wissen Sie.“

Ich hatte nicht die geringste Ahnung, wovon Zeller da sprach, wollte mir das aber auf keinen Fall anmerken lassen. Ich sah ihn schweigend ein paar Sekunden an, dann antwortete ich: „Ich denke, wir sollten das Gespräch an dieser Stelle abbrechen – ich möchte mich da erst mal rückversichern. Eventuell können wir morgen weitermachen?“

„Dafür habe ich Verständnis“, sagte er. „Fragen Sie bei der Hi-jak an, Sie können dort ganz offen meinen Namen nennen. Und Sie werden einen positiven Bescheid bekommen.“

Hi-jak – so hörte sich das an. Ich hatte nicht die leiseste Ahnung, wovon dieser Mensch sprach.

***

Ich fuhr in die Agentur, ließ mir einen freien Schreibtisch anweisen, rief Walter an. Hatte das Glück, ihn zu erwischen.

„Hi-jak“, wiederholte er, „das hab ich schon mal irgendwo gehört. Kann ich dich auf diesem Anschluss zurückrufen? So in ein, zwei Stunden?“

Er brauchte nur dreißig Minuten: „Sag mal, war dein Alter in der Waffen-SS?“

„Weiß ich nicht. Auf jeden Fall war er ein Nazi, einer dieser ‚Unbelehrbaren‘. Dabei allerdings kein Holocaust-Leugner, sondern einer, der diesen Völkermord für richtig hielt.“

Ich rede nicht gerne über diesen Teil meiner Familie, aber hier hatte ich wohl keine Wahl.

„Gewöhn dich dran, der war in der SS. Und Zeller wahrscheinlich auch. HIAG schreibt sich das richtig und liest sich als ‚Hilfsgemeinschaft auf Gegenseitigkeit der Angehörigen der ehemaligen Waffen-SS‘.“

„Von was für Akten redet Zeller da?“, war meine nächste Frage.

„Die HIAG hält den gesamten Aktenbestand der ehemaligen SS, beziehungsweise das, was davon noch übrig ist. Und das ist anscheinend eine ganze Menge – mehrere hundert Regalmeter. Und ob man es glaubt oder nicht: Gelagert und verwaltet wird das Ganze mit Steuergeldern, im Bundesmilitärarchiv in Freiburg. Der Zugang zu den Akten wird allerdings von Mitgliedern dieser HIAG kontrolliert – das Archiv erteilt eine Freigabe zur Nutzung der Akten nur nach Rücksprache mit den Besitzern. Erst kürzlich ging so ein Fall durch die Presse: Ein Historiker wollte aus bestimmten Akten dieses Archivs in seiner Doktorarbeit zitieren und bekam das verboten – von einem ehemaligen Obersturmbannführer."

„Und warum macht dieses Militärarchiv da mit?"

„Ganz einfach: Weil nur unter dieser Bedingung die Akten dem Archiv überlassen wurden. Nur so könne dieses Material gesichert werden, sagen die – für die Nachwelt. Denn 2020 laufen die meisten dieser Beschränkungen aus. Damit ist auch gewährleistet, dass keiner mehr belangt werden kann, der in diesen Akten vorkommt – weil dann kaum noch ein Belasteter am Leben sein wird."

„Unglaublich ..."

„Aber wahr. Dein Vater muss ein höherrangiges Mitglied der SS gewesen sein. Bei Zeller haben wir uns unter deinem Vaternamen vorgestellt und er hat, als Mitglied dieses Verbrecherordens, im Archiv nachgelesen ... Jetzt hält er dich, als Sohn deines Vaters, für seinesgleichen."

„Aha. Und wie geht's jetzt weiter?"

„Sofort abbrechen – das ist meine Meinung. Das Ganze wird jetzt nicht nur persönlich, sondern auch gefährlich. Komm nach Hause, wir löschen alles im Netz, Zeller hört nie wieder was von dir und fertig."

„Ich melde mich in ein paar Stunden wieder bei dir. Nein, es ist alles in Ordnung, aber ich muss jetzt erst mal nachdenken."

***

Eigentlich hatte ich einigen Anlass, meinem toten Vater dankbar zu sein. Er hatte dafür gesorgt, dass ich im zarten Alter von zehn Jahren zum Antifaschisten wurde – wobei ich zu der Zeit nicht mal wusste, was das war. Die Art und Weise, wie er das geschafft hatte, sorgte dafür, dass ich ihm von da an so weit als möglich aus dem Weg ging. Soll heißen: Über meinen Vater kann mir keiner was erzählen, was mich nachhaltig erschüttern könnte. Und das teilte ich so auch Walter mit, als ich ihn wieder anrief.

„Wir sollten dranbleiben", sagte ich. „Da ich mich hier exponiere, denke ich, dass es auch an mir ist, das zu entscheiden. Aber natürlich kann ich ohne deine Unterstützung nicht weitermachen, und wenn du jetzt sagst, dass du hinschmeißen möchtest ..."

„Nicht unbedingt, nein, ich denke schon, dass du recht hast – das ist erst mal deine Entscheidung. Und wenn du sicher bist, dass du dich dabei nicht übernimmst... Wie willst du vorgehen?"

„Ihn aushorchen, so gut es geht, hören, was er vorhat. Zum Schein drauf eingehen und sehen, wohin uns das führt."

„Ja, das ist eine Möglichkeit. Was ich allerdings nicht verstehe: Wieso geht der so selbstverständlich davon aus, dass du rechts orientiert bist – vorsichtig ausgedrückt?"

„Ich habe da so eine Ahnung", antwortete ich. „Natürlich hat er nach unserem Decknamen – dem Namen meines Vaters – im Netz recherchiert. Dabei ist er auf eine Homepage gestoßen, die ich damals unter diesem Namen angelegt habe... Die geht auf ein Portfolio zurück, das ich benutzt habe, als ich 94 eine Akkreditierung für die Herceg-Bosna beantragt habe. Im Wesentlichen waren das Bilder von heimatvertriebenen Kroaten in Flüchtlingslagern und jubelnden HVO-Soldaten nach dem Kampf um den Staudamm an der Cetina. Wenn man das so sehen will, dann weist mich dieses Portfolio als Anhänger der extremen Rechten der Kroaten aus. Das war ja auch die Absicht und der Sinn des Ganzen, und es war erfolgreich: Ich habe die Akkreditierung bekommen, ausgestellt auf diesen Tarnnamen, den Namen meines Vaters. Mit meinem eigenen hätte ich das gar nicht erst versuchen brauchen."

„Und wie kommt dieses Portfolio ins Netz? Das gab es damals doch noch gar nicht."

„Das war rund zehn Jahre später, während ich an meiner Homepage herumgebastelt habe. Damals kam mir die Idee, auch für den Tarnnamen eine Website mit einer Mailadresse einzurichten – man weiß ja nie, wann man so was noch mal brauchen kann. Das Portfolio habe ich auf diese Seite geladen, einfach, weil es gut gepasst hat. Und über diesen Mailaccount kommunizieren wir ja mit Zeller. Er denkt also, dass ich im Bosnischen Krieg die Seite der kroatischen HVO vertreten habe, und die verstand sich ausdrücklich als Nachfolgeorganisation der faschistischen Ustascha, die während des Zweiten Weltkriegs Serben, Juden, Muslime und Roma gejagt, in Konzentrationslager gesperrt und ermordet hat."

„Das wäre eine Möglichkeit ..."

„Das ist so, da bin ich mir fast sicher. Gib mal unseren Decknamen in irgendeiner Suchmaschine ein – diese Homepage ist doch der einzige direkte Treffer, den du bekommst. Dann brauchst du nur noch jemanden, der das politisch einordnen kann ... Ich werde Zeller anrufen und versuchen, einen Termin für morgen Vormittag zu vereinbaren. Dann sehen wir weiter."

***

Also saß ich am nächsten Morgen wieder auf meinem neuen Lieblingsplatz, dem Löwenkopfstuhl in Zellers Arbeitszimmer. Ich hatte am Abend noch lange über Strategien ihm gegenüber nachgedacht, war aber nicht sehr weit gekommen. Und da ich bisher mit Improvisation recht gut gefahren war, versuchte ich es damit.

„Herr Zeller, ich werde da keinen ‚Trupp' hochführen", begann ich. „Das verbietet sich einfach. Wenn Sie so vorgehen wollen, müssen Sie sich alleine blamieren."

„Aber nein, das war doch nur eine Idee, eine Frage. Was mich aber zunächst interessieren würde: Was haben Sie bei der HIAG erfahren?"

„Tut mir leid, das ist kein Thema zwischen uns. Über meinen Vater rede ich mit Außenstehenden nicht. Das ist die erste der Bedingungen, die ich stellen muss."

„Dann habe ich das zu akzeptieren. Andere Frage: Welches Vorgehen im Kar würden Sie vorschlagen?"

„Ich werde Ihnen am besten erst mal ein paar Einzelheiten über das Flugzeug da oben erzählen. Es steckt rund fünfzehn Meter tief in altem, steinhartem Eis. Oben auf diesem Eis liegt zur Zeit dazu noch eine Schneedecke von mindestens eineinhalb Meter. Momentan herrschen dort Tages-Höchsttemperaturen von bestenfalls minus fünf Grad, in der Nacht kann es bis zu minus fünfundzwanzig Grad kalt werden – soll heißen, zurzeit geht da gar nichts."

Zeller war deutlich konsterniert. Er fasste sich aber schnell wieder und fragte mich, ob es denn überhaupt eine Möglichkeit zur Bergung der Ladung gebe.

Ich erklärte ihm dann, dass man über einen senkrechten Schacht im Eis, der sich jedes Jahr im Spätsommer bilden würde, bis auf wenige Meter an den Rumpf der Ju 52 herankommen könne – aber dieser Rumpf sei mit Sicherheit ebenfalls mit Eis gefüllt, und es könnten dort unten höchstens zwei bis drei Personen zusammen arbeiten – und auch das nur mit handgeführten Werkzeugen. „Der Nationalpark wird überwacht. Größeres Gerät, das nicht in einen Rucksack passt, kann praktisch nicht vor Ort gebracht werden."

„Ist das dann überhaupt zu schaffen?", fragte Zeller.

Ich ließ mir Zeit mit der Antwort: „Man muss es schon recht raffiniert angehen. Ich habe da ein paar Ideen ... und ich denke, es könnte klappen. Es wäre vor allem eine Frage von Geld und Einsatz – mit den richtigen Leuten, versteht sich."

Immerhin, meinte Zeller, wäre man dann im Untergrund und somit nicht sichtbar.

„Ja, das ist richtig. Man kann aber trotzdem pro Tag nur fünf bis sechs Stunden dort arbeiten, zwischen Mitternacht und dem frühen Morgen. In der restlichen Zeit fließt eiskaltes Wasser in diesen Schacht. Insgesamt nicht unmöglich", urteilte ich, „aber sehr aufwändig."

„Gefährlich?“, fragte Zeller.

„Eigentlich nicht – wenn man mit gut ausgebildeten Leuten, Alpinisten, arbeiten kann.“

„Damit könnte ich dienen“, sagte er. „Mit jungen, sportlichen Menschen, die den Mund halten und keine Fragen stellen. Alpinisten sind das natürlich nicht... Könnte man sie diesbezüglich ausbilden?“

„Denkbar“, antwortete ich, „Zeit genug hätten wir ja.“

Wir entwarfen folgenden Plan:

Ich könnte vier junge Leute zehn bis vierzehn Tage lang trainieren, um sie fit zu machen für die Arbeit im Eis.

Im Herbst dieses Jahres könnten wir dann zusammen zum Watzmann fahren und versuchen, zum Flugzeugrumpf vorzudringen. Für den Fall, dass wir Erfolg haben sollten, würden alle geborgenen Funde zunächst mir zur Begutachtung und Dokumentation überlassen und dann in die Hände Zellers übergehen. Ich könnte mit diesem Material uneingeschränkt journalistisch und publizistisch arbeiten. Die Kosten des Ganzen gingen zu Lasten Zellers, ich würde für mich weder eine Entlohnung noch Spesen noch eine Aufwandsentschädigung beanspruchen.

Letzteres überraschte ihn, und er war nicht glücklich damit, das merkte ich. Er hatte gedacht, mich einkaufen zu können, was ich natürlich nicht zulassen konnte. Ich erklärte ihm das auch ganz offen und machte es zu einer Grundbedingung: Meine Unabhängigkeit als Journalist musste gewahrt bleiben.

Ich war aber auch überrascht vom Ergebnis dieser Verhandlungen. Geld schien eine untergeordnete Rolle zu spielen. Ich hatte von einer Summe von „bis zu zehntausend Euro“ nur für die Aktion im Kar gesprochen – wenn alles nach Plan ginge. Dazu komme natürlich noch die Entlohnung seiner „jungen Leute“. Er hatte diese Summen mit einer Handbewegung weggewedelt. Was ich noch überraschender fand, war die Vereinbarung, dass ich alles geborgene Material uneingeschränkt verwenden konnte. Hier hatte er keine Sekunde gezögert. Also wollte er mich entweder sowieso über den Tisch ziehen – oder er hatte andere Motive, hinter die ich noch nicht gekommen war.

Zum Schluss teilte ich noch unmissverständlich mit, dass diese Erörterung, die wir hier abgehalten hatten, kein verbindliches Angebot von mir darstellte – sondern eine Möglichkeit. Ich würde ihm aber binnen zwei, drei Wochen definitiv mitteilen, ob ich zur Verfügung stünde oder nicht. Darüber war er nicht glücklich.

Mir kam das alles sehr abstrakt vor, zu diesem Zeitpunkt, und ich dachte mit keinem Gedanken daran, das wirklich durchzuziehen – einen Trupp Naziverehrer zwecks illegaler Aktionen ins Gebirge zu führen. Aber neugierig war ich schon geworden, vor allem auf die Organisation, die hinter Zeller stecken musste.

Ich hatte danach noch ein, zwei Tage in München zu tun, fuhr dann weiter nach Stuttgart und war erst am 12. Januar, einem Samstag, wieder zu Hause.

***

Bei unserem Treffen am darauffolgenden Mittwoch ließ Walter erst mal eine Bombe platzen.

„Ich weiß, was es mit dem Tisch auf sich hat“, erklärte er, selbstzufrieden grinsend. „Und mit der Junkers im Kar – mit allem.“

„Radar oder Funk?“, fragte ich.

„Weder noch“, antwortete er. „Viel spannender. Ich habe was ganz Naheliegendes gemacht, ich verstehe gar nicht, weshalb ich da nicht früher draufgekommen bin: Ich habe das Bild einem Physiker gezeigt, den ich kenne. Der schaut sich das an, grinst und sagt, nach nicht mal fünf Sekunden: ‚Na klar, das ist der Hahn-Meitner-Straßmann-Tisch‘ “.

„Hahn … Der hatte doch was mit Kernspaltung zu tun, oder?“

„Aha, du hast aufgepasst in der Schule. Der Tisch zeigt die Versuchsanordnung, in der die erste gesteuerte Kettenreaktion ablief. Gebaut haben das Otto Hahn und Fritz Straßmann, vom Theoretischen her hat Lise Meitner Wesentliches beigetragen. Aber dann hat mein Physikerfreund gestutzt: Der Aufbau sei anders als bei dem im Deutschen Museum. Auf meine Nachfrage sagte er, dass im Deutschen Museum in München ein Nachbau dieses Tisches stehen würde, wo das Original abgeblieben sei, wisse man nicht. Diese Version des Aufbaus auf dem Foto sei anders, einfacher. Als ich wissen wollte, ob es sich um eine frühere Version handeln könnte, sagte er, das könne er so nicht beantworten. Ich habe ihm den Abzug überlassen, er will sich melden, wenn er mehr sagen kann."

„Weißt du", fuhr Walter fort, „das ist das Besondere an dieser Geschichte. Du suchst ewig herum, findest nichts, sitzt auf dem Trockenen – und dann, mit einem Stichwort, platzt eine Blase und du bekommst Infos, mit denen du nie gerechnet hast. Und wenn ich recht habe, dann löst diese Information, die mir mein Physiker gegeben hat, das ganze Rätsel um die Ju 52 im Kar. Aber du kannst selbst draufkommen: Was hatte diese Maschine an Bord – soweit wir das jetzt wissen?"

„Kriegswichtige Geheimnisse", antwortete ich nach kurzem Nachdenken.

„Genau. Mindestens zwei hochrangige Geheimnisse, das eine waffentechnischer, das andere wissenschaftlicher Art. Wann ist das ..."

Aufgeregt unterbrach ich ihn: „Du denkst, es könnte noch mehr dort oben liegen. Und der Flieger ist in den letzten Kriegstagen von einem britischen Jäger abgeschossen worden. Haben die Nazis ihre Wertsachen eingesammelt? Vorsorge für später? Meinst du das?"

„Nicht ganz – aber irgendwie schon. Pass mal auf: Am 20. April 45 feiert der ‚Führer' Geburtstag, im Bunker in Berlin. Die Russen beharken ihn dabei mit Granatfeuer aus nächster Nähe. Die Lage ist, gelinde gesagt: beschissen, das wissen alle, auch Hitler – und der schockiert die zusammengekommene Gratulantenschar mit der Ankündigung, er werde bis zum Schluss in Berlin aushalten. Die Größen des Reiches verkrümeln sich so langsam und überlegen sich, wie sie den Untergang überleben könnten: Göring zum Beispiel verabschiedet sich von Hitler, nachdem er sein Stück Torte aufgegessen hat, ‚nach Süddeutschland, wo wichtigste Aufgaben auf mich warten', wie er erklärt. Drei Tage später, eine Woche vor Hitlers Tod, telegrafiert er aus Berchtesgaden: Dass er, wenn er bis zweiundzwanzig Uhr keine anderslautende Nachricht erhalte, davon ausgehe, dass Hitler eingekesselt und damit handlungsunfähig sei. Und gemäß dem Erlass vom Juni 1941 würde er sich dann als der Nachfolger des Führers mit allen Vollmachten betrachten."

„Hitler tobt in seinem Bunker", fuhr Walter fort. „Er lässt über Bormann eine Weisung nach Berchtesgaden geben, dass Göring degradiert, aller Ämter verlustig sei und wegen Hochverrats von der SS festgenommen werden sollte. Was zunächst auch geschieht – aber am 30. April, dem Todestag Hitlers, ist er wieder frei und erklärt Reichspräsident Dönitz, er sei bereit, mit Eisenhower ‚von Marschall zu Marschall' über einen ehrenvollen Frieden zu verhandeln. Bis hier ist das belegte Geschichte", schloss Walter seinen Vortrag.

Dann ging es weiter: „Da setze ich jetzt meine Spekulation obendrauf: Göring lässt nach dem 20. April Material zusammentragen, mit dem er sich bei den Amerikanern als Verhandlungspartner interessant machen will. Da die meisten dieser ‚kriegswichtigen Geheimnisse' nicht so einfach transportabel gewesen sein dürften, schickt er eine Ju 52 los, an Bord einen Fotografen der Hans Heinrich Burger GmbH. Aber dieses Flugzeug muss natürlich dazu auch jede Menge Papier geladen haben: Blaupausen, Beschreibungen, Forschungsberichte, vielleicht auch Modelle. Wenn das so stimmt, dann liegt da oben im Kar eine Zeitkapsel, wie es noch keine gegeben hat: die Geheimnisse eines untergegangenen Reiches auf ein paar Kubikmeter Laderaum zusammengepackt ... Und? Was hältst du davon?"

„Zumindest ist das eine Theorie, bei der alles zusammenpasst, was wir bisher herausgefunden haben“, antwortete ich nach längerem Nachdenken. „Da gibt es keine offenen Fragen mehr.“

„Gut“, sagte er, „das sehe ich auch so. Dann nehmen wir das jetzt als Ausgangspunkt.“

Und dann saßen wir da und bestaunten unsere Klugheit. Was uns dabei entging: Zu diesem Zeitpunkt war es schon passiert, die Falle war zugeschnappt.

Jetzt, nachdem das Ganze vorbei ist, und wenn ich lese, was ich hier aufschreibe, wird mir klar, wie „raffiniert“ wir vorgegangen sind … So ist der Mensch, dümmer als jedes Tier: Baut sich selbst eine Falle, stellt sie, spannt sie, versieht sie mit einem Köder und – tappt rein.

Keine Rede mehr von Zurückhaltung und Vorsicht. Dass ich noch vor wenigen Tagen kategorisch ausgeschlossen hatte, einen Trupp Nazis ins Hochgebirge zu führen – nichts davon übrig. Denn dort oben lag das Material: konzentriert und tiefgefroren, bereit zur Abholung. Dort lag der „Schatz der Sierra Madre“ – wer wollte da zu Hause bleiben?

KAPITEL 5

Nach Norden

Wir gingen es also an.

Walter besorgte ein Prepaid-Handy auf unseren Tarnnamen, ich sollte dieses Gerät ausschließlich zur Kommunikation mit Zeller verwenden. Schon ein paar Stunden, nachdem wir ihm die Nummer per Mail mitgeteilt hatten, rief er an.

Ich erklärte ihm, dass ich zunächst nur für das Training zusagen würde. Für das weitere Vorgehen jeweils dann, wenn ich die Voraussetzungen dafür als gegeben betrachten konnte. Zeller passte auch das nicht, aber er akzeptierte. Dann wollte er wissen, wie es weitergehen würde.

„Wir können uns doch jetzt erst mal Zeit lassen? Und dann irgendwann im Sommer mit dem Training für den Einstieg in diesen Schacht beginnen ..."

„Nein", widersprach ich, „das Training müssen wir noch in diesem Winter durchziehen. Es muss kalt sein, wir trainieren unter realistischen Bedingungen. Da können wir die Spreu vom Weizen trennen und wir haben darüber hinaus den Vorteil, dass wir die Ausrüstung unter realen Bedingungen testen und optimieren können."

Zeller war beeindruckt. „Dann müssten Sie mir sagen, wie viele Personen Sie dabei einsetzen wollen und wo trainiert werden kann."

„Ich denke, wir gehen da mit fünf Mann hoch, mich eingeschlossen. Das ist genug, denn mehr als drei Leute können am Grund des Schachtes nicht effektiv zusammenarbeiten. Mit zwei Mann im Ersatz können wir dann oft genug abwechseln. Ich brauche also sechs Mann, aus denen ich mir vier aussuchen kann. Nicht zu alt, nicht zu groß, nicht zu dick, nicht auf Drogen, keine Soziopathen. Und: keine zusätzlichen Beobachter oder sonst was. Wer mitkommt, muss trainiert haben und auch mitarbeiten. Eine Gruppe von fünf Leuten ist eigentlich schon ungewöhnlich genug auf dieser Route."

„Sie haben sich das offenbar schon gut überlegt", meinte Zeller. „Wo wird trainiert und wie lange?"

„Den Ort müssen Sie finden. Ich hätte gerne eine Art Schacht, einen tiefen Keller oder was in der Art, wobei ein Keller eigentlich nicht kalt genug wäre – aber zur Not ginge das auch. Zehn Meter Tiefe Minimum, besser mehr. Bei mir in der Nähe gibt es auf einer alten Burg einen Brunnenschacht, der über dreißig Meter tief ist – der wäre ideal. Aber dort kommen wir nicht rein, und so etwas findet man natürlich nicht an jeder Ecke."

„Lassen Sie mal", ölte Zeller, „ich glaube, ich hab da schon was Passendes im Auge. Und wie lange?"

„Acht bis zehn Tage für das Training. Die günstigste Zeit für den Ernstfall liegt zwischen Mitte September und Mitte Oktober – da sind die Schulferien zu Ende und die Gegend ist nicht mehr ganz so überlaufen. Außerdem bildet sich der Schacht auch erst um diese Zeit."

„Was brauchen wir an Ausrüstung?"

„Zwei Einfachseile mit dreißig Meter und fünf Garnituren Sitzgurte, Abseilachter und Steigklemmen – eine Liste mit den genauen Bezeichnungen und Marken geht Ihnen per Mail zu. Darauf stehen auch Eisbeile, Steigeisen und ein paar sonstige Ausrüstungsgegenstände. Und noch ganz spezielles Zeug – sollten Sie Probleme mit der Beschaffung haben, dann rufen Sie mich an. Was die notwendige Kleidung und die Biwak-Ausrüstung angeht: Das kaufen auch Sie ein, sobald Sie Ihre Kandidaten beisammen haben. Von mir bekommen Sie eine Liste, auf der alles Nötige draufsteht."

„Und in der Zwischenzeit?"

„Kümmere ich mich um das Wichtigste: Wie wir das Ganze von der technischen Seite her hinbekommen."

***

Natürlich war das illegal, was wir da planten. In mehr als einer Hinsicht: Es fing schon damit an, dass in unserer Republik das Übernachten im Freien außerhalb von Campingplätzen genau genommen gar nicht erlaubt ist. Deshalb gehe ich zum Beispiel auch viel lieber in der Schweiz in die Berge. Dort darf man „oberhalb der bewirtschafteten Zonen“ gerne für eine Nacht biwakieren – ausgenommen sind nur sogenannte Wildruhezonen. Auch im benachbarten österreichischen Bundesland Vorarlberg darf man das, dort wird dieses Recht mit dem schönen Wort „Bergfreiheit“ umschrieben. Aber man muss schon vorsichtig sein: Dort liegt zum Beispiel ein Fast-Dreitausender mit einem schönen kleinen Hängegletscher. Am Fuß dieses Berges gibt es zwei grün-blaue Gletscherseen, wie zum Biwakieren gemacht – nur schlägt man sein Zelt besser nicht am Ufer des östlichen Sees auf. Denn hier kann die Nacht tausend Euro kosten, wenn man erwischt wird, während sie am westlichen See, nur fünfzig Meter weiter, umsonst ist. Dazwischen verläuft die Grenze zwischen den Bundesländern Tirol und Vorarlberg ...

Und was in Deutschland sowieso verboten ist, gilt im Nationalpark natürlich zweimal: Alles, was zum Sonnenuntergang den Park nicht verlassen hat, muss in den paar bewirtschafteten Hütten zusammenrücken, was inzwischen dazu geführt hat, dass einige dieser Hütten zu Massenunterkünften mutiert sind. Es sei halt ein schwieriger Spagat zwischen den Bedürfnissen der Touristen und den Notwendigkeiten des Naturschutzes, hat mir mal ein Vertreter dieses Nationalparks erklärt.

Aber man kann ja ausweichen. Überall rund um Deutschland gibt es herrliche Naturlandschaften, in denen man sich freier bewegen darf. Natürlich wird man auch dort vergattert, sich an bestimmte Regeln zu halten, und das ist ja auch völlig in Ordnung: Die Menschen lernen noch was dabei.

Doch das Übernachten war noch unser kleinstes Problem. Im Toteis herumzubuddeln ist natürlich zu jeder Tageszeit absolut verboten. Hierzu war unsere Logik die der Menschen der vergangenen Jahrhunderte in dieser Landschaft, wenn es um Konflikte mit der Obrigkeit ging: Man darf sich halt nicht erwischen lassen ...

Natürlich hätten wir auch den vom Gesetz für solche Fälle vorgesehenen Weg gehen können: den Fund bei den Behörden melden. Der Rumpf wäre auch dann freigelegt worden, selbst wenn die Verwaltung des Parks dagegen votiert hätte – nur halt nicht von uns. Und die Funde wären nicht von uns ausgewertet worden ... Wir hätten uns um den Lohn unserer bisherigen Arbeit betrogen.

Aber mein stärkstes Argument, mit dem ich mein schlechtes Gewissen beruhigte: Ich musste unser Vorgehen so planen, dass auf keinen Fall jemand was mitbekommen würde von unserer Aktion. Also würde mein Eingriff logischerweise auch den geringsten negativen Effekt auf die Natur des Parks haben.

So halb und halb wurden wir auch durchs geltende Recht gedeckt: Nach der Gesetzeslage im Freistaat Bayern würde uns auf jeden Fall die Hälfte der Funde gehören, die andere Hälfte dem Eigentümer des Grundes – in diesem Fall also dem Staat. Alles unter der Voraussetzung, dass rechtmäßige Eigentümer nicht zu ermitteln wären.

Trotz alledem fühlte ich mich nicht sehr wohl, als ich drei Wochen später auf der Fähre nach Trelleborg rüberschaukelte – und das lag weniger am Seegang als daran, dass ich genau wusste, dass ich ein hohes persönliches Risiko auf mich nahm mit dieser Aktion, die nicht nur illegal war, sondern eigentlich auch völlig unvernünftig.

Aber wissen Sie was? Nach zwanzig Jahren als selbstausbeutender Freiberufler im Journalismus hat man sich entweder an so was gewöhnt – oder aufgegeben.

***

Zeller hatte es natürlich noch mal versucht: „Wohin darf ich Ihr Ticket schicken?“

„Gar nicht", antwortete ich patzig. „Nennen Sie mir einen Ort und eine Zeit, ich sage Ihnen, ob ich es schaffen kann."

Und dann wurde mir der Name eines Dorfes in Mittelschweden genannt, im Süden der Provinz Dalarna, mit der Ankündigung, man würde mich am Bahnhof dieser Gemeinde in vier Tagen abholen, die Ankunftszeit des einzig in Frage kommenden Zuges von der Küste her sei bekannt: 9.31 Uhr.

***

Ich stieg also am 8. Februar genau zu dieser Zeit aus dem schwedischen Zug, und als das knappe Dutzend meiner Mitreisenden abmarschiert war, standen da nur noch ich und eine junge Frau auf dem Bahnsteig.

Ihr Name war Vesna und sie sprach fast akzentfreies Deutsch. Ich sei wohl der „Spezialist aus München", erklärte sie mir selbstbewusst, schnappte sich ungefragt meinen Rucksack und führte mich um das Stationsgebäude herum zu einem Parkplatz, auf dem ein alter, bunt bemalter VW-Bus mit Kennzeichen aus Braunschweig und dem kroatischen Schachbrettwimpel am Rückspiegel stand.

Erst nachdem ich mich auf die Beifahrersitzbank gehievt hatte, bekam ich Gelegenheit, mich vorzustellen. Und sie etwas genauer anzusehen: Mitte zwanzig, kurze dunkle Haare, kräftig, aber nicht dick, vielleicht eins fünfundsechzig groß. Im Gesicht ein keckes Kinn, eine stupsige Nase und kräftige dunkle Augenbrauen, kein Make-up, soweit ich das erkennen konnte. Was mich fast umhaute, war ihre Kleidung: ein Bundeswehr-Parka, darunter ein dunkelgrüner Troyer aus derselben Kleiderkammer, auch die Camouflage-Hosen und die Springerstiefel kamen daher. Wenigstens hatte sie die Hoheitszeichen abgetrennt. Trotzdem ging es ja wohl kaum auffälliger, dachte ich. Aber gerade als ich was sagen wollte, überholten wir einen Trecker, und hinter dem Steuer saß ein Typ, der klamottenmäßig ihr Bruder hätte sein können. Im Laufe der Tage lernte ich dann, dass diese Ausstaffierung hier auf dem Land recht üblich war: Armee-Klamotten waren warm, strapazierfähig und billig – und außerdem auch für die Elchjagd geeignet.

Ich selber hatte ja sogar schwedisches Zeug an – eine Thermohose von Fjällräven und einen ausgeblichenen Parka vom selben Hersteller – aber damit galt man bei den Einheimischen hier fast schon als Mode-Geck aus der Stadt, der sich landfein geben wollte. Problem war das allerdings keines – ich kam die nächsten zehn Tage kaum mal raus aus unserem „Trainingslager".

Wir fuhren um die kleine Stadt herum und dann auf einer halb zugewehten Landstraße nach Nordosten, etwa vierzig Kilometer weit. Kaum Verkehr, nur selten kleine Höfe, weit weg von der Straße und im Schneegestöber kaum zu erkennen. Und dann bogen wir ab, irgendwo im Nirgendwo, kein Haus, kein Schild, nichts. Noch mal fünf Kilometer auf einer holperigen Schotterpiste direkt nach Norden, und dann – waren wir da.

Ein endloser Himmel aus gebürstetem Stahl über einem weißglacierten Land, drumherum und weit weg dunkle Waldränder. Im Vordergrund ein paar geduckte Gebäude und dazwischen eine riesige Rakete, wie ein grau-schwarzes Ausrufezeichen in der Landschaft.

Zugegeben, das war nur der erste Eindruck – die Rakete war ein Futtersilo. Ein Hochsilo, gut fünfzehn Meter, um die drei Meter im Durchmesser. Es war aus unverputzten Hohlblocksteinen gemauert, hatte oben ein Betondach mit Einstiegsluke und in der Mitte und unten je eine Bunkertür, ebenfalls aus Beton, mit massiven Stahlriegeln.

Der Rest der Bebauung: drei lang gezogene flache Baracken mit Spaltenböden. Eine ehemalige Schweinemastanlage, wie ich erfuhr. Ein Bauernhaus, anderthalbstöckig, von baufälligem Äußeren, aber mit einem neuen Dach. Daneben die leere Remise, in der Vesna den Bus abstellte.

***

Sie führte mich ins Haus, meinen Rucksack durfte ich diesmal selber tragen. Ein geräumiger Flur mit Einbauschränken und einer Treppe ins Obergeschoss, eine Wohnküche mit großem Tisch und einem altertümlichen Sofa in der Ecke. In der anderen ein großer Grundofen. Zwei Türen, die von der Küche abgingen: in ein kleines Zimmer hinter dem Ofen, in dem ein Tisch, ein Stuhl, ein Blech-Spind und ein Feldbett standen – meine Bleibe für die nächsten Tage.

Die zweite Tür führte in das ehemalige Wohnzimmer: riesengroß, wohl weil man ein paar Zwischenwände herausgerissen hatte. In der Mitte ein Geviert aus zusammengeschobenen Tischen, Stapel-Stühle drumherum, sicher zwei Dutzend. Eine riesige Europa-Karte an der einen Wand, zwei Flipboards rechts und links, eine Projektionsleinwand auf der anderen. Drei Schränke, die nach Klassenzimmer aussahen. Das war es auch: ein Tagungs- oder Schulungsraum. Wem das Ganze gehörte, habe ich nie erfahren, aber es gibt in Schweden seit Jahren schon eine kleine, aber sehr aktive rechtsradikale Bewegung, die offenbar auch Kontakte ins Ausland unterhält. Keiner zu Hause, außer uns.

Noch während ich meine paar Habseligkeiten in dem grauen Spind verstaute, begann es nach Essen zu riechen – aus der Küche. Ich ging rüber und konnte mich direkt an einen gedeckten Tisch setzen. Nichts Besonderes, eine aufgebackene Tiefkühlpizza. Aber sie war warm und füllte den Magen. Das Besondere kam hinterher: „Mokka?“, wurde ich gefragt. Wer je im alten Jugoslawien Mokka getrunken hat, und Kaffee überhaupt mag, wird da nicht nein sagen können. Und wie fast jede Frau aus jener Weltgegend, die sich Balkan nennt, beherrschte sie das Zubereiten dieser Spezialität perfekt.

„Sliwa dazu?“

„Frühestens heute Abend, aber dann gerne“, gab ich zurück.

***

Beim Kaffee fragte ich: „Und wo steckt der Rest?“ und bekam als Antwort: „Die kommen erst morgen.“

Also zog ich mich warm an, inklusive Bergstiefel und Handschuhe, ging in den Hof und schaute mich gründlich um, aber natürlich galt mein ganz besonderes Interesse der Rakete – dem Hochsilo.

Außen führte eine eingemauerte senkrechte Eisenleiter hinauf, ohne das vorschriftsmäßige Fallschutzgitter. Daneben das Einblasrohr. In der Mitte, unter der zweiten Tür, eine kleine Gitterplattform. Das nach allen Seiten leicht geneigte Dach ganz oben war vereist, aber die Leiter wurde bis zur Luke weitergeführt. Es war kein Problem, bis dorthin durchzusteigen – das gefiel mir schon mal gut. Die Einstiegsluke war ein leichter Aludeckel, rund, etwa siebzig Zentimeter im Durchmesser, anscharniert und mit zwei nachstellbaren Spannverschlüssen geschlossen. Ich bekam sie auch auf, aber erst, nachdem ich mit meinem Taschenmessergriff einiges an Eis weggeklopft hatte, das die Verschlüsse blockierte.

Die Tiefensicht im Schein der kleinen Taschenlampe, die ich mitgebracht hatte, war beeindruckend ... Und die Aussicht von dort oben bot nicht viel mehr als leeres, weites, weißes Land.

Die Bunkertür ganz unten war ein schwierigerer Fall: die Scharniere und Hebelgelenke waren nicht nur vereist, sondern auch angerostet. Ich ging in die Küche, fand Vesna lesend am Tisch.

„Warst du telefonieren?“, fragte sie.

„Wie kommst du darauf?“, fragte ich zurück und erfuhr, dass man, unter guten Verhältnissen, vom Dach des Silos ein Funknetz hereinbekommen konnte. Das Festnetz war abgeklemmt – und damit gab es auch kein Internet.

Ich fragte sie nach der Werkstatt.

„Im Anbau hinter der Remise“, antwortete sie. „Brauchst du Hilfe?“

Ich schüttelte den Kopf und ging wieder raus.

Wie ich mir gedacht hatte, war die Werkstatt schmutzig, vernachlässigt und unaufgeräumt – aber es war alles da, was man brauchte, um landwirtschaftliche Maschinen am Laufen zu halten. Ein großes Nageleisen und eine Flasche Getriebeöl nahm ich mit. Mit dem Nageleisen schlug ich das Eis weg, mit dem Öl begoss ich die rostigen Gelenke der Bunkertür, bis sie trieften. Ich stieg noch mal auf das Silo und zog mein Handy aus der Tasche: natürlich kein Netz. Dann herrschten zur Zeit also die ungünstigen Verhältnisse. Der Schneefall hatte zwar aufgehört, aber die Bewölkung war einheitlich grau und hing tief.

Wieder am Boden klopfte ich mit dem Nageleisen vorsichtig die Gelenke der Bunkertür ab, Rost und Eis platzten und rieselten. Dann, mit dem Nageleisen als Hebelverlängerung, konnte ich die Riegel aufstemmen.

Eine Viertelstunde lang bewegte und ölte ich das Hebelgestänge von innen und außen, bis ich zufrieden war, dann räumte ich mit einer Schaufel zwei Stunden lang den Abfall der letzten paar Jahre aus dem Silogrund. Und damit hatte ich ein ideales senkrechtes Trainingsgelände vorbereitet – es fehlte nur das Eis im Schacht.

***

Im Flur schälte ich mich aus meinen Winterklamotten, ging in die Küche. Es war gegen siebzehn Uhr, und es roch wieder nach Essen: Die nächste Tiefkühlpizza war im Ofen.

Ich warf einen Blick in den Riesenkühlschrank: Butter, H-Milch, verschiedene scharfe Saucen und Ketchup in Flaschen. In der Gefrierabteilung: Tiefkühlpizza und Speiseeis – sonst nichts, aber davon reichlich.

„Wer ist für die Verpflegung und den Einkauf zuständig?“, fragte ich.

„Eichstrich“, war die kryptische Antwort. Als ich sie fragend ansah, setzte sie hinzu: „Der trifft morgen ein, zusammen mit den Jungens, mit demselben Zug wie du. Ich fahre nach dem Frühstück los, kommst du mit?“

Natürlich lehnte ich ab – die Gelegenheit, mich hier ohne Aufsicht umzusehen, konnte ich mir nicht entgehen lassen. Und diesen „Eichstrich“ – was war denn das bloß für ein

Name? – würde ich noch früh genug kennenlernen. Was mir echte Sorgen machte: Sie hatte was von einem Frühstück gesagt. Pizza? Mit Vanilleeis? Auf alle Fälle schrieb ich ihr eine Einkaufsliste, eine, auf der auch ein paar Lebensmittel mit Ballaststoffen, Eiweiß und Vitaminen vorkamen.

Dann verputzten wir die Pizza und hinterher Erdbeereis. Ich holte aus meinem Gepäck eine Flasche Wein dazu, und danach gab's wieder Mokka, mit Sliwa, wie versprochen.

Beim Essen versuchte ich ein wenig Konversation zu machen: „Wo kommst du eigentlich her? Aus Dalmatien?"

„Geboren bin ich in Duvno", antwortete sie nach kurzem Zögern.

Ich sah sie grinsend an, verdrehte die Augen und sagte: „Du meinst sicher Tomislavgrad?"

„Natürlich. Aber vor dreiundzwanzig Jahren hieß das noch nicht so."

Duvno und Tomislavgrad – das ist ein und dieselbe kleine Stadt in Zentral-Bosnien. Nachdem sie tausend Jahre Tomislavgrad geheißen hatte, nach dem ersten „König der Kroaten", wurde sie unter Tito in Duvno umbenannt, nach der Hochebene, auf der sie liegt. Nach dem Ende der Volksrepublik Jugoslawien hatte man natürlich nichts Wichtigeres zu tun, als sie umzubenennen, auf den alten, nationalstolzen Namen. Genauso verfuhr man mit der Flagge, die tausend Jahre lang das Schachbrettmuster des kroatischen Wappens gezeigt hatte, um dann von einem sozialistischen roten Stern abgelöst zu werden. Und um die Verwirrung komplett zu machen, wurden die wichtigen Verkehrsverbindungen in Bosnien von den UN-Blauhelmen noch mit Tarnnamen belegt, während die Milizen vor Ort die Verkehrsschilder abmontierten, um den Gegner zu verwirren. Das führte oft zu völlig unsinnigen Situationen, und ich erzählte Vesna beim Abendessen, was mir 1993 in Zagreb passiert war.

„Ich sollte jemanden besuchen, hatte einen Namen und eine Adresse – allerdings keine Telefonnummer, damals gab es noch keine Handys und mit dem Festnetz war zu der Zeit nicht viel los. Ich fahre also mit dem Bus vom Flughafen ins Zentrum und gehe rüber zum zentralen Taxistand am Bahnhof. Ich finde natürlich fast sofort einen Fahrer, der jahrelang bei Daimler in Sindelfingen gearbeitet hat und der mich bestens versteht. Ich gebe ihm den Zettel mit der Adresse – und er fragt mich: ‚Wo ist das?' Ich schau ihn verdutzt an und frage: ‚Wer ist hier der Taxifahrer von uns beiden?' Er fragt mich, ob ich ‚die alte Adresse' kennen würde. Ich antworte, ich hätte nur diesen Zettel da. Er meint, er müsse sich mal mit ein paar Kollegen beraten, und geht rüber zu einer Gruppe, die zusammensteht, mit Teegläsern und Zigaretten in den Händen. Mäßig aufgeregtes Palavern. Er kommt zurück, wedelt mit meinem Zettel und meint, er habe eine ungefähre Ahnung, wo das sein könnte, aber sicher wisse er es nicht, man müsse jetzt halt mal dahin fahren und mit ein paar Anwohnern sprechen – aber das ginge dann auf mein Risiko, was die Fahrtkosten betreffe. Ich werde fast irre, denke: Ist das jetzt eine neue Abzocke für Fremde, die hier läuft?"

In Wahrheit ging es um etwas ganz anderes: Noch vor der Unabhängigkeitserklärung des kroatischen Teils Jugoslawiens hatten die Bürger die Straßenschilder mit den verhassten Namen des alten Regimes von den Mauern und Laternen gerissen. Alle Politiker Jugoslawiens, alle Nicht-Kroaten und alles, was sich sowjetisch anhörte, fiel dem zum Opfer. Dann begann die neue Regierung, die Straßen neu zu benennen, nach den neuen Helden. Es wurden Straßenschilder gepresst und mit Begeisterung verteilt und angeschraubt. Nur an einem haperte es: Es gab keine neuen Stadtpläne. Denn so ein genauer, korrekter Stadtplan braucht Planung, Vorbereitung und zum Schluss muss er ja auch noch gedruckt und verteilt werden. Und deshalb kannten sich nicht mal mehr die Taxifahrer aus in ihrer eigenen Stadt. Zwei Drittel der Bürger Zagrebs, so erzählte er mir, hätten jetzt zwei Adressen: eine alte und eine neue. Die neue sei die gültige, aber mit der könne kaum jemand was anfangen – er nicht, nicht die Post, nicht die Behörden, sogar Wahlen seien deshalb ein riesiges Problem. „Gib deinem Freund deine alte Adresse und dem Finanzamt die neue“, sei deshalb ein beliebter Witz, schloss er seine Schilderung. Dann schaute er mich gespielt misstrauisch an: „Du bist doch nicht vom Finanzamt, oder?“

Immerhin hatte ich sie jetzt mal zum Lachen gebracht.

„Tja“, meinte sie, „das habe ich alles nicht mitbekommen. Ich war damals – warte mal – ja, gerade acht Jahre alt.“

„Und außerdem warst du ja in Tomislavgrad, nicht in Zagreb“, setzte ich dazu. Ich war mir ziemlich sicher, dass ich mit dieser Duvno/Tomislavgrad-Geschichte von ihr abgecheckt worden war: „Der behauptet, im Krieg in Bosnien gewesen zu sein. Überprüf das doch mal, du kennst dich dort doch aus ...“

Dabei fiel mir ein, dass ich mir den Wimpel an ihrem Rückspiegel noch genauer ansehen sollte. Bei diesem kroatischen Schachbrettwappen gibt es kleine, feine Unterschiede, nach denen man auf den politischen Hintergrund des Besitzers schließen kann.

***

Es war ein merkwürdiger Trupp, der da am nächsten Vormittag aus dem Bus kletterte: acht Mann, ein Hund. Der Köter war als Erster aus dem Wagen, raste begeistert auf mich zu, sprang fiepend und schwanzwedelnd an mir hoch und sein Besitzer brüllte noch vom Beifahrersitz aus: „TÖ-LE! SITZ!“ Der Hund zeigte keinerlei Reaktion.

Sein dickes, kahlköpfiges Herrchen kam auf mich zugeschnauft, eine zerknüllte Mütze in der Hand: „Karl? Ich bin Jochen. Sie müssen entschuldigen wegen dem Hund ...“

Ich winkte ab. Dann kamen die anderen auf mich zu: das, was man junge Männer nennt. Alle über zwanzig, höchstens fünfundzwanzig, sieben Stück davon. Sie waren merkwürdig einheitlich gekleidet – auffällig unauffällig könnte man sagen. Bei keinem sah man irgendwelche Haare: Wenn sie überhaupt welche hatten, dann waren die unter Mützen und Kapuzen versteckt. Einer kam auf mich zu, stellte sich vor, mit Handschlag. Die anderen reihten sich hinter ihm ein. Ich merkte mir erst mal keine Namen, schickte sie samt ihrem Gepäck ins Haus, sagte ihnen, sie sollten sich im Obergeschoss ein Bett aussuchen, gegen zwölf Uhr dreißig würden wir uns zum Essen in der Küche treffen.

Dann nahm ich diesen Jochen alias Eichstrich zur Seite: „Ich heiße Karl, ohne ‚Sie'. Du kennst diese Burschen?"

„Fünf davon mehr oder weniger gut, zwei überhaupt nicht."

„Gut, mach mir bitte eine Liste mit ihren Vornamen und woher sie kommen, sonst will ich erst mal nichts wissen. Wir unterhalten uns dann nach dem Essen."

Und zu Vesna: „Wir brauchen Essen für zehn Mann und einen Hund! Keine Angst, ich helf dir – Pizzapackungen aufreißen kann ich richtig gut."

Als um halb eins alle am Tisch saßen, gab ich ihnen eine kurze Einweisung: „Wir sind hier, um zu arbeiten. Ich werde euch einige Fragen stellen müssen, ansonsten halten wir uns damit zurück. Auch über den Auftrag, den wir erledigen sollen, werdet ihr nur das Nötigste erfahren, und ihr werdet in eurem Umfeld zu Hause mit niemandem drüber reden. Ich bin euer Instrukteur, was ich sage, wird gemacht, und zwar so, wie ich es sage. Wenn einer von euch eigene Ideen hat, darf er gerne zu mir kommen, aber letzten Endes entscheide ich – weil ich über die Informationen verfüge, die man braucht, um Entscheidungen treffen zu können."

Es gab keine Kommentare.

„Nach dem Essen habt ihr den Nachmittag und den Abend frei. Richtet euch ein, seht euch um, schlaft euch aus – aber das Gelände um den Hof wird nicht verlassen. Ausflüge in die Umgebung, die nächste Stadt und so weiter wird es die nächsten Tage nicht geben – totale Kontaktsperre. Es gilt tagsüber ein striktes Alkoholverbot, zum Abendessen bekommt jeder, der möchte, eine Flasche Bier. Alles, was ihr an Alkohol und Drogen mitgebracht habt, gebt ihr bei Vesna ab, die schließt es für euch weg. Übrigens rechne ich zu den Drogen auch nicht freiverkäufliche Medikamente – ist das klar?"

Viele dieser Glatzen pushen ihre Männlichkeit durch hohe Testosteron-Gaben, was nebenbei auch eine erwünschte positive Wirkung auf den Muskelaufbau beim Training hat.

„Wir werden euer Gepäck und eure Zimmer nicht filzen, aber es wäre besser, wenn ihr nichts versuchen würdet – denn ich werde jeden sofort rausschmeißen, der sich dieser Disziplin nicht unterordnet."

Dann wurden die Pizzas serviert und nach Geschmack verteilt. Es wurde weitgehend schweigend gegessen.

Eine halbe Stunde später saß ich mit Vesna und Eichstrich alleine am Tisch.

„Okay", sagte ich, „wir drei müssen so gut wie möglich zusammenarbeiten, um dieses Training, wie ich es mal nennen würde, zu einem Erfolg zu bringen. Ihr beide habt euch dabei lediglich um die Verpflegung der fünf Burschen und um meine zu kümmern – alles andere erledige ich."

„Sieben, es sind doch sieben, oder?", fragte Vesna.

„Noch", antwortete ich. „Morgen Mittag sind es nur noch fünf. Aber um auf die Verpflegung zurückzukommen: Wir brauchen ein gutes, ausgewogenes Frühstück. Kaffee, Haferflocken, Nüsse, Milch, Honig und frisches Obst – sonst nichts, aber davon reichlich. Keine Nutella, keine Marmelade. Zum Mittagessen was Italienisches – Nudeln mit Gemüsesaucen, jeden zweiten, dritten Tag auch mal mit Fleischeinlage. Immer mit einem frischen Salat. Anständiges Futter für den Hund. Zum Abendessen Brot, Butter, Käse. Dazu bitte auf der Anrichte einen großen Obstkorb, immer gut gefüllt, zur freien Bedienung. Daneben Kästen mit Mineralwasser und Limonaden. Und sucht ein paar Kannen raus, um Tee zu kochen. Kräutertee, Pfefferminze, Malve – so was."

Vesna hatte mitgeschrieben.

„Dann weckt ihr die Bande morgen Früh um sechs, Frühstück gibt's um halb sieben, und um halb acht sitze ich dann mit denen in diesem Schulungsraum da drüben." Und zu Vesna gewandt: „Du wirst ja morgen einkaufen gehen müssen. Warte bitte, bis ich dir meinen Abwahl-Kandidaten rausschicke, und nimm den gleich mit in die Stadt, zum Bahnhof. Eichstrich, du verpasst ihm bitte eine Fahrkarte und etwas Geld für die Reise."

Beide nickten das ab.

Dann nahm ich mir Eichstrich vor: „Seid ihr einigermaßen unauffällig hierhergekommen?"

„Ich glaub schon. Man hat denen gesagt, sie sollen normale Klamotten anziehen und im Zug nicht auf einem Haufen hocken. Das hat ganz gut geklappt."

„Wer hat dich eingewiesen?"

„Herr Zeller, und der Hiwi von Bogdanov", sagte er, bevor er noch richtig nachgedacht hatte. Da hatte ich meinen ersten Punkt gemacht.

„Was ist mit der persönlichen Ausrüstung?"

„Jeder hat sich nach deinen Vorgaben ein paar Bergstiefel besorgt und eingelaufen – hoffe ich jedenfalls. Was du sonst noch an Material angefordert hast, ist oben, in zwei von diesen Alu-Kisten."

„Gut, die holen wir dann nachher runter und stellen sie in den Schulungsraum."

Nach dem Kaffee hörte ich Eichstrich im Obergeschoss auf die Jungen einreden – was er sagte, konnte ich aber nicht verstehen. Dem Tonfall nach vergatterte er sie in irgendeiner Art.

Dann stand ich auf. „Ich werde mir jetzt ein bisschen Bewegung verschaffen. Wir sehen uns zum Abendessen – gegen sieben?"

Ich holte mir die Langlaufski aus dem Wandschrank im Flur, die ich bei meiner Hausdurchsuchung am Vormittag gefunden hatte. Freundlicherweise hatte jemand auch Schuhe dazugestellt, die nur eine halbe Nummer zu groß waren.

***

Mein Vorgehen gegenüber Eichstrich und Vesna war einfach, fast schon plump. Trotzdem, oder vielleicht gerade deshalb funktionierte es. Ich hatte schon beim ersten gemeinsamen Mittagessen klargemacht, dass gewisse Regeln für die Jungs galten, aber nicht unter uns dreien. Für einen wie Eichstrich war das selbstverständlich, das war die übliche Autoritätshörigkeit unter Männern: Es gibt immer einen, der das Sagen hat, und je selbstverständlicher der das klarmacht, um so bereitwilliger wird ihm die Führung zugestanden. Noch dazu war ich der Außenstehende, der ihm von seinen Chefs als wichtige Person angekündigt worden war.

Mit Vesna war es viel komplizierter: Sie war klug genug, um meine Absichten zu hinterfragen. Schließlich hatte man sie auch aufgefordert, mich abzuchecken, sie wusste also, dass ich auch ihren Chefs zumindest etwas suspekt war. Hätte ich versucht, mich an sie ranzumachen und sie auszuhorchen, dann hätte das nicht geklappt – aber die Männerkumpanei, die ich so völlig selbstverständlich mit Eichstrich eingegangen war, reizte sie, vor allem wohl, weil sie sich ihm überlegen fühlte. Das schaltete ihre Vorsicht ein Stück weit aus – weil sie von uns, von mir nicht abgehängt werden wollte.

Das klappte alles ganz gut und hatte schon am zweiten Tag zu einem neuen Namen geführt: Bogdanov ...

***

Nach dem Frühstück am folgenden Morgen machte ich meinen Anwärtern die Rechnung auf: „Ihr seid sieben. Ich brauche vier, vielleicht noch jemanden für die Ersatzbank. Ich werde also mindestens zwei, vielleicht auch drei von euch abwählen müssen. Einen sofort: Du heißt“ – ich suchte auf der Liste seinen Namen – „Holger? Es ist so: Du bist mindestens eins neunzig groß und kräftig gebaut. Und wir werden uns in sehr engen, niedrigen Räumen aufhalten und bewegen müssen, das ist mit dir nicht drin. Da hat jemand in der Etappe einen Fehler gemacht, als man dich eingeladen hat – du kannst absolut nichts dafür. Also melde dich bei Eichstrich, pack zusammen und: alles Gute. Vesna bringt dich zum Bahnhof.“

Als er aus dem Raum war, die Tür hinter sich geschlossen hatte, sahen fünf meiner Aspiranten zu Boden – erleichtert, dass es nicht sie getroffen hatte. Nur einer sah mir in die Augen: Das war der Zweite, den ich loswerden wollte – aber wohl nicht loswerden konnte, denn das war Zellers Spitzel, da war ich mir sicher. Oder kam der von diesem Bogdanov?

Fürs Erste sichteten wir die Ausrüstung in den Alukisten, ich gab die nötigsten Erläuterungen dazu. Dann ging es raus, in die Kälte.

***

„Nein, nein, du musst dich zurücklehnen – und loslassen. Setz dich in den Gurt, als wäre es ein Fernsehsessel. Das Seil trägt weit mehr als einen Elefanten, der Knoten mindestens sechzig Prozent davon ... So ist es gut. Jetzt musst du nur noch die Leiter loslassen ...“

Ich hatte Jürgen am Seil, hing in meinem Sitzgurt neben ihm, Hermann stand einen Meter über uns auf der mittleren Plattform der Siloleiter und sicherte ihn zusätzlich über das Geländer.

Es bedeutet für Menschen, die so etwas noch nie gemacht haben, eine Riesenüberwindung, sich beim Abseilen in den Gurt zu setzen, sich also voll dem Seil zu überantworten. Und Jürgen hatte das ganz offensichtlich noch nie gemacht. Jetzt hing er zwar mit seinem vollen Gewicht im Seil, schaute mich aber an wie ein Kater, der merkt, dass er ertränkt werden soll.

„Siehst du, das hält dich einwandfrei. Das Seil gibt etwas nach, wenn man es belastet, aber reißen kann es nicht. Wir lassen dich jetzt mal ein bisschen federn, damit du ein Gefühl dafür bekommst ... Nein, keine Angst, dein Freund sichert dich. Selbst wenn was passieren sollte, hat er dich sofort.“

Ich hatte dasselbe auf Jugendfreizeiten schon öfter durchexerziert, deshalb wusste ich, dass uns der härteste Moment noch bevorstand: „So, jetzt lass das Seil mal ein paar Zentimeter durch den Achter laufen.“

Jürgen öffnete seine völlig verkrampfte rechte Hand etwas, vier, fünf Zentimeter des Seils rutschten durch den Achter und sofort schloss sich seine Hand reflexartig wieder um das Seil. Bedingt durch die Bewegung nach unten und das plötzliche Abbremsen wippte er jetzt recht stark ins Seil, ein spitzes Keuchen, er riss beide Hände vom Seil, grabschte nach der Leiter, verfehlte sie natürlich, weil das Seil munter durch den Achter flitzte, und er schon rücklastig abstürzte – dann kam der markerschütternde Schrei. Noch während er schrie, hatte Hermann ihn an der Sicherung, grinste etwas spöttisch zu Jürgen hinunter, dessen Angstschrei in einer flachen Kurve wimmernd auslief – aus der Todesangst direkt hinein in die Tiefe der Scham.

Mit Hermann hatte ich Glück: Als Urbayer im Chiemgau aufgewachsen, war er mit der „Jungschar", wie er sagte, schon öfter zum Klettern gewesen. Ihn hatte ich mir zuerst vorgeknöpft, er kannte das alles schon, exerzierte mir ein Abseilen im Achter mit Selbstsicherung über eine Prusikschlinge vor, als hätte er das zuletzt vorgestern gemacht. Ich ließ ihn auch das Seil an der Leitersprosse anschlagen – an seinem gesteckten Sackstich konnte man nichts aussetzen. Die Bandschlinge mit den Karabinern zur Rücksicherung musste ich ihm zwar vor die Nase halten, aber nach zwei Sekunden nahm er sie und klickte sie völlig richtig in eine zweite Stufe. Daraufhin ernannte ich ihn zum Assistenten und musste ihm nur noch klarmachen, dass Kommentare und Spotten bei dem Job nicht zugelassen waren.

Nach seinem Beinahe-Absturz aus acht Meter Höhe gaben wir Jürgen erst mal eine Auszeit, entließen ihn zurück ins Warme und hießen ihn den Nächsten schicken. Das war dann Pit, Jürgens Kumpel, und mit ihm lief es noch um einiges schlechter. Beide sprachen ein fast akzentfreies Hochdeutsch, kamen aus dem Norden Ostdeutschlands, aus Stralsund – da gab's nun mal keine Berge.

Jens, der aus der Gegend um Leipzig kam, wo auch keine Berge waren, hatte es trotzdem viel besser drauf: Der war bei der Jugendfeuerwehr aktiv gewesen in seinem Ort, wie er mir abends erzählte. Dann machten wir weiter mit Maik aus Görlitz. Der hatte so was auch noch nie probiert, war aber insgesamt sehr sportlich und ließ sich auch etwas sagen – was ja schon die halbe Miete ist bei diesem Geschäft.

Der letzte war Erik aus Hannover – mein Aufpasser. Er ging derart verbissen an die Sache heran, dass ich mich fast fürchtete. Er versuchte jede Anweisung sofort und buchstabengetreu umzusetzen, auch wenn sie seinen natürlichen Instinkten absolut zuwiderlief. Man merkte es einfach – der Kerl stand unter Befehl.

Pit Schubert, der langjährige Sicherheitsbeauftragte der UIAA, der internationalen Union der Alpinismusvereinigungen, hat einmal einen Berufsstand sehr gelobt: Er arbeite bei Sicherheitsprüfungen sehr gerne mit österreichischen Heeresbergführern zusammen. „Wenn du so einem sagst: Spring!, dann springt der, ohne zu diskutieren.“ So versuchte Erik zu wirken – aber das klappte nicht. Was bei den Bergführern Mut, Einsatzbereitschaft und Vertrauen war, war bei ihm nur: Kadavergehorsam.

KAPITEL 6

Trainingslager

Am nächsten Morgen schickte ich die Meute direkt nach dem Frühstück auf einen Wettlauf – auf dem rund fünf Kilometer langen Feldweg bis zur Straße und wieder zurück. Es lagen etwa fünfzehn Zentimeter Schnee auf dem Schotter, sie mussten in ihren Bergstiefeln rennen. Ich sagte ihnen vorher, dass mir die Reihenfolge des Einlaufs egal wäre – ich wollte nur sichergehen, dass alle diese Strecke in einer akzeptablen Zeit schaffen würden. Das Ergebnis war bezeichnend: Maik, der Leichtathlet und Nichtraucher aus dem Grenzgebiet, kam als Erster wieder auf den Hof, in einer ordentlichen Zehntausend-Meter-Zeit, und ohne sich völlig zu verausgaben. Erik war Zweiter – und kotzte im Ziel erst mal sein Frühstück in den Neuschnee. Ein paar Minuten später erschien dann der Rest, gemütlich in einer Gruppe trabend – Jürgen und Pit aus Stralsund, Hermann, der Bayer und Jens, der Leipziger Feuerwehrmann.

Als mir am Fuß der Treppe Vesna entgegenkam und mir mein Fernglas zurückgab, bestätigte sie mir: Alle waren bis zur Straße gelaufen, bevor sie umdrehten.

Wieder im Schulungsraum, ließ ich sie Stiefel und Socken ausziehen und sah mir ihre Füße an: Nur die von Hermann waren nicht aufgerieben. Aber der war in seinen alten Bergstiefeln gelaufen, die guten neuen hatte er noch originalverpackt in seinem Koffer. Ich hielt ihnen die übliche Predigt, was das Einlaufen der Bergschuhe anging – auch wenn die Werbung behauptet, dass man das heute nicht mehr müsste. Und ich schrieb Vesna eine Tube Hirschtalg auf den Einkaufszettel.

Dann bat ich Erik, mit mir in die Küche zu kommen. Dort erklärte ich ihm, dass er mein zweiter potenzieller Abwahlkandidat sei. Er verlor fast die Fassung.

„Machst du Witze?“, fragte er mich aggressiv.

„Nein. Du bist mir etwas zu eifrig, zu angriffslustig und vor allem: zu siegesgeil. Und du hast von Anfang an versucht, dich in den Vordergrund zu schieben, dich zwischen mir und dem Rest unserer Truppe zu positionieren – ich brauche aber keine Unterführer. Wenn ich dich mitnehmen soll, muss das aufhören, das verträgt sich nicht mit unserem Auftrag, mit dem Job, den wir erledigen sollen – und der steht an erster Stelle. Ich gehe absolut erfolgsorientiert an diese Sache ran. Du bist mir dabei besser nicht im Weg.“

Er starrte mich verwirrt und verständnislos an.

„Also, damit du klar siehst: Das war eine Warnung. Nein, bleib sitzen, hier wird nicht strammgestanden. Wenn du dich wieder beisammen hast, geh rein und schick mir Pit raus.“

Und als der vor mir stand, erklärte ich ihm, dass für ihn Schluss sei. Ich hatte den Eindruck, dass er erleichtert war, nicht nochmal ans Seil zu müssen, es sich aber auch nicht anmerken lassen wollte.

„Ist schon in Ordnung. Eichstrich gibt dir das Geld für die Fahrkarte und die Heimreise, Vesna nimmt dich mit zur Bahnstation. Und: Danke, dass du gekommen bist, und alles Gute.“

***

Zurück im Klassenzimmer sagte ich: „Pit musste leider abreisen. Er war nun mal mit Abstand der Schwächste am Seil und ich glaube nicht, dass ich ihn so weit hätte bringen können, dass es mit ihm geklappt hätte. Beim Rest von euch müsste das drin sein.“

Bei Hermann, dem Bayern, war das natürlich sowieso klar, der war unverzichtbar. Wegen seines Vorwissens und auch, weil er einfach ein ruhiger Typ war, oder sich zumindest so gab – ich hatte schon einige Male das Gefühl, dass es in ihm zeitweilig ordentlich brodelte. Zum Beispiel, als die beiden Norddeutschen sich wegen seines Dialekts über ihn lustig machten. Einen dieser Störfaktoren hatte ich beseitigen können.

Auf den schwer sächselnden Maik wollte ich ebenfalls nicht verzichten: Er war sehr sportlich und wirkte recht diszipliniert. Und Jens, der Feuerwehrmann, hatte eigentlich auch schon seinen festen Platz auf meiner Liste.

Natürlich hätte ich Erik am liebsten als Ersten rausgeschmissen – mit einem schönen Gruß an Bogdanov oder Zeller, je nachdem. Aber er war einfach der beste Kandidat, wenn es darum ging, mehr über die Hintergründe dieser Leute zu erfahren, mit denen wir uns eingelassen hatten – denn offenbar hatte er Kontakt zu einem oder beiden.

Und Jürgen ... Mit ihm würde ich mir Mühe geben müssen, aber er konnte es schaffen. Mit seinem Freund Pit hätte das vielleicht auch geklappt – aber mir war es wichtig gewesen, diese beiden offensichtlichen Freunde zu trennen. Für die Aktion im Toteis würde ich idealerweise vier motivierte, disziplinierte Einzelpersonen brauchen, keine Clique, keine Freunde, eine Gruppe ohne innere Rangordnung, die mich für ein, zwei Wochen als ihren Chef akzeptierte. Zurzeit hatte ich fünf – aber andererseits waren es noch gut sieben Monate, bis wir starten konnten. In der Zwischenzeit konnte viel passieren. Da konnte einer krank werden, keine Lust mehr haben, untertauchen, im Knast landen oder ganz einfach einen guten Job finden oder aus einem anderen Grund unabkömmlich sein.

Also hielt ich meine kleine Ansprache vor dem Rest meiner Mannschaft: „Vier Feldspieler, einer auf der Ersatzbank."

„Wer?", wollte Maik sofort wissen.

„Das geht dich nix an, das entscheidet der Trainer von Fall zu Fall. Wir werden also diese Sache zusammen durchziehen. Wobei sich die erste Frage stellt: Was wisst ihr davon, was hat man euch bis jetzt gesagt? Hermann?"

„Jo", fing er an, blies die Backen auf, zuckte mit den Achseln: „Zehn Tag trainiern, für a schwierige Oarbeit, die wos im Herbst gmacht wern muass."

„Sonst noch was?"

„Koane Fragn stelln, d'Goschn holtn."

Kurz und knapp. Ich fragte in die Runde: „Sehen das alle so?"

„Dazu müsste ich das Geknödel von diesem Bayern erst mal verstehen", kam da von Jürgen.

Hermann wollte aufstehen, ich schnippte mit dem Finger, er sah mich an, ich deutete mit dem Finger nach unten, er setzte sich wieder.

„Hermann, der Jürgen hat schon recht. Wir einigen uns auf Hochdeutsch als Amtssprache in dieser Gruppe – jeder, so gut er's kann, einverstanden?"

Hermann grinste, nickte.

„Maik? Jens?"

Gelächter, aber beide nickten.

„Also, was Hermann uns sagen wollte: Ihr seid hier, um zehn Tage lang zu trainieren, für eine schwierige Arbeit, die im Herbst erledigt werden muss. Eure Parole dabei lautet: Keine Fragen stellen und die Klappe halten. Abgesehen vom Dialekt hätte ich das nicht besser zusammenfassen können. Alles klar?"

Alle nickten das ab.

„Gut. Ein bisschen mehr kann ich euch schon sagen: Wir werden im Herbst rund zwei Wochen im Hochgebirge sein, im Eis graben, sechs Stunden am Tag, dann achtzehn Stunden Pause – in der man aber nichts anderes machen kann als schlafen. Wir müssen sehr unauffällig vorgehen. Um an unseren Arbeitsplatz zu kommen, müssen wir uns täglich etwa zwanzig Meter tief abseilen, nach diesen sechs Stunden dieselbe Strecke am Seil wieder hochsteigen und den Rest des Tages unsichtbar bleiben. Wie das geht, das werde ich euch in den kommenden Tagen beibringen. Um was es sich handelt, werdet ihr erst erfahren, wenn wir vor Ort sind. Vielleicht nicht mal dann."

Das wurde so akzeptiert, wortlos.

„Was jetzt ganz wichtig ist: Die Techniken, die ich euch zeige, werdet ihr so lange üben, bis sie euch völlig in Fleisch und Blut übergegangen sind. Denn davon hängt der Erfolg unseres Unternehmens ab. Und eigentlich ist das, was wir machen, auch nicht wirklich gefährlich – solange jeder diese Techniken im Schlaf beherrscht und weiß, was er tun muss. Wenn nicht, kann es Tote geben. Und jetzt zieht eure Stiefel und die Sitzgurte an."

Was folgte, war erst mal die graue Theorie im Saal: eine Sicherheitsunterweisung in Sachen Abseilen und Aufsteigen am Seil mit dem Jümar, Ausrüstungskontrolle, Knotenschlagen, das Gehen im Eis mit den Steigeisen, Einsatz des Eispickels, gegenseitige Sicherungskontrolle – und, und, und ...

***

Vor dem Abendessen, als meine zukünftigen Kletterkünstler auf dem Hof noch eine rauchten, saß ich mit Eichstrich alleine am Esstisch in der Küche. Zeit für einen zweiten Versuch, dachte ich.

„Bogdanov … Was ich mich bei diesem Typ immer wieder frage: Womit macht der eigentlich sein Geld, was meinst du?"

„Ja", blökte Eichstrich, „das kann man sich schon fragen. Dass er genug davon hat, sieht man ja. Wenn man sich seine Damen so anschaut, mit denen er rumzieht, würde ich sagen: Nutten. Und bei der Unterarm-Artillerie von seinen Leibwächtern: Waffen. Und so geht das auch in der Szene rum: Nutten, Drogen, Waffen."

Ich nickte, langsam, mit hochgezogenen Augenbrauen, versuchte meinen Respekt vor seiner kombinatorischen Leistung deutlich werden zu lassen.

„Und dieser Akzent ... Ist der ein Russe?", hakte ich nach.

„Nein, hab ich auch mal gedacht, aber der kommt wohl aus der Ukraine."

„Echt? Ist da nicht noch was anderes mit drin?"

„Na ja, der lebt ja nun schon lange in Frankreich. Vielleicht kommt das mit durch."

Da war man ja in so richtig guter Gesellschaft: ein ukrainischer Drogen-, Waffen- und Mädchenhändler aus Frankreich mit Leibwache. Ich ließ es dann fürs Erste gut sein – auch weil Vesna sich zu uns setzte und fragte: „Wovon redet ihr?"

„Bogdanov“, antwortete Eichstrich, noch bevor ich was anderes sagen konnte.

Das passte ihr nicht, das konnte ich sehen. Aber ich blockte sie ab: „Du musst morgen in die Stadt, einen Rasensprenger kaufen. So ein Teil für runde Flächen, das sich im Kreis dreht – weißt du, was ich meine?“

„Ja, schon“, antwortete sie, „aber bekomme ich so was um diese Jahreszeit überhaupt?“

„Wenn nicht, fahr nach Karlstad rüber, such dir einen Baumarkt oder ein Gartencenter. Egal wie: Morgen Abend brauch ich das Ding. Dazu noch vierzig Meter Gartenschlauch und die Kupplung, um den Sprenger anzuschließen. Die Verschraubungen für den Wasserhahn habe ich in der Werkstatt gefunden.“

„Okay“, seufzte sie. „Und wozu brauchst du das?“

„Damit machen wir eine Eisbahn. Ich will ein bisschen Schlittschuh laufen.“

***

Nach dem Essen schickte ich die Jungen gegen acht in die Falle: „Morgen werdet ihr einen anstrengenden Tag haben.“

Dann setzte ich mich mit Vesna und Eichstrich an den Tisch und versuchte eine zweite Auflage des Spiels.

„Ich muss jetzt so langsam mal wissen, inwieweit ihr eigentlich eingeweiht seid, was man euch gesagt hat, was hier läuft. Ich habe keine Lust, dauernd um den Brei herumzureden, vor allem, wenn es gar nicht nötig ist.“

Eichstrich machte den Anfang: Von Bogdanovs Assistenten habe er die Kohle für die Aktion bekommen und Anweisungen, wie das Geld verwendet werden dürfe. Interessant, Bogdanov war also der Geldgeber, nicht Zeller.

„Herr Zeller hat mir gesagt“, fuhr Eichstrich fort, „dass wir irgendwas Wertvolles im Gebirge suchen und sichern sollen. Beziehungsweise du und die Jungs. Du wärst ein außenstehender Spezialist, der die nötigen Kenntnisse hätte, und deshalb würdest du die Aktion planen und durchführen. Ich soll dich dabei unterstützen, zusammen mit Vesna. Ansonsten für einen geordneten Ablauf sorgen."

„Und das war's? Sonst nichts?"

Beide schüttelten den Kopf, beide logen ganz offensichtlich. Aber davon hatte ich ausgehen müssen.

„Gut", sagte ich, „ist auch besser, wenn nicht alles auf den Tisch kommt. Aber eines muss ich noch wissen – und davon mache ich meine weitere Teilnahme an dieser Aktion abhängig. Soll heißen, wenn ich jetzt nicht sofort die volle Wahrheit erfahre, bin ich morgen Früh vom Acker!"

Beide schauten mich erschrocken an, Vesna fast schon panisch.

„Woher", stellte ich meine Frage, „hast du diesen blödsinnigen Spitznamen – Eichstrich?"

Kaum zu glauben, der Dicke wurde puterrot. Vesna brüllte vor Lachen, packte ihn an den Schultern und drehte ihn auf seinem Stuhl herum, dass ich auf seinen Rücken sah. Dann riss sie ihm die Schiebermütze, die er Tag und Nacht trug, vom rasierten Schädel und zeigte auf die Tätowierung hoch oben in den Speckfalten am Hinterkopf: ein breiter blauer Strich, die Zahl 0,5 daneben. „Nach deutschem Schankrecht muss der Bierhumpen mindestens bis zum Eichstrich gefüllt werden!", grölte sie dazu.

Eichstrich riss ihr seine Mütze aus der Hand und setzte sie wieder auf. Sein Köter wollte auch am Trubel teilhaben, schoss unter dem Tisch vor, krabbelte ihm fast auf den Schoß und leckte ihm das immer noch hochrote Gesicht ab.

„Das war bei so einem Fest", stotterte er, „also ... ich hab das Ganze erst am nächsten Morgen mitbekommen ..."

„So", sagte ich, „du magst also Bier? Ich auch, hol uns mal ein paar Flaschen. Und Vesna: Wo hast du diesen guten Sliwowitz versteckt? Nein, keine Ausreden, der ist requiriert, auf den Tisch damit."

***

In der folgenden Nacht schneite es noch mal kräftig, und nach dem Frühstück half ich Vesna, Schneeketten auf die Reifen zu ziehen – sonst wäre sie nicht vom Hof gekommen.

An diesem Tag hatten wir ein seltenes Glück. Die Sonne kam für ein paar Stunden raus, verjagte den Nebel und wir froren deutlich weniger auf unserem Hochsitz am Silo, als ich befürchtet hatte.

Hermann und ich unterwarfen uns einer stupiden Routine: Vormittags abseilen – ich erklärte, kontrollierte, machte Mut –, er sicherte das Ganze. Am späteren Nachmittag waren wir dann so weit, dass wir die ersten Aufstiegsversuche am Seil mit dem Jümar angehen konnten. Gegen sechzehn Uhr fing es an, dunkel zu werden. Ich schickte die Bande ins Haus, ihre Stirnlampen zu holen, und dann ging es weiter. Um achtzehn Uhr hatten wir dann alle genug. Die Burschen hatten Feierabend, Vesna servierte das Abendessen; danach machte ich mich mit Eichstrich daran, unsere Eisbahn einzurichten.

Es stellte sich jedoch heraus, dass er an der Siloleiter nicht höher als zwei, drei Meter steigen konnte, ohne dass ihm mulmig wurde. Den einzigen in unserem Trainingslager auftretenden Fall von akuter Höhenangst erlitt unser Zahlmeister und Küchenbulle.

Ich ließ ihn dann am Boden bleiben, zog den Gartenschlauch hinter mir her, während er ihn abwickelte. Oben am Dach machte ich den Schlauch an der Leiter fest. Beim Absteigen fixierte ich ihn mit Kabelbindern am Einblasrohr des Silos. Dann wieder rauf; ich montierte den Sprenger an der Innenseite der Dachluke, schloss den Schlauch an. Gegen zwanzig Uhr waren wir so weit: Ich drehte das Wasser auf, der Kopf des Apparats begann sich zu drehen, und nach wenigen Minuten liefen Wasserbäche an den Innenwänden des Silos herunter.

„Wird das Wasser nicht einfrieren?“, fragte Eichstrich.

„Nicht im Schlauch und nicht im Sprenger“, antwortete ich. „Nicht solange es unter Druck und in Bewegung ist. Ich habe im Gebirge schon bei minus zwanzig Grad flüssiges Wasser gesehen – solange es schnell genug fließt, gefriert es nicht.

Aber wenn es die Wände des Silos heruntersickert, dann gefriert es in dünnen Schichten, eine über der anderen. Und das ist ja auch der Sinn der Sache. Mal sehen, wie das hier morgen Früh aussieht."

Vorsichtshalber stellte ich mir den Wecker auf vier Uhr in der Früh, stand auf, als er klingelte, und schaute nach dem Silo. Ich drehte dann das Wasser sofort ab, die Eisschicht war an einigen Stellen fast dreißig Zentimeter dick – wir hatten hier in den Nächten noch immer um die fünfzehn Grad minus. Dann musste ich dem Silo aufs Dach steigen, den Schlauch vom Sprenger ziehen, wieder runtersteigen und den Schlauch am Wasserhahn abschrauben. So lief das Wasser aus dem Schlauch, bevor es einfrieren konnte. Auch die Wasserleitung der Außenzapfstelle musste ich entleeren, im Keller gab es ein Ventil dazu. Als ich dann mit allem fertig war – und halb erfroren –, zeigte die Uhr kurz vor sechs. Es machte keinen Sinn mehr, noch mal ins Bett zu gehen, also kochte ich in der Küche schon mal den Kaffee.

***

Der „Eisschlauch" hieß das Silo dann ab diesem Morgen bei unseren Jungen. Ich hatte ihnen erzählt, dass es in der Eiger-Nordwand eine Passage gibt, die so heißt. Jürgen leitete den Namen allerdings ganz anders her: „Da ist Eis drin, und es schlaucht ungeheuer."

Natürlich war es vor allem das Aufsteigen, das schlauchte. Das Abseilen wurde im Laufe der Tage zum Spaß, zum Vergnügen, zur willkommenen Abwechslung und Erholung. Wenn sie erst mal im Seil hingen, sich ausgependelt hatten, das Seil hinter dem Achter mit der Rechten gepackt, mit der Linken den Prusikknoten über dem Kopf führend, liefen sie mit den Steigeisen an den Füßen die Eiswände des Silos herunter, dass es eine Freude war – jedes Mal ein bisschen sicherer und schneller.

Beim Aufstieg arbeitete ich mit einem Setting, das ich den Big-Wall-Spezialisten aus den USA abgeschaut hatte: zwei Jümar-Steigklemmen übereinander mit je einer Fußschlaufe dran, dazu eine kleinere Seilklemme, die am enggeschnallten Sitzgurt von selbst mitlief. Um das sicherzustellen, muss man ein kleines Gewicht ganz unten ins Seil hängen – zwei, drei Kilo reichen schon, in unserem Fall war das ein Nylon-Beutel mit ein paar Steinen drin. In den drei Klemmen lief das Seil widerstandslos durch, solange der Kletterer sich nach oben bewegte, dagegen blockierten sie sofort, wenn es abwärts ging. Man kann mit dieser Kombination, wenn man geübt ist, sehr flüssig und kraftsparend am Seil „hochlaufen“ – und wenn einem die Puste ausgeht, setzt man sich einfach in den Gurt und ruht sich aus.

Was meinen Aspiranten am meisten zu schaffen machte, war aber, dass man sich beim Aufstieg planlos im Kreis dreht. Das irritiert ungeheuer und jeder versucht, diese Kreiselbewegung irgendwie aufzuhalten, unter Kontrolle zu bringen – auch mir selbst war es vor vielen Jahren so gegangen, als ich diese Technik erlernt hatte. Da unser Seil aber in knapp einem Meter Abstand vor der Eiswand des Silos hing, konnte man dieses unkontrollierbare Kreiseln einfach ignorieren; und wenn man das mal geschafft hatte, gab es eigentlich keine Probleme mehr.

Die andere große Schwierigkeit war die Tiefe und der Spinnfadeneffekt: Man braucht sehr lange, um zu diesem „Spinnfaden“, dem Seil, Vertrauen aufzubauen. Wir verwendeten todsichere Einfachseile, zehn Millimeter im Durchmesser, die tatsächlich den sprichwörtlichen Elefanten tragen können – aber wissen und glauben sind eben zweierlei: Wissen spielt sich im Kopf ab, der Bauch hält nicht viel davon. Vor allem der Einstieg ins Seil beim Abseilen war so ein bauchbetonter Schreckensmoment: Bergseile sind dynamisch ausgelegt, das heißt, sie dehnen sich unter Belastung. Das ist wichtig, weil im Ernstfall große Sturzenergien vernichtet werden müssen. Aber wenn man mit seinen siebzig, achtzig Kilo ins Seil steigt, dann dehnt es sich erst mal gut zwanzig Zentimeter – und das ist für jemanden, der das noch nicht hundertmal gemacht hat, schwer zu ertragen. Vor allem mit fünfzehn Meter Luft unter dem Hintern ...

Deshalb war das auch ein Hauptthema bei den Mahlzeiten. Das Seil: Was trägt es, wie wird es hergestellt, wie getestet, hat so ein Seil schon mal versagt? Gab es Unfälle durch Herstellungsfehler? Durch falsche Handhabung?

Ich nahm das alles sehr ernst, aus sicherheitstechnischer Sicht war es durchaus positiv, dass sie sich so mit ihrem Arbeitsgerät beschäftigten. Ich erzählte ihnen auch, dass es unter Bergsteigern die Regel gebe, dass man nicht auf das Seil treten solle, schon gar nicht mit Steigeisen. Das sahen alle sofort ein.

„Trotzdem", fuhr ich fort, „ist das Unsinn. Wenn man drauf herumtrampelt, auch mit den Steigeisen, kann man ein Seil nicht so schädigen, dass es reißt. Um ein Seil durch Drauftreten zu schädigen, braucht es messerscharfe Steine und ein sehr viel höheres Gewicht als das eines Menschen. Die Spitzen der Steigeisen verdrängen die Fasern höchstens, die zerschneiden da gar nichts. Nach den neuesten Untersuchungen gibt es eigentlich nur zwei Faktoren, die so ein Seil wirklich schädigen können, und zwar gemeinerweise so, dass man es gar nicht bemerkt. Da kommt ihr nie drauf, was das ist."

Nun ging natürlich das Raten los. „Wenn es zu lange in der Sonne liegt?" – „Benzin, das verträgt es bestimmt nicht!" – „Kunststoff altert doch, sicher verliert so ein Seil an Festigkeit, wenn es in die Jahre kommt!" – „Lösungsmittel?" ...

Nur Hermann beteiligte sich nicht.

„Du liest die Veröffentlichungen der UIAA?", fragte ich ihn.

Er nickte. „Ja, das finde ich schon ganz interessant. Nach den Versuchen, die dort gemacht wurden, wird so ein Seil nur durch Batteriesäure und Urin beschädigt. Alles andere, was so vorkommen kann, macht ihm angeblich nicht viel aus."

Genau so war es. Und die Seilhersteller waren nicht glücklich, als herauskam, dass ein zehn Jahre altes Kletterseil, das vernünftig behandelt worden war, auf das niemand gepinkelt hatte und das von Autobatterien ferngehalten wurde, genauso viel taugen konnte wie ein fabrikneues ...

***

So vergingen unsere Tage. Es war schon merkwürdig: Ich fühlte mich eigentlich recht wohl hier. Die fünf Jungen waren ... in Ordnung, könnte man sagen, und irgendwie kam mir das nicht richtig vor. Ich merkte natürlich schnell, dass sie sich sehr zusammenrissen, solange ich dabei war. In ihrem Alter hatte ich es als meine Hauptaufgabe verstanden, Autoritäten herauszufordern, wo es nur ging. Diese jungen Leute begegneten mir mit einer sehr respektvollen und disziplinierten Haltung, und ich nahm das auch sehr positiv wahr – nicht zuletzt, weil es mir meine Aufgabe deutlich erleichterte. Andererseits wurde mir auch schnell klar, dass dieses Verhalten andressiert und anbefohlen war.

Auch Vesna und Eichstrich waren an sich nicht annähernd so unangenehm, wie ich Leute ihres Schlages bisher erlebt hatte – aber das war auch immer in sehr konfrontativen Situationen gewesen, auf Demonstrationen, Kundgebungen, bei regelrechten Straßenschlachten. Hier lebte und arbeitete ich mit ihnen zusammen, aß am selben Tisch und schlief unter demselben Dach. Und: Wir diskutierten nicht über Politik.

Natürlich zuckte ich jeden Tag zwei Dutzend Mal zusammen, wenn ich etwa mitbekam, wie sie miteinander umgingen: Vesna behandelte Eichstrich oft sehr verächtlich und von oben herab – der wusste sich kaum zu wehren. Sie belegte ihn dann mit kroatischen Schimpfworten, die er nicht verstand, ich aber schon. Dann wurde Vesna von den Jungen mit allen möglichen Namen und Bezeichnungen belegt, allerdings nur, wenn sie es nicht mitbekam. Offenbar hatten sie vor ihr als Person einen ziemlichen Respekt, aber als Frau ... Auch sonst, wenn es um Frauen ging, war ihr Vokabular absolut indiskutabel.

Dann die Klamotten. Sie waren offenbar von ihrem Auftraggeber – Bogdanov? – mit Geld versehen worden, einschließlich der Anweisung, sich neutrale Kleidung für die Reise und den Aufenthalt hier zu besorgen. Aber die T- und Sweatshirts, mit denen sie zum Frühstück aufliefen ... „Skinheads – weiß und stolz" in einer Fraktur-ähnlichen Schrift zum Beispiel. „Blood & Honor", Blut und Ehre, die Losung der Hitler-Jugend. Oder „Combat 18" – wobei der Zahlencode 18 für A und H steht – im Ergebnis also „Kampftruppe Adolf Hitler", was auch ganz offen drunterstand.

Einer von ihnen, Jürgen, trug ein Sweatshirt mit dem Slogan „Hammerskin Nation", darunter in kleinerer Schrift „PotN". Nach den Unterlagen, die Walter mir mitgegeben hatte, bedeutete das, dass er noch kein Vollmitglied war, sondern ein Anwärter auf die Mitgliedschaft in diesem elitären Faschistenclub, der weltweit agiert und dessen Zentrale im US-amerikanischen Dallas sitzt. Insgesamt soll die Anzahl der Vollmitglieder in Deutschland unter zweihundert betragen.

Ich bekam eines Abends mit, wie er Maik erklärte, dass seine Truppe sich als die „letzten Retter der weißen Rasse" betrachtete, die zum Einsatz käme, „wenn das Verhältnis in Deutschland erst einmal gekippt ist und die weiße Rasse einer Überzahl von Türken, Juden, Zigeunern und sonstigen Zecken gegenüber steht."

Ganz zu schweigen von den Tätowierungen: Spinnennetze am Ellbogen, SS-Runen auf Totenköpfen, Schlangen in Hakenkreuzen neben der HSV-Raute oder dem BVB-Logo. Das kahlgeschorene Genick, der bis zur Kopfmitte hochrasierte Haaransatz. Ganz kahl war außer Eichstrich keiner, aber die Rest-Frisuren waren – radikal.

Nur einer war völlig frei von sichtbaren Tattoos und tauchte jeden Morgen in einem blütenweißen T-Shirt auf. Er hatte auch das, was man einen „gepflegten Kurzhaarschnitt" nennt – das Genick nur leicht ausrasiert. So wie Erik sich hier präsentierte, hätte er sofort eine Lehre bei einer Bausparkasse antreten können.

Das waren die Äußerlichkeiten. Unter der Oberfläche existierte ein regelrechtes Spinnennetz von Andeutungen, Anspielungen, Zweideutigkeiten, von dem ich wahrscheinlich nur einen Bruchteil überhaupt mitbekam. Ein unbekannter Sozialcode, ein Betätigungsfeld für Soziologen – wenn nicht Ethnologen – oder Kriminalisten.

Es waren fast immer die Kleinigkeiten. Zum Beispiel als ich mir den Kroatenwimpel an Vesnas Rückspiegel dann mal genauer ansah: Das war nicht das offizielle kroatische Schachbrettwappen, das fängt links oben mit einem roten Quadrat an. Das hier hatte links oben ein silbernes Quadrat und war somit das alte königliche Wappen, aber auch das der Ustascha, der faschistischen Miliz des Zweiten Weltkrieges. Ein kleiner, sehr feiner Unterschied, der aber auch klarmacht, wie weit sich das heutige Kroatien von seiner braunen Vergangenheit distanziert sehen möchte. Und auch unsere Herren Genscher und Kohl hat diese demonstrative Nähe offenbar nicht irritiert, als sie die internationale Anerkennung dieses Staates mit diesem Wappen in der Fahne 1991 durch die Gremien peitschten ...

Auf der Rückseite dieses Wimpels war ein schwarzer Kreis, wieder mit dem Faschistenwappen. Darüber stand „HOS", darunter „ZA DOM SPREMNI". HOS stand für „Hrvatske Obrambene Snage" und war der Name einer berüchtigten faschistischen Miliz in Bosnien-Herzegowina während des letzten Krieges gewesen. Bekannt für brutale Übergriffe auf bosnische und serbische Zivilisten und für die Leitung eines üblen Folterlagers in der Region Dretelj. Und der Satz darunter, dieses „Za dom spremni", das war die Grußformel der Ustascha-Faschisten: „Für die Heimat – bereit!", gebrüllt mit erhobenem rechten Arm und ausgestreckter Hand.

Und dann diese fiesen Witze, bei jeder Gelegenheit ...

Ein Beispiel gefällig? Eines Abends beim Essen – Eichstrich kochte sich zwar so langsam ein, aber die versalzenen Spaghetti, serviert mit einer Tomatensauce, die mindestens zur

Hälfte aus Oregano bestand, waren annähernd ungenießbar. Die Truppe begann zu meutern: „Wer soll denn das fressen?" – „Hast du das aus dem Mülleimer gekratzt?" Und dann, natürlich von Erik: „Das ist für den menschlichen Verzehr nicht geeignet, nicht mal dem Hund würde ich das zumuten. Aber wir können das ja dem nächsten Asylantenheim spenden." Gegröle ohne Ende. Und das war noch einer von der harmlosen Sorte ...

Dann war da die Musik, die sie hörten. Einer von ihnen hatte einen Ghettoblaster mitgebracht, auf dem sie abends ihre CDs abspielten. Die Bands nannten sich Vergeltung, Landser, Race War, Endlösung, Macht & Ehre, Zillertaler Türkenjäger, Stahlgewitter, Blitzkrieg, Hetzjagd.

Zumindest vom Namen her etwas harmloser: Tonstörung. Textzitat gefällig? „Wetzt die langen Messer auf dem Bürgersteig ..." Wer wissen will, wie das weitergeht, soll googeln, ich schreib das hier nicht hin. Nur so viel: Der Berliner „Tagespiegel" bezeichnete zum Beispiel die Band Landser als „mentalen Brandbeschleuniger für Schläger und Terroristen".

Aber es hätte auch durchaus noch schlimmer sein können.

Wenn ich aus der Erfahrung mit ihnen während dieser Tage ein Urteil fällen müsste, würde ich sagen: trotz allem nicht hoffnungslos. Kratzt den braunen Schmutz aus ihren Köpfen, den verantwortungslose, selbstsüchtige Drecksäcke da reingekippt haben, lasert ihnen diese unmöglichen Tattoos weg, gebt ihnen was Vernünftiges zu tun und behandelt sie wie Menschen – und sofort sind sie genauso gesellschaftskompatibel wie jeder andere junge Kerl in unserem Land. Und es sind ja nicht nur die Nazis, die sie indoktrinieren und runterziehen: Auch diese Leute, die ihnen vor jeder Wahl blühende Landschaften versprechen, um sie dann auf einem aufgegebenen Schrottplatz sitzen zu lassen, haben ihren Teil dazu beigetragen, dass sie derart rechts außen stehen.

Die jüngeren Politiker, die so gerne diese neue soziologische Floskel vom „Abholen" benutzen, müssten tief in den

Dreck steigen, wenn sie das wahrmachen wollen, wenn sie diese Jugend dort „abholen“ wollten, wo ihre Vorgänger sie haben sitzen lassen.

Viele Journalisten kennen übrigens diese „blühenden Landschaften“ aus dem Effeff, sie sind dort gewesen. Und wenn man dann in die Redaktionen zurückkam, mit diesen Elendsgeschichten aus den ausgebluteten Ländern im Gepäck, dann hieß es: „Schlechte Nachrichten aus dem Osten? Lass mich bloß in Ruhe, das will kein Mensch mehr lesen!“

***

Mein Verhältnis zu Vesna und Eichstrich hatte sich nach unserem kleinen Gelage recht positiv entwickelt. Mehr als zwei Biere und zwei Gläser Schnaps waren es nicht gewesen an diesem Abend, aber ich bekam in der Folge von Vesna auch schon mal ein Lächeln am Morgen, und auch Eichstrich war regelrecht zutraulich geworden – aber das war einfach seine Natur. Nach außen ein alt gewordener Skin, Mitte dreißig, dick und unsportlich. Unreine Haut, schlechte Zähne. Oft von einem unberechenbaren Wesen, das übergangslos von Unterwürfigkeit zur offen vorgetragenen Aggression wechseln konnte.

Unter dieser Oberfläche zeigte sich jedoch, wenn man ihn näher kannte, ein bedauernswerter Kerl, der wohl sein ganzes Leben lang immer wieder brutalen Übergriffen ausgesetzt war. Und der, wenn er anständig behandelt wurde, recht umgänglich werden konnte – genau wie auch sein Hund, Töle. Auch der war hässlich wie die Nacht, aber sonst ein echt angenehmer Zeitgenosse, für mich vielleicht der angenehmste von allen, ganz sicher aber der anspruchsloseste: Die Nähe zu seinem Chef, von jedem ein paar Streicheleinheiten, regelmäßige Mahlzeiten, wildes Rumgetobe im Schnee und seine Decke neben dem Ofen, mehr wollte der gar nicht. Er war nicht tätowiert, nicht kahl rasiert, riss keine Nazi-Witze, und Rasse, Volk und Vaterland waren ihm so was von egal...

Und jetzt, da ich das aufschreibe, kommt mir der Gedanke: Ist das schon das berühmte Stockholm-Syndrom bei mir? Verlernt man im engeren Kontakt mit diesen Leuten die unverzichtbare Abscheu und das Entsetzen, die man empfinden muss, wenn man als zivilisiert und aufgeklärt gelten will in unserer Gesellschaft? Eines ist mal sicher: Mit Dogmen und Vorurteilen kommt man bei diesen Problemen auch nicht sehr weit.

Nein, es machte ganz einfach Freude, zuzusehen, wie sie sich in ihre Aufgaben fanden, die sie jetzt hatten, wie sie mitmachten, sich einbrachten, als sie erst mal begriffen hatten, dass sie ernstgenommen wurden, wie sie sich bemühten, weil sich jemand um sie bemühte...

Schon am siebten Tag waren sie so weit, dass ich sie alleine ihr Programm abziehen lassen konnte: das Anlegen der Ausrüstung unter gegenseitiger Kontrolle, den disziplinierten Aufstieg im Eisschlauch, die geflüsterten Seilkommandos, das Signalgeben mit den Stirnlampen.

Sie waren stark, wenn sie mit ihren Jümars am Seil hochturnten, elegant, wenn sie die Wand hinunterliefen, tanzend, fast lautlos, im Gestiebe glitzernder Eisnadeln, im flirrenden Lichtspiel ihrer Stirnlampen auf dem Eisspiegel der Silowand ... Und das alles ganz ohne das Kommandogebrüll, das mich vor langer Zeit aus den Klettergärten vertrieben hatte. Das lauteste in unserem Eisschlauch war das Sirren von geflochtenem Nylon auf Aluminium.

Hermann und Maik waren die körperbewussten Artisten, ihnen zuzusehen machte den meisten Spaß. Jürgen hatte sich überraschend gut in die Technik gefunden, aber man merkte schon noch, dass es angelernt war, nicht verinnerlicht. Jens zeigte das Ganze so, wie alles, was er anpackte: wenn schon, dann richtig. Während ich das schreibe, läuft mir ein Schauer den Rücken runter: Genauso effektiv ging er offenbar bei den Prügelorgien vor, die er mit seinen Kumpels in den Ausländerklubs seiner Heimatstadt vom Zaun brach. „Was soll man denn sonst anfangen, wenn nix Vernünftiges in der Glotze kommt?“, hatte er beim Abendessen mal von sich gegeben. Und war hinterher von Vesna rund gemacht worden dafür, wie ich ebenfalls mitbekam. Bei solchen Gelegenheiten outete sie ihre Funktion: Sie war die „Politkommissarin“ in unserem Trupp.

Und Erik? Hatte es auch drauf, durchaus, nichts dagegen zu sagen. Als er mal unten im Silo stand und sich aufs Loslegen konzentrierte, sächselte es hinter mir: „Pass auf, gleich steht er stramm vor dem Seil.“ So war er, ein Hundertfünfzigprozentiger, in jeder Hinsicht. Ein Parteisoldat, jeden wachen Augenblick am Agitieren und Indoktrinieren.

Mit solchen Leuten, stellte ich mir vor, rollten die Faschisten die Jugend auf: Typen wie er sorgten dafür, dass aus zufälligen Disco-Prügeleien organisierte Überfälle auf Flüchtlingsheime wurden, aus dem Knallfrosch im Hausflur die Brandstiftung in der Asylbewerberunterkunft.

Er war einer, der herausgefunden hatte, dass Funktionär von funktionieren kommt. Dass vor der Herrschaft die Knechtschaft steht. Ich hätte viel gegeben für die Information, wer seine Herren waren. In dieser Angelegenheit: Zeller, wer sonst. Aber wer stand dahinter, darüber? Da gab es eine Organisation, das war klar wie Kloßbrühe, und irgendeine verpennte rechte „Volkspartei“ war das nicht, das war ein anderes Format, in dem hier gespielt wurde.

Ich versuchte viel, um an ihn heranzukommen, aber er war sehr diszipliniert. Er ließ sich auch nicht provozieren, steckte einfach zurück und lächelte wissend, wenn ich ihn anging, ließ mich ins Leere laufen.

Beispielsweise betrat ich eines Tages den Schulungsraum und erwischte ihn beim Agitieren. Er versuchte Hermann was von einer „jüdisch-bolschewistischen Weltverschwörung“ zu erzählen, die „entscheidend für den Angriff Hitlers auf Russland“ gewesen wäre.

Hermann war nicht ganz blöde: „Was hat denn das Finanzjudentum mit den Bolschewiken zu tun gehabt?“, fragte er. „Kapitalisten mit Kommunisten?“

Ich machte die Tür zu. „Warte mal, Hermann, ich habe dazu ein interessantes Zitat auf meinem Laptop“, mischte ich mich ein – Walter hatte mich mit umfangreichem Lesestoff aus seinen Recherchen ausgestattet, den ich mir abends reinzog. „Eine Sekunde ... Hier: *Auf der anderen Seite steht ein 180-Millionen-Volk, ein Gemisch aus Rassen und Völkern, deren Namen schon unaussprechlich sind, und deren Gestalt so ist, dass man sie bloß ohne Gnade und Barmherzigkeit zusammenschießen kann. Diese Tiere ...* – und so weiter und so fort – genau, hier kommt’s: *Dieses Volk ist vom Juden in einer Religion, in einer Weltanschauung zusammengefasst, die Bolschewismus genannt wird.*“

„Verstehst du?“, fragte ich Hermann. „Die Finanzjuden haben in Russland eine Religion namens Bolschewismus eingeführt.“

Gelächter ringsum. Erik starrte mich an: „Und von wem ist dieses völlig blödsinnige Zitat?“, wollte er wissen.

„Heinrich Himmler, Reichsführer SS, in einer Ansprache am 13. Juli 41 in Stettin, vor den Ersatzmannschaften für die SS-Kampfgruppe Nord“, gab ich ihm Auskunft. Das Gelächter ging weiter – wenn es gegen Erik, den braunen Agitator ging, war es ihnen egal, wer die Zeche zahlte.

„Wir können das gerne heute Abend weiter vertiefen“, bot ich Erik an. Aber er fiel nicht darauf rein. Als ich am Abend das Gespräch wieder auf Himmlers bolschewistische Religion bringen wollte, lächelte er nur. Immerhin gab mir diese Episode die Gelegenheit, die anderen mal zu fragen: „Sagt mal, was ist eigentlich mit Erik los?“

„Halt’n Parteiknecht“, meinte Hermann. Mehr kam auch bei den anderen nicht rüber. Und als ich Vesna, unsere Politkommissarin, fragte, wurde ich angepfiffen: „Du bist auch nicht ganz so straight auf der nationalen Linie, oder?“

„Ich hab halt mein bisschen Verstand noch beisammen. Und bei Himmler, da bin ich mir nicht sicher, wie viel der überhaupt davon hatte. Auf jeden Fall wurde er von Hitler rausgeschmissen, als Verräter bezeichnet und degradiert, bevor es vorüber war. Und was Erik angeht...“

„... den kannst du ja auch rausschmeißen, wenn er dir nicht passt“, fiel sie mir ins Wort.

***

Als sie am neunten Tag ihr Zeug zusammenpackten, hatte ich das Gefühl, sie sitzenzulassen. Und ihnen tat es auch leid, dass dieses Trainieren und Lernen jetzt vorbei war – die gemeinsamen Mahlzeiten, die spartanische Flasche Bier am Abend. Das gesunde, nützliche, ausgefüllte Leben hatte sie gepackt, die Tatsache, dass es etwas gab, was sie konnten, das sie gelernt hatten. Blieb nur die Aussicht auf mehr davon – im Herbst.

Aber jetzt mussten sie erst mal wieder zurück in die Vereinzelung, in ihr rassistisch vergiftetes Umfeld am Rande der Gesellschaft – eine Schande eigentlich. Also war das Einzige und Beste, was ich ihnen sagen konnte: „Wir sehen uns im Herbst. Dann geht’s zur Sache.“

KAPITEL 7

Im Ring

... und dann waren sie weg.

Ich hatte noch zu tun, musste die etwas speziellere Ausrüstung, die Zeller mir besorgt hatte, überprüfen und ausprobieren. Ich hatte keinen Grund mich zu beschweren, alles wie bestellt, alles funktionierte wie geplant. Am Morgen des zehnten Tages hatte auch ich mein Zeug gepackt.

Vesna brachte mich zum Bahnhof, wartete auf dem Bahnsteig, bis mein Zug abfuhr, winkte. Ich stieg allerdings schon in der nächsten größeren Stadt – Karlstad war das – wieder aus, zusammen mit sechs anderen Reisenden, von denen sich erfreulicherweise keiner für mich interessierte. Dann ging ich zum Busbahnhof, kaufte mir ein Ticket nach Örebro, wechselte am Zeitungskiosk einen Schein in eine Handvoll Kleingeld und suchte mir eine Telefonzelle – ich hatte im Vorfeld mit Walter verabredet, dass ein Kontakt über Funktelefon nur im Notfall stattfinden sollte.

Es wurde dann ein recht langes Gespräch. Walter hatte mich fast schon aufgegeben, er hatte zehn Tage lang keinen Mucks von mir gehört.

In Örebro stieg ich wieder in den Zug, fuhr durch bis Trelleborg. Dort nahm ich die nächste Fähre nach Sassnitz, dann ging es weiter mit der Bahn nach Hause. Ich war mir sicher, dass mir niemand gefolgt war.

***

Walter hatte eine Menge Neuigkeiten für mich. Mit dem Namen Bogdanov hatte er zunächst wenig Glück gehabt – niemand schien damit was anfangen zu können. Dann war ihm eingefallen, dass er in Hamburg einen Kollegen sitzen hatte, der seit Jahren damit befasst war, die Rotlichtszene auf St. Pauli zu beobachten und zu dokumentieren. Und der wusste einiges über einen Herrn Bogdanov zu berichten, einen Zuhälter, der wohl im Elsass eine große Nummer war und seine Interessen rechts und links des Rheins streute, seine Gefolgschaft aus dem Spätaussiedler-Pool der sozialen Brennpunkte in Straßburg und Kehl rekrutierte. Nachdem die russische Mafia begonnen hatte, in Baden-Baden Stützpunkte auszubauen, war es ihm wohl etwas eng geworden in seinem Revier und er hatte angefangen, sich für den „hohen Norden" zu interessieren.

„Jetzt schmeißt der auf St. Pauli in den Clubs mit neuem Geld rum, versucht sich überall einzukaufen, treibt die Preise hoch und kippt die alten, gewachsenen Strukturen", berichtete Walters Kollege. „Seit der dort aufgetaucht ist, geht es im Kiez wieder richtig zur Sache. Ukrainer überall, Schlägereien fast jede Nacht und damit auch eine Razzia nach der anderen, seit Wochen. Und man hört, dass er auch im deutsch-polnischen Grenzgebiet mitzumischen versucht, mit ganz ähnlichen Methoden."

Dieser Herr Bogdanov finanzierte nun also unser kleines Unternehmen. „Vielleicht reicht der auch nur die Kohle weiter", vermutete Walter, „die Spur des Geldes lässt sich doch immer am einfachsten verfolgen, solange es über legale Kanäle fließt."

Wir wussten es nicht. Worüber wir uns sicher waren: Es gab Strukturen im Hintergrund, die in der Lage waren, Geld und Arbeitskraft zur Verfügung zu stellen. In welchem Umfang, unter welchen Bedingungen und vor allem: wer – das wussten wir nicht. Deshalb war ich auch sofort bereit, nach München zu fahren, als Zeller sich meldete und um einen weiteren Gesprächstermin bat.

***

Dort, in der Büchnerstraße in Bogenhausen, erwartete mich eine Überraschung: Da stand ein wunderschöner, alter Jaguar XJ12 vor der Tür, metallic-grau mit getönten Scheiben – und einem französischen Kennzeichen. Im Flur, in den Stühlen mit den Löwenköpfen, lümmelte die rechte Ausgabe der Blues Brothers: zwei sonnenbebrillte Bodybuilder-Figuren in blödsinnig teuren Designeranzügen, mit Hüten auf den kahlgeschorenen Schädeln.

Und hinter der Tür des Arbeitszimmers von Zeller ...

„Darf ich Ihnen Herrn Bogdanov vorstellen? Sie beide hatten, glaube ich, noch nicht das Vergnügen?“

Zeller war wenigstens aufgestanden, Bogdanov machte sich diese Mühe nicht. Er nickte mir kurz und kaum merklich zu. Er saß im Besucherstuhl, Zeller hinter seinem Schreibtisch. Für mich war offenbar kein Sitzplatz vorgesehen, also ließ ich meinen Daypack zu Boden fallen und setzte mich mit halbem Hintern auf die Ecke von Zellers Schnörkelschreibtisch. Das war ihm sichtlich unangenehm – wie mich das freute ...

„Herr Zeller“, begann ich freundlich, „was haben Sie mir da nur für eine prächtige Auswahl nach Schweden geschickt? Wie sind Sie an diese jungen Leute gekommen?“

„Ach, die laufen uns von überallher zu. Die wuseln mir sozusagen um die Füße, mehr, als wir brauchen können. Sie warten nur darauf, dass man ihnen etwas Vernünftiges zu tun gibt. Ein ungeheures Potenzial ...“

Ja, genau. Zeller, der Rattenfänger: Das passte, das war die Rolle seines Lebens. Dass ich da erst jetzt draufkam ...

„War denn alles zu Ihrer Zufriedenheit?“, wollte er wissen.

„Ich kann mich nicht beschweren, absolut nicht. Wir haben ab sofort eine Fünfer-Mannschaft, die allem, was da oben auf uns zukommen kann, gewachsen sein wird.“

„Das ist schön“, sagte Zeller, „sehr schön. Nun haben sich hier allerdings noch ein paar Probleme ergeben, und das ist der Grund, weshalb Herr Bogdanov heute bei uns ist ...“

„Und was hat Herr Bogdanov mit unseren Abmachungen zu tun?“, fragte ich zurück.

„Nun ja – mit Herrn Bogdanov verbinden uns gewisse geschäftliche Interessen“, wand er sich.

„Nicht uns“, antwortete ich. „Sie möglicherweise, mich nicht. Wie auch, bis vor fünf Minuten kannte ich Herrn Bogdanov schließlich noch nicht mal. Und auch wir beide, Herr Zeller, machen keine Geschäfte miteinander. Ich kaufe nichts, ich verkaufe nichts und ich nehme auch kein Geld von Ihnen. Es gibt zwischen uns die Möglichkeit einer Kooperation in beiderseitigem Interesse, die Betonung liegt auf ‚Möglichkeit‘. Das ist alles. Kein Vertrag, kein Geschäft, kein cash flow. Und deshalb glaube ich auch nicht, dass ich etwas beitragen kann um Ihre Probleme, die Sie erwähnt haben, zu lösen.“

„Doch“, kam eine raspelnde Stimme von rechts – Bogdanov. „Sie könnten.“ Er sprach Deutsch, mit einem grausigen Akzent, aber grammatikalisch völlig korrekt.

„Ich versuche immer, höflich zu sein“, antwortete ich. „Sagen Sie mir bitte, was ich für Sie tun kann.“

„Ganz einfach: Ich habe Geld in dieser Sache stecken. Der Turnunterricht, den Sie mit diesen Kindern in Schweden abgezogen haben, ging auf meine Rechnung – aber das ist noch lange nicht alles. Ich bin Geschäftsmann, muss meine Investitionen absichern. Ich weiß so gut wie nichts über Sie, und Sie sind die zentrale Figur in diesem … Spiel.“

„Herr Bogdanov, Sie kennen meinen Namen. Sie wissen, ich bin Journalist und Bergsteiger. Sie kennen meine öffentliche Vita – ich bin sicher, Herr Zeller hat Ihnen all das mitgeteilt. Und damit wissen Sie über mich viel mehr, als ich über Sie weiß.“

„Ich bin nicht sicher, ob mir das genügt“, antwortete er.

„Sie wissen noch mehr über mich: Ich bin auf alle Fälle kein Mensch, der in der Gegend rumrennt und mit anderen Leuten über Dinge redet, die niemanden was angehen. Und ich bin einer, der sich an Abmachungen hält – man muss mich noch nicht mal bezahlen dafür.“ Dabei schaute ich auf Zeller hinunter.

Bogdanov sah mich zum ersten Mal voll an, dann lächelte er knapp und müde und nickte langsam: „Ja, zumindest das könnte stimmen.“

Er stand auf, winkte Zeller knapp, fast schon abfällig, sitzen zu bleiben, und wandte sich zur Tür. „Zeller, Sie hören dann von mir."

Dann war er weg. Wir beide blieben sitzen, hörten die Haustür zuschlagen und eine Minute später, wie ein Motor gestartet wurde, der Wagen anfuhr, sich das Geräusch langsam entfernte.

Ich sah zu Zeller hinunter: Er saß zusammengesunken in seinem Sessel, starrte auf seine Schreibunterlage. Wenn er nicht dieses kackbraune Jackett angehabt hätte, hätte ich die radkappengroßen Achselhöhlenschweißflecken auf seinem Hemd sehen können. So konnte ich sie nur riechen...

Ich stand auf, griff mir meinen Rucksack und ging ebenfalls Richtung Tür.

„Wissen Sie, Herr Zeller, Sie könnten sich so ein kleines Schäufelchen besorgen, wie es die alten Damen auf dem Friedhof zur Grabpflege benutzen. Bekommen Sie günstig in jedem Raiffeisen-Markt. Damit könnten Sie sich auf den Weg ins Kar machen – meinen Segen haben Sie."

Ich schloss die Tür hinter mir. Im Flur bemühte sich das schwarz-weiße Fräulein auf Knien, die Zigarettenasche der Blues Brothers aus dem Teppich zu bürsten.

***

„Und was für ein Typ ist dieser Bogdanov?", fragte mich Walter. „Jetzt komm, lass dir halt nicht jeden Wurm einzeln aus der Nase ziehen..."

„Gruselig", antwortete ich. „Ich kannte mal so einen, genau dieselbe Art... Der war der sogenannte Verteidigungsminister von einem rechten Operettenstaat in der Herzegowina, während des Krieges. Hatte sein Hauptquartier in Mostar, zu der Zeit, als die Stadt zweigeteilt war. Ich wurde da hingeschickt mit einem Kollegen, der ihn interviewen sollte. Das Ganze ist total schiefgelaufen, wir beide hatten ein Schweineglück, dass wir da wieder rausgekommen sind – ich erzähl dir das ein andermal. Jedenfalls, dieser Bogdanov: eher klein, mager, drahtig. Dunkle Augen, stechender Blick, so einer, der sich morgens nass rasiert und zum Abendessen einen Zwei-Tage-Bart stehen hat. Schwarze Stoppelhaare. Eiskalte Ausstrahlung – mit so einem halbseitigen Komm-mir-bloß-nicht-blöde-Blick. Verlebtes Gesicht, eingetrocknete Tränensäcke, raue Haut, wie gegerbt. Mitte vierzig, fünfzig, was weiß ich ...“

„Der ist dir unter die Haut gegangen, das merkt man.“

„Verlass dich drauf.“

„Aber so, wie du das erzählst, hast du dich doch ganz gut geschlagen.“

„Ja? Ich weiß nicht ...“

„Was?“

„Tatsache ist nun mal, die kommen ohne mich nicht klar. Sie kommen nicht an den Flieger ran, ich bin derjenige, der weiß, wie das geht, und es erfolgreich über die Bühne bringen kann. Also habe ich die eigentlich in der Hand ... Trotzdem habe ich nicht das Gefühl, dass es so ist – also, dass ich die Kontrolle habe.“

„Ja“, sagte er, „das Problem könnte sein, dass du das Ganze inzwischen zu sehr willst. Und das ist nicht unser Problem, sondern ausschließlich deines, um genau zu sein. Du bist absolut exponiert bei dieser Geschichte, und nur du alleine kannst bestimmen, wie weit du gehen willst. So sieht's aus.“

***

Zwei Tage später leitete er eine Mail von Zeller an mich weiter:

... ich habe durchweg gute Nachrichten: Herr Bogdanov teilt mir mit, dass er Ihre Einstellung verstehen und vor allem akzeptieren kann. Ich muss aber auch sagen, dass Sie Ihre Sicht der Dinge sehr gut dargestellt und klargemacht haben. Ich hoffe jetzt, Sie nehmen mir dieses kleine – wie soll ich es nennen – Täuschungsmanöver? nicht weiter übel, vor allem, weil es doch gerade so gut läuft für unser Projekt.

Ich schickte Walter die Antwort, mit der Bitte, zwei Tage zu warten, bevor er sie weitergab:

Herr Zeller!

Vertrauensbruch ist die passende Bezeichnung für das, was Sie sich da geleistet haben. Ich bin jetzt gezwungen, meine Sicherungsmaßnahmen weiter auszubauen, und Sie können sich darauf verlassen, sollte sich etwas Derartiges wiederholen, verschwinde ich ganz einfach spurlos in der Versenkung.

Aus diesem Grund wird es keine weiteren Treffen zwischen uns geben. Alles, was jetzt noch besprochen werden muss, wird über diesen Mailaccount laufen. In dringenden Fällen können Sie mir SMS-Nachrichten an die bekannte Handynummer senden: Anrufe von Ihnen werde ich nicht entgegennehmen.

Vesna kann mich am 5. Oktober gegen Mittag am Bahnhof von Berchtesgaden abholen. Sie sollten bis dahin ein sicheres und ruhiges Quartier für uns gefunden haben, in einem Radius von maximal zehn Kilometern um Schönau. Unser Material muss dort bereitstehen. Meine Gruppe erwarte ich am darauffolgenden Tag in diesem Quartier – mit einer Ausnahme: Ihr Spitzel Erik wird der Gruppe, mit der ich im Kar arbeiten werde, nicht angehören.

An diesem Punkt machte ich einen Riesenfehler: Anders als Zeller hatte ich Bogdanov mit meiner mageren Netz-Biographie nicht täuschen können. Er hatte sie erkannt als das, was sie war – ein Konstrukt. Nach der Mail von Zeller nahm ich jetzt an, dass Bogdanov akzeptiert hatte, dass ich mich bedeckt halten wollte. Und das war falsch: Er akzeptierte das nicht, er hatte sich nur etwas einfallen lassen, wie er diesem Mangel abhelfen konnte. Er schützte seine Investitionen, genau wie er gesagt hatte. Weil es um sehr viel ging – um sehr viel mehr, als ich mir vorstellen konnte.

***

Natürlich war es unter diesen Umständen auch nicht mehr möglich, die Hintergründe von Zeller weiter auszuleuchten.

Mir reichte auch durchaus, was da bisher aufgetaucht war: dieser ukrainisch-französische Zuhälter zum Beispiel. Und Walter bestätigte mir, dass meine Antwort an Zeller genau die richtige gewesen sei.

Wieder machte er das Angebot, ganz aus der Geschichte auszusteigen: „Wir sind mal davon ausgegangen, dass du auf keinen Fall einen Trupp Neonazis auf den Gletscher führen wirst – das waren deine Worte, nicht meine. Dann haben wir uns drauf geeinigt, dass wir die Sache vorläufig weitertreiben wollen, um die politischen und personellen Hintergründe von Zeller auszuforschen. Damit dürfte jetzt aber Schluss sein, und viel mehr als dieser ukrainische Zuhälter ist nicht herausgesprungen bei dem Ganzen."

Ich dagegen war der Ansicht, dass ich schon viel zu viel investiert hatte – ich wollte jetzt auch Ergebnisse sehen. Er hatte schon recht mit seiner Einschätzung, ich war zu weit gegangen, zu dicht dran, zu tief drin ...

„Zwanzig Meter vor dem Ziel schmeiß ich das doch nicht hin", sagte ich ihm. „Ich will jetzt wissen, was da in dem Flieger ist. Ich denk doch schon seit Wochen an nichts anderes mehr."

„Siehst du", sagte Walter, „das ist auch was, das mir Sorgen macht: Glaubst du wirklich, dass eine Type wie Bogdanov auf irgendwelchen historisch interessanten Papierkram scharf sein könnte?"

„Weiß ich nicht. Wenn das Zeug einen Marktwert hat, warum nicht? Wir waren doch der Ansicht, dass dort Pläne für Waffen liegen könnten, Modelle vielleicht sogar. Daran könnte ihm schon gelegen sein. Auf alle Fälle ist mir das jetzt auch egal: Ich zieh das durch, ich will das aus dem Kopf, und aus meinem Leben haben. Ich mach da schon viel zu lange mit rum. Und noch was: Wenn ich da nicht hochgehe und den Flieger ausgrabe – dann tut das womöglich ein anderer. Der Unterschied ist dann der: Wir haben kein Risiko, aber auch keine Geschichte. Das ist dir doch klar, oder? Die Fakten, hinter denen wir her sind, liegen da oben, zwanzig Meter unterm Eis. Alles andere ist Makulatur, sonst nichts."

„Ja, schon klar. Aber ..." Er sprach nicht weiter.

„Was?!"

„Mit Journalismus hat das eigentlich nicht mehr viel zu tun, was wir da treiben."

„Wieso? Das hier läuft für mich unter Recherche, Beschaffung von Hintergrundmaterial."

„Ja, richtig – genau wie bei den Hitlertagebüchern."

„Jetzt hör aber auf, das kannst du doch nicht vergleichen!"

„Und wieso nicht? Das war bei unseren berühmten Vorgängern doch kein Haar anders. Die hätten sich besser mal etwas mehr für das Netzwerk interessieren sollen, das ihnen diese Tagebücher beschafft hat, aber die waren nur geil auf das Material. Und bei uns läuft das jetzt genau in dieselbe Richtung."

Als er sah, dass ich kurz vorm Platzen war, wiegelte er ab: „Wir müssen das ja auch nicht jetzt entscheiden, schließlich haben wir noch mehr als ein halbes Jahr Zeit. Im Herbst fährst du nach Berchtesgaden – oder auch nicht. Das ist absolut deine Angelegenheit und Entscheidung. Und in der Zwischenzeit werde ich noch mal alle meine Quellen anzapfen und zusehen, ob da noch was kommt."

Keine Frage, zu dieser Zeit waren wir nicht mehr so ganz auf einer Linie. Ich hatte nichts anderes mehr im Kopf, als mich zu diesem verdammten Flugzeugrumpf durchzubuddeln, Walter verteidigte unser wohlüberlegtes und verabredetes Konzept.

Heute ist mir klar: Dass er mir die Brocken damals nicht einfach hinwarf, hatte etwas damit zu tun, dass er mich an diesem Punkt nicht sitzen lassen wollte. Auch, weil eben ich es war, der sich im Zweifelsfall die Finger verbrennen würde. Und er war sich halt auch darüber im Klaren, dass ich zu diesem Zeitpunkt auch ohne seine Unterstützung weitergemacht hätte, und dass dies schlimm für mich ausgehen könnte.

Aber für solche Feinheiten hatte ich damals keinen Kopf – ich hatte jede persönliche und professionelle Distanz aufgegeben. Ich war auf Schatzsuche, in Goldgräberstimmung.

Und natürlich kam es dann genau so, wie es kommen musste: Am ersten Sonntag im Oktober stand ich in Berchtesgaden auf dem Bahnhofsvorplatz und hielt Ausschau nach einem alten, bunten VW-Bus mit Braunschweiger Nummernschild.

KAPITEL 8

Erste Runde

Herbst 2008

Kaum hatte ich meinen Rucksack von den Schultern, hörte ich, wie auf dem gegenüberliegenden Parkplatz ein Auto angelassen wurde – leiernd, hustend, spuckend –, unverkennbar ein VW 1600er-Motor. Als er losfuhr, sah ich die paradoxe Silhouette des alten Busses zwischen den geschniegelten Touristenwagen durchkurven. Und, kaum zu glauben: Ich bekam ein dickes Lächeln zur Begrüßung.

„Wo seid ihr denn untergekommen?“, fragte ich.

„Ganz prima, in einer alten Jagdhütte im Wald hinter Ramsau. Nicht sehr komfortabel, aber total einsam.“

So war es. Wenn man hinter Ramsau weiter in Richtung Traunstein fährt, öffnen sich nach rechts alle paar hundert Meter geschotterte Waldwege. Die meisten dienen nur zur Holzabfuhr und enden blind im steiler werdenden Gelände, aber wenn man die richtige Abfahrt kennt, dann kommt man nach nur zwei- oder dreihundert Meter zu einer kleinen Lichtung, auf der ein baufälliges Häuschen steht: aus Holz, anderthalbstockig, mit weit heruntergezogenem Dach. Das sollte unser Hauptquartier für die nächsten paar Tage sein.

Töle war schon da, das war weder zu übersehen noch zu überhören; und sein Gebell und Jaulen brachte dann auch Eichstrich zur Vorschein.

„Keine Pizza diesmal“, versprach er strahlend zur Begrüßung, „kein Gefrierfach in der Hütte. Gerade mal ein altersschwacher Kühlschrank ... Aber fürs Bier ein Gebirgsbach hinterm Haus!“

Damit war für ihn alles bestens geregelt.

***

Am nächsten Vormittag reisten meine vier Kandidaten an. Wir waren also sieben Personen und ein Hund – dafür war die Hütte groß genug. Es gab eine Wohnküche mit einem mächtigen Holztisch und drei Kammern mit je zwei doppelstöckigen Betten. Ich verpasste Vesna und Eichstrich je ein Einzelzimmer: Ich würde die paar Nächte auf dem Sofa in der Küche schlafen, die meiste Zeit würde ich sowieso im Kar sein. Bad oder Waschraum gab es nicht, dafür einen bergbachgespeisten Brunnentrog hinterm Haus, in den Eichstrich schon mal einen Kasten Bier gestellt hatte. Zwanzig Meter weiter ein Klohäuschen, hinter der Hütte noch ein Anbau fürs Brennholz, und das war's dann schon.

Nachdem sich alle eingerichtet hatten, stellten wir die Ausrüstung zusammen und packten die Rucksäcke. Dann erklärte ich den Schichtplan, nach dem sich die Jungen im Kar ablösen sollten. Vesna machte sich Notizen dazu und war bereit, unseren Nachschub zu koordinieren. Alle Fragen nach dem Wieso und Weshalb schnitt ich von vornherein ab, ich sagte ihnen, dass ich sie einzeln auf dem Berg einweisen würde. Dann holte ich die Karte aus meinem Gepäck und zeigte ihnen das Kar und die nähere Umgebung.

Ich war zwei Wochen zuvor schon hier in der Gegend gewesen, für zwei Tage nur. Gerade genug, um ins Kar zu steigen und ein paar Vorbereitungen zu treffen.

Früh am Morgen war ich von der Kührointalm aufgestiegen. Mein erster Blick galt dem Gletscherbrunnen, und hier erlebte ich eine Überraschung. Das Problem lag darin, dass er sich wieder ein paar Meter nach Westen verlegt hatte, gut sieben oder acht Meter weg von seiner Position im Herbst vor zwei Jahren. Wir würden uns also wesentlich weiter durchs Eis beißen müssen als gedacht.

Vom Brunnenloch stieg ich weiter nach oben. Am Einstieg zur „Wiederroute" wollte ich ein paar Dinge deponieren, die in einen Nylonbeutel verpackt waren. Eigentlich wollte ich den Beutel im Hangschutt unter dem Einstieg vergraben, aber dann überlegte ich es mir anders: Ich kletterte die erste Wand der Route hoch, 45 Meter waren das etwa, und dort oben, von wo aus ich den Rumpf zum ersten Mal gesehen hatte, stopfte ich diesen Beutel in eine Spalte an der Abbruchkante.

Staubgrau wie er war, fiel er überhaupt nicht auf. Er enthielt einen Biwaksack und anderthalb Liter Wasser, dazu noch ein altes Handy, ein Dutzend Müsliriegel, Ersatzbatterien und zehn Zwanzig-Euro-Scheine. Das war meine Rückversicherung: Falls ich ungesehen verschwinden musste, wollte ich mich vorzugsweise über diese Route absetzen, hier herauf und weiter auf die Mittelspitze. Von dort hatte ich dann die Wahl: über die Südspitze ins Wimbachgries oder runter zum Watzmannhaus. Auf keinem dieser Fluchtwege würde mir so schnell einer nachkommen können. Und sobald ich erst mal im Gries oder am Watzmannhaus war, verdoppelten sich meine Möglichkeiten im Stundentakt.

Der Grund für diese Vorsichtsmaßnahme hieß Bogdanov. Seit der ins Spiel gekommen war, wurde ich ein böses Gefühl nicht mehr los, und ganz sicher waren auch Walters Bedenken mit ein Grund. Auf jeden Fall nahm ich ernst, was ich Zeller geschrieben und Walter versprochen hatte: dass ich meine Sicherheitsvorkehrungen ausweiten würde.

„Ich kann mir Bogdanov beim besten Willen nicht im Kar vorstellen – mit Armani-Anzug, Breitling am Handgelenk und Fünfhundert-Euro-Sneakern an den Füßen“, hatte ich Walter erklärt. Auch die Blues Brothers würden sich ihre nikotingetränkten Lungen aus dem Hals gehustet haben, lange bevor sie auch nur aus der bewirtschafteten Zone herausgekommen wären.

Aber er hatte nicht nachgelassen: Ich sollte mich absichern, so gut es irgend möglich sei – falls ich überhaupt antreten wollte.

Und das wollte ich, unbedingt. Es war einfach so, wie ich ihm schon gesagt hatte: Ich wollte das los sein, vom Hals haben. Ein Kollege, mit dem ich früher viel unterwegs gewesen bin, hat mir mal gesagt, dass ich bei manchen Aufträgen losgehen würde wie ein Boxer, der für den Titelkampf in den Ring steigt. Ich weiß nicht, ob das so stimmt, aber ich weiß vor allem aus meiner Zeit in den Kriegsgebieten, dass es fast nichts Schlimmeres gibt als das Warten darauf, dass es losgeht. Insofern hatte ich sechs wenig erfreuliche Monate hinter mir.

Aber jetzt ging es los. Wir gingen los ...

***

Kurz vor Mittag stieg ich mit Maik, Jürgen, Hermann und Jens aus Vesnas Bus. Sie setzte uns am Hammerstiel-Parkplatz ab – fast jeder, der ins Watzmann-Massiv will und mit dem Auto anreist, parkt dort.

Wir hatten mittelgroße Rucksäcke dabei, eigentlich zu groß für einen Tagesausflug, aber noch unauffällig genug. Sie waren vollgestopft bis in den letzten Winkel: Werkzeug, Kletterausrüstung, Biwakzeug und Verpflegung. Für die Arbeit im Eisschlauch hatten wir Motorrad-Overalls aus Cordura dabei, für drunter Kombinationen aus Fleece. Dazu Angora-Unterwäsche, für den Kopf Fleece-Balaklavas – „Wie die Terroristen!" – und Steinschlaghelme. Für den Auf- und Abstieg am Berg trugen wir unauffällige und billige Outdoorkleidung vom Discounter.

In weniger als zwei Stunden waren wir an der Kührointalm angekommen – dort war noch einiger Betrieb. Der Weg verläuft allerdings so, dass man nicht näher als zweihundert Meter an die Hütte ran muss, wenn man das nicht will. Wir wollten nicht. Wir gingen weiter in Richtung Watzmannhaus.

Eine halbe Stunde später zeigte ich den Jungs den verfallenen Brunnentrog aus Holz, der auf rund 1500 Meter am Wegrand liegt: Hier biegt eine kaum begangene Spur ab, der kürzeste Weg ins Kar.

Das Wetter war schön, der Boden trocken, und schon gegen drei Uhr am Nachmittag kamen wir an unserem Tagesziel an: einem riesigen überhängenden Felsbrocken am rechten Rand des oberen Kars, direkt unter der Kleinen Ostwand, weit weg von den üblichen Wegen. Unter diesem Block gab es eine einigermaßen ebene Fläche von vielleicht zehn Quadratmeter, nach allen Seiten geschützt vor dem Wind und neugierigen Blicken. Hier luden wir unsere Lasten ab, packten alles in große, graue Müllsäcke, die wir so gut wie möglich versteckten.

Nach einer kleinen Pause ging es wieder runter zum Hammerstiel, wo Vesna schon auf uns wartete. Diese Transporttour wiederholten wir am nächsten Tag noch einmal, und am dritten Tag blieben Hermann und Jürgen bei mir im Kar, während Maik und Jens wieder abstiegen.

„Hermann, Jürgen – ich zeige euch jetzt den Weg zur Latrine, keine zwanzig Meter von hier. Ihr bleibt den gesamten Rest des Tages hier in Deckung, einzige Ausnahme ist der Gang zur Toilette. Kein lautes Wort, kein Licht nach Einbruch der Dunkelheit. Zur Belohnung erzähle ich euch dann heute Abend, weshalb wir eigentlich hier sind. Jetzt steige ich mit Jens und Maik ab und zeige ihnen noch ein paar Landmarken, damit sie sicher wieder herfinden. Ich bin in einer Stunde zurück. Ihr könnt euch inzwischen hier schon mal etwas einrichten."

Ich ging mit den beiden in Richtung Pfad, erklärte ihnen, wie sie sich vergewissern sollten, dass sie nicht beobachtet wurden.

„Solange ihr auf dem Weg seid, darf euch jedermann sehen, kein Problem. Ihr verlasst ihn auch nicht: In drei Tagen treffen wir uns gegen zwölf Uhr an genau dieser Stelle. Ich hole euch hier ab. Wenn ich nicht schon da bin, dann macht es euch hier gemütlich, tut so, als ob ihr rasten würdet. Ich komme dann irgendwann, sobald ich sicher sein kann, dass uns niemand beobachtet, und führe euch ins Lager. Sollte ich drei Stunden lang nicht auftauchen, dann geht ihr ins Tal zurück. An der Kührointalm gibt es einen Wegweiser zur Archenkanzel, das ist ein Aussichtspunkt etwa zwanzig Minuten entfernt. Geht da hin, dort habt ihr ein Netz, ruft Vesna an und verabredet mit ihr, dass sie euch vom Parkplatz abholt. Von der Archenkanzel bis zum Parkplatz braucht ihr etwa zwei Stunden. Die Strecke kennt ihr ja."

Ich sah ihnen noch ein paar Minuten lang nach, dann suchte ich mit dem Feldstecher das untere Kar ab, dann das obere und zuletzt die steilen Rücken der nahen Watzmannfrau mit ihren Kindern. Kein Mensch zu sehen. Also machte ich mich auf den Weg zurück zu unserem Lager.

***

„Heute Nacht gegen elf Uhr steigen wir weiter hinauf ins Kar", erklärte ich den beiden. „Eine gute Viertelstunde von hier gibt es ein Eisfeld, etwa vier Fußballfelder groß. Am unteren Rand dieses Feldes hat sich das Schmelzwasser einen Abfluss gefressen, in Form eines Brunnens, rund zwanzig Meter tief."

„Der Eisschlauch", sagte Hermann.

„Ja. Wir marschieren also dahin, kein Laut, kein Licht, kein gar nichts, verstanden? Wenn wir dort sind, werde ich das Seil festmachen, und dann seilen wir uns in dieses Loch ab, einer nach dem anderen, wie gelernt."

„Was ist mit dem Schmelzwasser?", fragte Jürgen.

„Da fließt nichts mehr, um diese Zeit", erklärte ihm Hermann. „Ist zu kalt dafür in der Nacht."

„Genau, deshalb gehen wir auch um diese Zeit los, und viel länger als bis um neun Uhr am Morgen werden wir auch nicht haben, bevor es wieder unangenehm wird – mal sehen. Auf jeden Fall müssen wir wieder unter unserem Felsen sein, ehe die ersten Touristen hier oben auftauchen."

Wir lagen auf unseren Schlafsäcken, es war acht Uhr am Abend, gerade hatten wir gegessen. Der Raum unter dem Felsen war an keiner Stelle höher als anderthalb Meter, man konnte sich nur stark gebückt oder auf allen Vieren bewegen.

„Also: Wenn wir unten sind, graben wir einen Stollen ins Eis, der leicht ansteigend vom Eisschlauch wegführt."

„Warum?"

„Weil dort im Eis, in etwa fünfzehn Meter Tiefe und vielleicht acht oder zehn oder auch noch mehr Meter entfernt, der Rumpf eines abgestürzten Flugzeugs liegt."

Beide starrten mich mit offenen Mündern an. Hermann fasste sich als Erster: „Eine Schatzsuche!"

„Ja", sagte ich, „so was in der Art."

„Und was ist in diesem Flugzeug?"

„So genau wissen wir das gar nicht. Aber nach dem, was wir wissen, könnte es sich um historisch sehr interessante Papiere handeln."

„Papier? Wir treiben den ganzen Aufwand für Papier?"

„Ja, das Flugzeug war so was wie eine Kuriermaschine ..."

„Moment mal", unterbrach mich Hermann, „wann ist denn dieser Flieger abgestürzt?"

„Im April 1945."

Hermann sah Jürgen an, verfiel vor Aufregung in seinen breitesten Dialekt: „Vaschstehst es net? Da drümn woar die Alpenfestung, bloß a poaar Kilometer weit weg!"

***

Nachts um zehn weckte ich die beiden. Wasser heiß machen, löslichen Kaffee in die Blechtassen, zwei, drei Müsliriegel. Anziehen. Dann gingen wir los.

Der Himmel war klar, es war gerade hell genug, um nicht bei jedem Schritt auf die Schnauze zu fallen. Als mir das Herumgestolpere zu viel wurde, ließ ich die beiden die rot maskierten Stirnlampen einschalten.

Nach einer knappen halben Stunde waren wir am unteren Rand des Eisfeldes angekommen.

Wie damals, zwei Jahre war das jetzt schon her, drehte ich zwei Schrauben in das alte Eis, hängte das Seil mit einer Bandschlinge so ein, dass beide Eisschrauben gleichmäßig belastet wurden. Dann klopfte ich Jürgen auf den Rücken und flüsterte: „Jetzt zeig mal, was du gelernt hast!"

Die Sitzgurte und Steinschlaghelme hatten wir schon im Lager angelegt. Er legte sich mit dem Rücken zwischen dem Schachtmund und den Schrauben aufs Eis und zog das Seil über sich. Er schleifte es durch den Achter, wickelte die Prusik-Schlinge um das Seil. Dann sah er zu Hermann rüber, der beugte sich über ihn und kontrollierte sein Set-up.

„Okay“, quittierte er flüsternd.

Jürgen drehte sich auf den Bauch, stieß sich ab und verschwand mit einem Rutsch im Eisschlauch. Perfekt, wie gelernt, wie's im Lehrbuch steht. Ich muss sagen, ich war nicht wenig stolz auf diesen „Retter der weißen Rasse“.

Ich machte mich als Zweiter fertig. „Hermann, wenn ich unten bin, werde ich erst mal den Filter von der Lampe nehmen und eine Minute lang ordentlich herumfunzeln. Schau dir mal an, was hier oben davon noch zu sehen ist – und mach auch die Ohren auf. Dann kommst du nach. Ach ja: Solange ich auf dem Weg nach unten bin, sei so gut und hack ein paar Hände voll Eis los und häufe es auf die Schrauben.“

„Damit sie nicht zu sehen sind?“

„Das weniger, vor dem späten Vormittag wird kaum jemand hierherkommen, und bis dahin liegen wir schon wieder in unseren Schlafsäcken. Das ist nur für den Fall, dass wir, wieso auch immer, länger unten bleiben müssen: Die Schrauben erwärmen sich viel schneller als das Eis, wenn erst mal die Sonne drauf scheint, und dann können sie sich lockern. Das müssen wir nicht haben ...“

Und dann war ich auch im Schacht.

***

Der Brunnen war nicht ganz so weit wie vor zwei Jahren, aber immer noch bequem zu befahren. Es lief auch keinerlei Wasser mehr, und ich dachte: Morgen könnten wir vielleicht schon eine Stunde eher kommen. Dann war ich auch schon unten. Wie damals hatte sich am Grund eine kleine Höhle auf dem Kies gebildet – drei Meter im Durchmesser vielleicht. Jürgen drückte sich an die Wand, um mir Platz zu geben.

Ich zog den Rotfilter von meiner Stirnlampe und leuchtete nach oben, rasselte mit meinem Eisenzeug an der Schachtwand herum, pfiff und schlug mit dem Eisbeil Löcher ins Eis.

Dann kam Hermann herunter: Vom Licht sei so gut wie nichts zu sehen gewesen. Meinen Lärm hatte er schon gehört, aber mit jedem Schritt, den er dann vom Schacht weggegangen sei, sei er schwächer geworden. „In zehn Meter Abstand hört man nicht mehr viel."

„Gut, dann können wir uns hier unten normal unterhalten und die Filter von den Lampen nehmen."

Ich schlug einen Felshaken in die Wand, hängte meinen Rucksack daran auf und öffnete ihn. Mit dem Kompass legte ich die Richtung fest: „Hier müssen wir anfangen. Wir machen den Stollen einen knappen Meter breit und so hoch, dass wir bequem stehen können", erklärte ich. „Und wir müssen in einem Winkel von etwa zwanzig bis fünfundzwanzig Grad nach oben graben..."

„Wie schaffen wir den Abraum raus?", fragte Jürgen.

„Gar nicht. Was wir an Eis aus dem Stollen räumen, lagern wir hier am Boden ab. Alles rings an den Wänden lang, die Mitte muss frei bleiben. Wenn morgen Vormittag die Wasserspülung wieder anfängt zu rauschen, taut das Eis und fließt mit dem restlichen Schmelzwasser ab."

„Genial", freute sich Hermann. „Dann wollen wir mal..."

„Als Erstes bohren wir nur ein kleines Loch ins Eis", stoppte ich ihn und drückte ihm die Bohrleier mit dem langen Zehn-Millimeter-Bohrer in die Hand. „So was schon mal gesehen?"

„Ja klar, bei meinem Opa in der Werkstatt. Brustleier haben sie das früher genannt."

„Na, dann leg los, auf Kopfhöhe und bis zum Anschlag rein."

Der alte Holzbohrer biss sich ins Eis wie nichts, und nach zwei Minuten war das Loch gebohrt. Ich zog den kleinen Peli-Case aus dem Rucksack, klickte die Verschlüsse auf und zeigte ihnen die fünfundzwanzig Alu-Stäbchen auf ihrer Schaumstoffunterlage: „Das sind Sprengkapseln, die verwendet man normalerweise zum Zünden von Sprengladungen. Die Röhrchen sind aus Aluminium, darin stecken festgepresst ein paar Gramm eines sehr brisanten und empfindlichen Sprengstoffs. Man darf die Teile nicht erwärmen oder fallen lassen – sie können hochgehen, wenn man das macht. Und wenn einer so eine Sprengkapsel in der Faust hält, wenn sie hochgeht, dann braucht der eine neue Hand. Also lasst die Finger davon!“

Beide nickten.

„Außer dem Sprengstoff ist noch eine Wicklung mit Glühdraht in der Kapsel, zu der führen die beiden Leitungen, die da raushängen. Wenn ich eine Batterie daran anschließe, fängt der Draht nach ein paar Sekunden an zu glühen – und das Ding geht hoch. Normalerweise bringt dann die Detonation der Sprengkapsel den eigentlichen Sprengstoff zur Explosion – aber den lassen wir weg, uns genügt diese Kapsel.“

Ich nahm eine der Sprengkapseln aus dem Case und schob sie in das von Hermann gebohrte Loch. An den heraushängenden Kabeln schob ich die Kapsel bis zum Ende der Bohrung. Dann steckte ich einen runden Holzpflock hinein, der rechts und links je eine kleine Rinne hatte – als Durchlass für die Kabel – und schlug ihn mit dem Eispickelkopf fest in das Loch. Ich zog das etwa einen Meter lange Zündkabel aus der Tasche, und mit zwei kleinen isolierten Krokodilklemmen verband ich die Drähte der Sprengkapsel mit dem Kabel. Dann stöpselte ich den Klinkenstecker des Zündkabels in den Auslöser, den ich an einer Schnur um den Hals unter der Kleidung trug, damit die beiden Neun-Volt-Batterien nicht schwach werden konnten in der Kälte.

„Ihr stellt euch jetzt mit dem Rücken an die Wand, genau rechts und links vom Loch. Der Knall ist nicht sehr laut – eigentlich knallt es noch nicht mal richtig. Ist ein recht merkwürdiges Geräusch – na, ihr werdet es ja erleben. Macht den Mund auf und stopft euch die Finger in die Ohren.“

Ich selbst zog den Gehörschutz aus dem Rucksack und setzte ihn auf. Dann schraubte ich den Sicherungsdeckel vom Zünder, darunter lag der rote Auslöseknopf. Nach einem letzten Kontrollblick stellte ich mich neben Hermann und löste den ersten Schuss aus.

Dann tobte dieses unheimliche Geräusch durch den Schacht – das ich schon kannte, von meinen Versuchen im Silo.

„Hat nicht geklappt, oder?“, fragte Hermann.

Der Holzstöpsel – die Verdämmung – hatte gehalten. Was zu hören gewesen war, war der Schuss und dann ein lautes, trockenes Knistern – wie wenn man eine Scheibe Knäckebrot mit der Hand vor einem Mikrofon zerdrückt. Von daher war ich mir sicher, dass es funktioniert hatte. Das Eis war um das Loch herum nicht mehr grün und glatt, sondern grau und rissig.

Anstatt seine Frage zu beantworten, zog ich den Holzpflock aus dem Loch, verstaute den Zünder und hängte mir das Zündkabel um den Hals. Dann nahm ich meinen Pickel, steckte die Haue in die Öffnung, so weit es ging, und zog den Schaft nach oben. Ein knapper halber Kubikmeter gecrushtes Eis prasselte aus der Wand. Dahinter stand noch mehr an, das man leicht herausklopfen konnte. Soweit hatte es also sehr gut geklappt.

„Okay“, sagte ich, „den zweiten Schuss setzen wir dann so weit drunter, wie es nötig ist, um die Höhe herauszubekommen, die wir brauchen. Die Breite passt schon mal ganz gut. Und denkt dran, wir müssen uns schräg nach oben arbeiten. Das macht es uns aber auch leichter, das Eis aus dem Stollen zu räumen.“

„Na, da kann man nicht meckern“, sagte Jürgen lachend, „da bleibt kaum Arbeit für uns. Das ist ja wie Schneeschippen ...“

„Da bleibt noch genug zu tun. Wir müssen auch das lockere Eis von den Wänden und der Decke hacken – damit uns das nicht auf die Köpfe fällt.“

„Also einen regelrechten Stollen bauen“, meinte Hermann. „Aber ich würde schon sagen, das ist verdammt gut ausgedacht und vorbereitet ...“

Ich hatte ja auch genug Zeit gehabt dafür.

***

Sechs Schüsse und etwa drei Meter schafften wir in dieser Nacht, die gegen fünf am Morgen endete. Wir mussten aufhören, nicht, weil das Wasser wieder anfing zu laufen – da war es noch lange hin.

„Was ist denn da los?“, fragte mich Jürgen. „Ich bin fix und fertig, mir tut jeder Knochen und Muskel weh. Dabei ist das doch keine schwere Arbeit...“

„Es ist die Kälte“, erklärte ich ihm. Das hatte ich falsch eingeschätzt – dass die uns so schnell mürbe machen würde, hätte ich nicht gedacht. „Mir geht’s auch nicht viel besser. Drei Meter sind aber auch gar nicht schlecht für den Anfang, da kann man nicht meckern. Lassen wir es gut sein für heute.“

Die nächste Überraschung stand uns bevor, als wir unsere lahmen Knochen aus dem Schacht hievten: Die kalte Nachtluft kam uns brühwarm vor, nach den Stunden in diesem Eiskeller. Wirklich erstaunlich aber war, dass sie so voller angenehmer Gerüche war, wie ich es noch nie wahrgenommen hatte. Es roch nach Erde, Laub und Kiefernharz, sogar der Fels hatte einen wahrnehmbaren Geruch. Ich kann mir das nur so erklären, dass nach den Stunden in dem kalten Loch, in dem es zuletzt fast unerträglich nach dem vergasten Sprengstoff der Zündkapseln gestunken hatte, der Geruchssinn jetzt Purzelbäume schlug, nachdem es wieder etwas Angenehmes zu riechen gab. Dieser Gasgestank hatte mir schon Sorgen gemacht. Ich hatte in den letzten zwei Stunden mehrfach Streichhölzer angezündet, um festzustellen, ob uns die Anreicherung von Kohlendioxid zu schaffen machen konnte. Das war aber offenbar kein Problem, auch hatte keiner über Kopfschmerzen geklagt. Ich konnte jetzt nur hoffen, dass das Wasser des kommenden Tages nicht nur unseren Abraum beseitigen, sondern auch den Gasgestank aus dem Schacht spülen würde.

Wir füllten noch unseren Fünf-Liter-Wassersack aus einer flachen Lache auf dem Eisfeld, dann stapften wir müde und mit schmerzenden Knochen zu unserem Lager. Es war schon erstaunlich, jeder Knochen tat weh, als ob man uns verprügelt hätte.

Ein warmes Abendessen, morgens Früh um sechs. Zwei kochten, einer pumpte das Wasser durch den Filter in den zweiten Wassersack. Gegen den Hunger gab’s für jeden ein „Outdoor Meal“ mit Trockenfleisch und Nudeln aus der Tüte, danach ein Stückchen in Plastik eingeschweißten, übersüßen Kuchen – der war für die Moral. Anschließend war nur noch der warme Schlafsack interessant, keiner hatte noch den Nerv, sich zu unterhalten. Ich zog noch mein Psion raus, um mir Notizen zu machen, verschob das aber schnell auf den Morgen – beziehungsweise: auf den Nachmittag. Dann war Ruhe.

***

Wir schliefen fast zehn Stunden durch. Und wir hätten noch länger geschlafen, aber der Hunger weckte uns auf. Alle hatten steife Gelenke, und ich verteilte kleine Kleckse aus einer Tube Finalgon-Wärmecreme zum Einreiben von Knien, Ellbogen und Fußgelenken. Dann, als die Salbe anfing so richtig zu brennen, hörte ich mir geduldig die Flucherei ringsum an, bis sie schließlich zusammen mit den Schmerzen in den Gelenken wieder nachließ.

Beim Frühstück putzten wir doppelte Rationen weg. Das war erst mal kein Problem, wir hatten noch genug für vier Tage dabei und würden unseren Nachschub schon in zwei Tagen bekommen. Nachdem alle satt waren, wurde weitergepennt.

Erst abends gegen acht regte sich langsam wieder etwas in unserem Lager unter der Felsplatte.

„Was ist denn das für eine Scheiße mit diesen Gelenkschmerzen?“, fragte Jürgen. „Man fühlt sich ja wie die eigene Omma.“

„Das kommt von diesen Unmengen an Eis, zwischen denen wir stecken. Wir frieren ja noch nicht mal richtig, dazu haben wir zu viel Bewegung. Aber die Gelenke und Muskeln reagieren trotzdem auf die Kälte.“

„Und wie soll das jetzt weitergehen?“, wollte Hermann wissen. „In zwei oder drei Tagen sind wir doch alle.“

„Das glaube ich nicht“, beruhigte ich ihn. „Mit der Zeit gewöhnen wir uns daran, und die Salbe hilft auch ganz gut. Heute Nacht tragen wir die schon im Voraus auf, und hinterher noch mal. Vergesst aber bloß nicht, euch gründlich die

Finger abzuwischen. Wenn einer von dem Zeug was ins Auge bekommt, ist der Teufel los, das kann ich euch versprechen."

Ich hatte selbst schon üble Erfahrungen mit dieser „Aufwärmsalbe" der Hardcore-Sportler gemacht.

Kurz nach elf waren wir wieder am Grund unseres Eisschlauchs, und wie Jürgen sagte: „Das Geschlauche geht weiter."

Zunächst einmal hatten wir einigen Anlass zur Freude: Unser gesamter Abraum war spurlos verschwunden, und zusammen mit diesem auch der Gasgeruch. Stattdessen glaubte ich, wieder so einen Hauch von Schrottplatz in die Nase zu bekommen – ausgeglühtes Motoröl auf nassem Laub – wie schon vor zwei Jahren. Das gab sich aber schnell: Nach dem ersten Schuss stank es wieder ausschließlich nach dem Abgas des Sprengstoffs.

Drei Stunden später, als wir uns kurz hinsetzten, um einen Müsliriegel zu essen, meinte Hermann, er hätte im Vergleich zu gestern kaum noch Beschwerden. Ich konnte das so nicht bestätigen, aber meine Gelenke waren ja auch fast zwanzig Jahre älter als seine.

„Wie lange könnte man es hier unten wohl am Stück aushalten?", fragte Jürgen.

„Kommt ganz drauf an", antwortete ich. „Wenn du dich hier auf den Boden legst und einschläfst, brauchst du keinen Wecker mehr. Die Kälte erledigt dich innerhalb von zwei, drei Stunden. Solange du dich bewegst und arbeitest, kann's recht lange gehen, aber wenn du aufhörst, dich zu bewegen ..."

„Woher weißt du das?", wollte Jürgen wissen.

Ich hielt meine Klappe, aber Hermann war einfach sehr gut beschlagen in allem, was mit Alpinismus zu tun hatte.

„Im Dritten Reich hat man dazu Versuche angestellt", antwortete er. „Man hat Menschen in kaltes Wasser gelegt, und sobald die Körpertemperatur unter achtundzwanzig Grad sank, waren die tot."

„Nicht tot", widersprach ich, „aber hinter der Grenze, wo man sie noch hätte zurückholen können."

„Ja, genau", bestätigte Hermann.

„Mit wem hat man das gemacht?“, fragte Jürgen.

Wieder überließ ich Hermann die Antwort: „Na, Freiwillige waren das nicht, das kannst du dir wohl denken.“

Der „Retter der weißen Rasse“ war nach dieser Antwort recht still und nachdenklich. Ist halt schon zweierlei, ob man über so etwas halb besoffen am Biertisch rumproletet oder zwanzig Meter tief in einem Eisschlauch, bei minus acht Grad, wenn einem selbst gerade der Hintern einfriert.

Ich dachte, es könnte nicht schaden, wenn man ihm die Wahrheit sagte: „KZ-Insassen und Kriegsgefangene waren das.“

***

Unser Stollen begann also einen Meter über dem Grund des Eisschlauchs, schob sich in einem Winkel von vielleicht 20 bis 25 Grad nach oben. Er war gut 180 Zentimeter hoch und etwa halb so breit. Das Eis war uralt, steinhart und fest gepresst, wir brauchten uns keine Gedanken zur Stabilität des Stollens machen. Hätten wir ihn waagerecht und am Grund des Eisfeldes angelegt, hätte das möglicherweise anders ausgesehen: Das eindringende Schmelzwasser unterspülte auf Höhe des Schotterbodens das Eis der Wände jeden Tag um mehrere Zentimeter – so war wohl der grottenartige Raum am Boden des Eisschlauchs entstanden. Da das Wasser aber unseren Stollen nie erreichte, mussten wir uns in dieser Hinsicht nicht sorgen. Es fehlte auch diese spezielle Art von Geräuschkulisse, wie sie jeder kennt, der schon einmal in eine Gletscherspalte abgeseilt ist: Da knarrt, bröckelt, flüstert und stöhnt das Eis, dass man sich fürchten kann. Das hier aber war ein Toteis, und tot hieß auch: still.

Gegen sieben lagen wir dann wieder in unseren Schlafsäcken und waren dasselbe: still und – sagen wir mal: halbtot, vor Erschöpfung.

Wir waren an diesem zweiten Tag nicht ganz so weit gekommen wie am ersten – wir mussten einige Ausbauarbeit an der bisherigen Strecke leisten. Außerdem begann ich nun auch mit der fotografischen Dokumentation des Ganzen. Aber Früh um sechs hatten wir uns trotzdem gute zwei Meter weiter an den Flieger herangesprengt.

Ich war mit Walter übereingekommen, dass ich mit einer kleinen Digitalkamera täglich ein paar Bilder aufnehmen würde, mit denen unser Vorgehen und die Situation unter dem Eis beschrieben und belegt werden konnte. Eine Zeitlang hatte ich darüber nachgedacht, einen Kollegen mitzunehmen, der das erledigen sollte, aber ich wollte nicht noch mehr Leute in die Sache hineinziehen.

Walters Meinung dazu war ohnehin klar: „Wir brauchen keine Strecke mit tausend Bildern vorzulegen, nur um den Spieltrieb irgendeines Bildredakteurs zu befriedigen. Das hier läuft andersrum, diesmal sind wir die Herren des Verfahrens. Mach einfach ein paar Bilder von euren Arbeiten im Stollen und ein paar weitere, falls ihr den Rumpf wirklich finden solltet. Und in dem Fall natürlich auch von der Fundlage im Rumpf. Zusammen mit den historischen Aufnahmen, die wir haben, ist das mehr als genug.“

***

Mittags um zwölf brummte der Wecker in meiner Armbanduhr los. Ich hatte beschlossen, dass wir Protektoren für die Knie und die Ellbogen brauchten, dazu noch mit Angorawolle gefütterte Nierengurte. Ich zog mich an, lief los, zum oberen Ende des Kars, an die Scharte zwischen dem kleinen und dem großen Watzmann. Bevor ich zur Archenkanzel runterrannte, wollte ich erst mal versuchen, dort oben ein Netz zu bekommen. Und es klappte auch sofort: Nach dem vierten Klingelton ging Vesna ran, und ich gab ihr meine Extrabestellung für den morgigen Schichtwechsel durch.

Das schöne Herbstwetter war vorerst vorbei, der Himmel war grau, Nebel hing in der Ostwand, der Königssee war nicht zu sehen, die Sichtweite lag sicher unter einhundert Meter.

Auf dem Rückweg zu unserem Lager fing es auch noch an zu graupeln. Ich machte mir deshalb keine Sorgen – in unserem Eisschlauch konnte uns das eh egal sein, und die Ablösung würde es schon schaffen. Andernfalls würden wir halt absteigen müssen.

Zurück im Lager stellte ich fest, dass Jürgen noch schlief, im Gegensatz zu Hermann: Der hatte sich am Abend vorher mein Taschenmesser ausgeliehen, jetzt pfriemelte er damit an einem uralten Tourenski rum, beziehungsweise am abgebrochenen vorderen Drittel. Er hatte ihn ganz in der Nähe in einer Spalte entdeckt, sagte er mir – ein Relikt einer schiefgegangen Tour vor mehreren Jahrzehnten. Als ich fragte, was er damit vorhabe, grinste er nur.

Ich beschloss, dass mir ein, zwei Stunden mehr Schlaf auch nicht schaden würden, und packte mich wieder in den Schlafsack, zog den Reißverschluss bis zur Nase hoch und genoss das bisschen Komfort, das wir der Natur hier oben abgetrotzt hatten.

Beim Frühstück gegen zehn Uhr in der Nacht präsentierte uns Hermann stolz seine Bastelei: eine Art Schneeschippe. Mit dem Messer hatte er ein Loch ins Holz gedrechselt, darin mit einem halben Meter Reepschnur einen unserer Tourenstöcke befestigt.

„Damit schieben wir das ausgeräumte Eis die schiefe Ebene runter“, meinte er. Und seine Idee war gut: Wir verwendeten das Ding von da an täglich.

Noch eine gute Nachricht gab es: Beide bestätigten mir, dass sie kaum noch Beschwerden mit den Gelenken hätten.

Jürgen hatte noch etwas auf dem Herzen: „Diese Geschichte mit der Unterkühlung – wie heißt das noch mal richtig?“ Das ließ ihm offenbar keine Ruhe.

„Hypothermie“, antwortete ich ihm. „Bedeutet genau dasselbe wie Unterkühlung.“

„Genau. Du hast gestern gesagt, du hättest da selber schon Erfahrungen mit gemacht.“

„Ja, stimmt. Man kann da ziemlich schnell in Schwierigkeiten geraten – vor allem, weil ab einem bestimmten Punkt die

Reflexe stark nachlassen und auch das Denken nicht mehr so richtig funktioniert."

„Ach komm, jetzt hör aber auf: Willst du damit sagen, das Hirn friert ein?"

„Erst mal wird es weniger durchblutet. Dein Blut wird in der Körpermitte zusammengezogen, wenn's so richtig kalt ist. Auch aus dem Kopf wird es abgezogen, im Ergebnis fällt es dir dann schwer, in Zusammenhängen zu denken und Entscheidungen zu treffen. Kälteidiotie nennen die Wissenschaftler das."

„Dann kenn ich eine Menge Leute, denen auch im Hochsommer scheißkalt sein muss", blökte Hermann dazwischen.

„Ne, im Ernst", wehrte Jürgen sich, „wie wirkt sich das aus?"

„Du willst ein Beispiel? Ja, also ... Ich war mal im Winter mit einem Kumpel in einem Hochtal unterwegs, auf Schneeschuhen, wir wollten zu einer Hütte, die lag auf etwa 2200 Meter Höhe. Das Wetter war schön, und es war ziemlich warm, vor allem für diese Jahreszeit, Ende Februar muss das gewesen sein. Dieses Hochtal machte dann bei etwa 1800 Meter einen Knick nach Norden, auf dieser Höhe endete auch die Baumzone. Und da stand uns plötzlich ein eiskalter Wind entgegen, aber wir dachten uns noch nicht viel dabei: Es war Winter und wir hatten genug warmes Zeug im Rucksack. Also halten wir kurz an und holen die Parkas raus. Je höher wir jetzt kommen, desto kälter und stärker wird dieser Wind. Ab einer bestimmten Windgeschwindigkeit fängt dann die Schneeverfrachtung an – soll heißen, der Wind ist stark genug, um Schnee und Eispartikel von der Schneedecke zu lösen und mitzunehmen. Bevor wir richtig kapieren, was los ist, stehen wir in einer Art Schneesturm. Aber der war nur ein paar Meter hoch, darüber war der Himmel klar. Es wird schweinekalt, aber wir denken uns immer noch nicht viel: der blaue Himmel, die Sonne und vor allem konnte die Hütte ja nicht mehr weit sein ... Also gehen wir weiter.

Ich hab nur ein paar dünne Fleece-Handschuhe an, mir frieren so langsam die Finger weg. Ich denk mir: Ich hab da doch diese Fäustlinge aus Schladminger Walkwolle im Rucksack, die sind schön warm. Die könnte ich jetzt eigentlich mal rausholen und anziehen. Aber der Kollege geht immer weiter, ich lauf hinter ihm im Windschatten und frage mich, ob ich den Rucksack überhaupt aufbekomme, mit meinen tauben Fingern ... Und ich will das Ganze auch nicht aufhalten, die Hütte müsste ja jetzt gleich kommen. Dann denke ich an die Hütte, ich kenne die von früher, die haben da so einen riesigen Specksteinofen drin. Es dauert zwei Tage, bis der mal richtig brennt, aber dann ... Und der Kollege läuft weiter, es wird immer kälter, der Wind immer stärker, die Eisnadeln stechen ins Gesicht und ... plötzlich hält mein Freund an und schaut auf seine Hände runter. Und ich sehe: Der hat gar keine Handschuhe an. Und seine Finger sind jetzt so weiß wie der Schnee um uns rum ...

Das hat mich dann irgendwie aufgeweckt. Günter, will ich sagen, du musst Handschuhe anziehen bei dieser Kälte! Aber ich merke, dass ich gar nicht mehr richtig sprechen kann. Trotzdem hat sich im Hirn was geregt. Links vor uns war ein großer Felsbrocken, ich hab ihn dahin gezogen, um erst mal aus diesem Wind rauszukommen. Das war's dann – der eiskalte Wind war das Hauptproblem. Sobald wir aus dem raus waren, ging's auch mit dem Denken wieder etwas besser – aber den Pfoten noch lange nicht. Bis wir die Rucksäcke offen hatten, Handschuhe angezogen, einen Becher Tee eingeschenkt und getrunken hatten, haben wir am ganzen Körper nur noch gezittert und gebebt. Unkontrollierbar, wie Schüttelfrost ...

Mein Kumpel sagt: ‚He, wir müssen umdrehen. Dann haben wir diesen Wind wenigstens im Rücken und nicht mehr im Gesicht.'

Das kam mir dann schon vor wie die entscheidende These in einer Doktorarbeit, so lahm wird man bei diesen Verhältnissen im Kopf.

Wir packen also zusammen, was bei dem Geschlottre ewig dauert – aber dann sind wir so weit, und ich schau erst mal um die Ecke von dem Fels, um nachzusehen, ob der Wind vielleicht ein bisschen nachgelassen hat: Hat er nicht. Aber ich seh vielleicht dreißig Meter voraus im Schneegestöber irgendwas Großes rumflattern.

Und das war die Hütte, mit aufgezogener Fahne. Wir haben dreißig Meter vor der Hütte eine halbe Stunde gerastet, in dieser Eiseskälte. Und wir wären um ein Haar dreißig Meter vor dem Ziel umgedreht. Drei Kilometer hätten wir dann im Schneesturm zurückgehen müssen, bis wir wieder in den Schutz des Waldes gekommen wären.

Als wir dann in der Hütte saßen, jeder einen Liter heißen Tee vor sich, konnten wir uns unser Verhalten wirklich nicht mehr erklären. Aber so ist das halt ...

Der absolute Hammer kam dann allerdings auf dem Rückweg, drei Stunden später, nachmittags gegen zwei war das: Wir treten aus der Hüttentür, eingepackt wie die Polarforscher. Der Wind ist völlig eingeschlafen, die Wintersonne sticht vom Himmel, und bevor wir dreihundert Meter von der Hütte weg waren, war das ganze Zeug wieder im Rucksack verstaut und wir sind bis zur Waldgrenze im T-Shirt gelaufen."

***

Die anschließende dritte Nacht im Eisschlauch war dann die beste bisher. Nach den Vorarbeiten der zweiten Nacht konnten wir Strecke machen, auch, weil wir so langsam Routine bekamen. Wir mussten nicht mehr so viel besprechen, jeder wusste, was anlag, was von ihm erwartet wurde. So hatten wir am Ende dieser Nacht einen ausgeräumten Stollen von neun Metern vor uns liegen.

„Wie bist du eigentlich auf diese irre Idee mit den Sprengkapseln gekommen?", fragte mich Hermann bei unserem Abendessen morgens um halb acht.

„Das ist nicht auf meinem Mist gewachsen", gab ich zu. „So was habe ich beim illegalen Bergbau in ... Na, ist ja eigentlich egal, wo das war. Die Leute dort haben so ähnlich gearbeitet wie wir: unauffällig rein, rausholen, was geht, und wieder verschwinden. Die gruben allerdings nicht im Eis, sondern in einer Art Lehmboden. Da sie keine Zeit und auch kein Material zum Abstützen hatten, ließen sie dicke Säulen stehen, damit der Stollen nicht zusammenbrach. Und wenn sie auf größere Steine trafen, hatten sie das Problem, dass sie die nicht sprengen konnten, so mies, wie der Stollen abgesichert war. Wenn sie also auf Felsen stießen und nicht drumherum graben konnten, mussten sie die rausholen. Wenn sie zu groß und zu schwer waren, bohrten sie ein Loch, steckten eine Sprengkapsel rein und einen großen Nagel hinterher. Dann hauten sie mit dem Hammer auf den Nagel, die Kapsel ging hoch …"

„Und der Felsbrocken war Schotter?", unterbrach mich Jürgen grinsend.

„Nein, so gut wie bei unserem Eis funktioniert das im Fels leider nicht", antwortete ich. „Der Fels bekommt ein paar Sprünge, wenn's gut geht. Aber das reichte ihnen schon: Mit einem Meißel und dem Hammer zerlegten sie einen kleiderschrankgroßen Brocken dann in weniger als zwei Stunden."

„Und warum veranstalten wir dann das ganze Theater mit der elektrischen Zündung, wenn das auch mit dem Hammer geht?", wollte Jürgen wissen.

„Weil wir keinen Freiwilligen haben, der das machen möchte – oder doch?!"

„Ne, lass man", kam wie erwartet die Absage.

Hermann lachte. „Und wann sollten wir jetzt auf diesen Flieger stoßen?"

„Spätestens auf den nächsten fünf, sechs Metern – wenn ich das alles richtig berechnet habe. Vor zwei Jahren, als ich zum ersten Mal hier war, lag der Eisschlauch viel näher dran. Drei oder vier Meter waren das höchstens. Aber in den letzten Jahren hat er sich weiter westlich gebildet. Ich hab mir damals eine Skizze gemacht und sie mit der heutigen Lage verglichen. So bin ich auf die Richtung gekommen, die Entfernung kann ich nur grob schätzen. Jetzt hoffe ich, dass alles stimmt."

„Wir könnten aber auch gut zwei Meter dran vorbeigraben, ohne was zu merken, oder?", fragte Jürgen.

„Eher nicht. Gestern habe ich den Flieger zum ersten Mal gerochen, am Anfang der Nacht, bevor dieses Sprenggas die Luft versaut hat. Heute Morgen war dieser Geruch nach Altöl und Rost wieder da, aber um einiges stärker.“

„Stimmt“, bestätigte Hermann, „so was in der Art ist mir heute Früh auch in die Nase gekommen. Also, dann machen wir es wie die Hunde: immer der Nase nach buddeln.“

„Nein“, widersprach ihm Jürgen, „nicht wir – die anderen. Wir werden heute Mittag abgelöst.“

„Das passt dir wohl nicht?“

„Nein, das passt mir gar nicht. Drei Tage lang neun Meter weit durchs Eis, damit die andern den Flieger finden? Nein, das passt mir nicht. Und dir genauso wenig, das seh ich dir doch an.“

„Tja“, sagte ich, „kann schon sein, dass euch das nicht passt. Aber so lautet der Tarifvertrag: drei Nächte im Eis buddeln, drei Tage freihaben.“

„Aber du arbeitest durch? Kein Tarifvertrag für die Chefs?“

„Nein, keine Gnade für die Chefs. Dazu bekomme ich jetzt zwei Neulinge, denen ich alles erst wieder verklickern muss.“

***

Und so ging mein Wecker mitten in der Nacht wieder los – oder besser gesagt: um elf Uhr am Vormittag. Eine halbe Stunde später war ich am Treffpunkt, das miese Wetter hatte angehalten, ich musste mir keine Gedanken machen, dass uns wer sehen könnte. Und nur eine weitere halbe Stunde danach kamen zwei schwerbepackte Gestalten durch den Dunst getappt.

Wir gingen ohne Aufenthalt weiter zum Lager, weckten die beiden Urlauber, packten ihnen alles in die Rucksäcke, was nicht mehr benötigt wurde, und obendrauf den ganzen Abfall.

„Ich hoffe, dass ihr in den nächsten drei Tagen auf jede Menge Schwierigkeiten stoßt“, verabschiedete sich Hermann. „Wenn ich dann wieder oben bin, können wir weitermachen.“

„Ja, das hättest du wohl gerne. Ich gehe eher davon aus, dass wir in drei Tagen mit fetter Beute auf dem Weg nach unten sind. Wenn wir uns dann treffen und du brav warst, darfst du vielleicht meinen Rucksack runtertragen“, gab ich zurück.

„Was für eine Beute?“, fragte Maik, der aufmerksam zugehört hatte.

„Macht es euch mal gemütlich, und dann erzähle ich euch, was auf euch zukommt. Grob gesagt: jede Menge Arbeit und ein kalter Hintern.“

KAPITEL 9

Zweite Runde

Das war schon eine merkwürdige Situation, in die ich mich hier gebracht hatte. Tagsüber schlafen, nachts schuften wie ein Schichtarbeiter im Stahlwerk – aber das Ganze oben, auf zweitausend Meter über dem Meer, pendelnd zwischen Eis und Fels. Kaum Abwechslung im Speiseplan, kein Kino, kein TV. Und was für mich besonders hart war: keine Zeitungen, keine „Tagesschau“. Wir lagen zwar warm in unseren erstklassigen Tausend-Gramm-Schlafsäcken, aber ein Bett ist doch noch mal was anderes. Vierundzwanzig Stunden am Tag zusammengesperrt mit den immer gleichen Leuten. Was mich anging: mit Leuten, deren Meinungen und Ansichten mir zuwider waren, deren Sprache mich abstieß und mit denen ich fast nichts gemein hatte. Dazu musste ich mich die ganze Zeit unter Kontrolle halten, durfte keine falsche Reaktion zeigen, konnte nie ehrlich sein, nie aus mir heraus gehen. Das schlauchte mich über das rein Physische hinaus, wobei auch meine Arbeitsleistung nicht gerade klein war: Ich konnte nicht alle drei Tage nach unten, Urlaub in der Jagdhütte im Wald machen. Von den hygienischen Umständen will ich gar nicht erst anfangen ... Das einzig Spannende war unsere Arbeit, und auch die war über lange Strecken recht eintönig.

Aber: Jeder bekommt, was er sich einbrockt.

Maik und Jens hatten es einfacher als ihre Vorgänger der ersten Schicht. Sie arbeiteten von vornherein mit den Protektoren und mit den prophylaktischen Salbungen. Die kältebedingten Gelenkschmerzen traten bei ihnen erst gar nicht auf. Ich war allerdings schon etwas angeschlagen: Zum einen war es meine vierte Arbeitsnacht hier oben, zum anderen war ich einfach um einiges älter als meine Schichtarbeiter.

Auf meine Erklärung, um was es hier ging, reagierten sie ähnlich aufgeregt wie die erste Schicht. War ja auch kein Wunder, sie waren jung und begeisterungsfähig, und das alles fügte sich ideal in ihr Weltbild.

Trotzdem ging natürlich alles erst mal langsamer voran – am Ende dieser Nacht lagen wir bei rund elf Meter. Und in der fünften Nacht erfüllte sich dann Hermanns frommer Wunsch ...

Angefangen hatte es bestens: Nachts um elf, als wir in den Schacht seilten, war der Schrottplatzgeruch stärker wahrnehmbar als an jedem Tag zuvor. Ich war mir sicher: drei, vier, höchstens fünf Meter noch.

Doch als ich nach der ersten Sprengpatrone meinen guten alten Simond-Pickel ins Eis schlug, hörte ich nicht dieses angenehme satte „Schupp“, sondern ein giftiges Klirren. Das hörte sich nach Fels an. Und als wir den zweiten Schuss daruntergesetzt hatten, lag sie da: eine glatte Felswand, die den ganzen Stollen absperrte.

Das Toteis war an dieser Stelle rund zwanzig Meter stark. Wir hatten uns bisher elf Meter in einem Winkel von etwas über zwanzig Grad nach oben durchgebissen. Ich ritzte mir ein schnelles Diagramm ins Eis der Schachtwand: Wir mussten jetzt etwa fünf bis sechs Meter über Grund liegen. Entweder ragte da ein mindestens sieben Meter hoher Felszacken aus dem Grund, oder es war ein Versturzblock auf dem Weg nach unten.

Ich beschloss, erst mal Letzteres anzunehmen: Ein großer Block war aus der Kleinen Ostwand gebrochen und aufs Eis geknallt. Im Laufe der Jahre war er durch sein Gewicht im Eis eingesunken und jetzt dummerweise uns in den Weg geraten. Wir konnten mit einiger Wahrscheinlichkeit davon ausgehen, dass es sich bei der Form dieses Blockes um eine unregelmäßige handeln dürfte: Er war also vermutlich länger als breit und tief. Im Eis, das wie Sirup in Zeitlupe auf hohe Gewichte reagierte, würde dieser Block ziemlich schnell eine querliegende Position einnehmen. Wenn wir uns also um ihn herumgraben wollten, dann wären rechts oder links eher weniger erfolgversprechend. Drüber oder drunter waren die Alternativen. Drüber hinweg war natürlich die erste Wahl – wer will schon mehrmals pro Nacht unter so einem tonnenschweren Trumm herumkriechen müssen?

Es klappte nicht. Wir sprengten uns zwei Meter nach oben durch, aber da war kein Ende absehbar. Also abwärts. Und natürlich: Schon nach einem knappen Meter bildete der Fels eine Kante – und darunter ging es weiter nach Westen.

Also buddelten wir uns unten durch. Das war ein mehr als bescheidenes Gefühl, unter diesem hängenden Brocken Sprengzünder hochgehen zu lassen. Aber wir hatten ja keine Wahl ...

Als wir den tiefsten Punkt erreicht hatten, war es sechs Uhr am Morgen und unser Arbeitstag eigentlich zu Ende, aber wir beschlossen, noch zwei Stunden dranzuhängen. Die verwendeten wir, um eine schräge Rampe anzulegen, die von einem Scheitelpunkt bei etwa acht Meter in unserem Schacht nach unten führte, bis zum tiefsten Punkt unter dem Block. Auf der anderen Seite wollten wir dann wieder schräg nach oben graben. Den Abraum könnten wir bis unter den Block rutschen lassen, ihn von dort über die schiefe Ebene irgendwie nach oben bringen, um ihn dann wieder nach unten zur Wasserspülung im Eisschlauch zu befördern. Uns war klar, dass unser Arbeitsaufwand sich mit diesem Block vervielfacht hatte, aber wie so oft stellte sich auch hier heraus, dass nichts so schlimm ist, wie es auf den ersten Blick wirkt – wenn man einen hellen Kopf hat. Und den hatte in diesem Fall Jens, der rechtsradikale Feuerwehrmann aus Leipzig.

Er verschwand in Richtung Eisschlauch und kam nach zehn Minuten mit der Ösenplane zurück, auf der wir unsere Mittagspause hielten.

Ich fragte ihn, was er damit vorhätte, aber wie schon Hermann mit seiner Schneeschippe grinste er mich nur an. Als ich das Loch für die erste Sprengung unter dem Block bohrte, kam er hinter mir her und breitete die Plane auf dem Boden aus. Ich sprengte, hebelte und hackte das Eis heraus – und es fiel auf die Plane, die dann von Jens und Maik an zwei Seilen über die Schräge nach oben gezogen wurde. Die Seile hatte Jens so durch die Ösen geführt, dass sich beim Anziehen am unteren Ende der Plane eine Tasche bildete – dadurch rutschte der Abraum nicht nach unten heraus. Ich war beeindruckt, und das sagte ich ihm auch. Es war schön zu sehen, wie ihn das freute, diesen Ausländerclub-Verwüster.

Ich hatte mir auch was einfallen lassen. Allerdings ging es dabei nicht um Arbeitserleichterung, sondern um unsere Sicherheit: Ich klemmte den zweiten Tourenstock von dem Paar, mit dem Hermann seine Schneeschippe gebastelt hatte, zwischen dem Block und dem Boden unseres Stollens ein. Dort steckte er bis zum Teller im Eis, oben lag der Fels auf dem Griff. An den beiden Schraubsegmenten brachte ich je eine Markierung aus Duct-Tape an – jeweils einen Zentimeter unter der Verschraubung. Ich zeigte das den beiden: „Immer wieder mal hinsehen, ob die Abstände noch stimmen. Der Block wird sich im Lauf der Zeit schon etwas senken, aber sobald das mehr als ein, zwei Millimeter am Tag sein sollten, stimmt was nicht. Dann müssen wir aufpassen, dass die Falle nicht zuschnappt."

Und damit hatte diese Stelle ihren Namen weg: „Die Mausefalle" hieß sie ab jetzt.

Nach weiteren anderthalb Stunden unter dem Block und anderthalb Meter weiter hatten wir wieder Eis über uns. Damit ließen wir es gut sein. Es war halb zehn am Morgen, das Wasser begann in den Eisschlauch zu tröpfeln und wir – waren wieder mal fix und fertig.

***

Es war nicht einfach, für keinen von uns.

Was wir vor fünf Nächten mit dieser ersten Sprengkapsel angefangen hatten, war inzwischen zu einem Zwölf-Meter-Stollen gewachsen, der vom Boden des Eisschlauchs aus nach Westen zielte. Verglichen mit dem natürlich entstandenen

Eisschlauch mit seinen weichen Rundungen, Stegen und den wasserglatt polierten Wänden war unser ins Eis gesprengter und gehauener Schacht raues, grobes Menschenwerk.

Bei jedem Abstieg verhunzten wir die kristallene Schönheit des Eisschlauchs mit den Krallen unserer Steigeisen. Aber schon am Anfang der nächsten Schicht war nichts mehr davon zu sehen: Die Wasserpolitur des Tages schliff alle unsere Spuren aus dem Eis. So wurde uns die Grobheit und Unnatürlichkeit unseres Projekts bei jedem Schichtbeginn vor Augen geführt. Man bekam ziemlich schnell das Gefühl, hier etwas zu treiben, das einer Art Entweihung glich. Dass man hier nicht hergehörte, besser weggeblieben wäre.

Und natürlich verschmutzten wir das Eis. Während der Eisschlauch sich täglich selbst reinigte, bildete sich in der Mitte unseres Stollens im Laufe der Tage eine Spur von dem wenigen Erdreich, das wir zwischen den Profilsohlen unserer Bergstiefel in den Schacht schleppten. Und dieser Streifen war durchsetzt mit allem, was irgendwer irgendwann hatten fallen lassen: Streichhölzer, Zigarettenkippen, Papiertaschentücher, Verpackungsmüll – in den gelbbraunen Untergrund getrampelt und dort festgefroren.

Auch der Geruchssinn wurde ziemlich malträtiert. Da war einmal der ätzende Gestank der Sprenggase, die bei jeder Zündung in die stehende kalte Luft dampften. Dazu der Geruch ungewaschener, hart arbeitender Körper, von den sonstigen körperlichen Absonderungen ganz zu schweigen. Alles schien in der trägen Luft stundenlang stehen zu bleiben. Natürlich hatten wir schon am ersten Tag vereinbart, dass Pinkeln nur am Grund des Eisschlauchs erlaubt war, aber auch der Rest machte uns noch genug zu schaffen.

Nach der Arbeit ging das weiter: keine Dusche, keine frische Wäsche, keinerlei Intimsphäre, immer dieselben Gesichter. Die ganzen schlechten Angewohnheiten des Nachbarn, die man, ohne etwas zu sagen, ertragen musste.

Das zerrte an den Nerven, das schlug auf den Magen und terrorisierte die Sinne. Trotzdem kamen wir überraschend gut miteinander aus. Wir hatten eine Aufgabe, ein Ziel und vor allem: Wir waren uns relativ fremd, hatte einigen sozialen Abstand zueinander. Pöbeleien blieben die Ausnahme, Konflikte wurden mit Witzen, Ironie und Sarkasmus geerdet und abgeleitet. So kamen wir über die Runden.

Dann folgte die Nacht vom 14. auf den 15. Oktober, die letzte Nacht der zweiten Schicht, die letzte für Maik und Jens vor ihrem dreitägigen Urlaub. Schon am Boden des Eisschlauchs roch ich ihn, und er kam mit jedem Schritt näher: der Schrottplatz.

Unter der Mausefalle war es fast schon penetrant – wir mussten jetzt ganz nahe am Flugzeugrumpf dran sein. Offenbar hatte das Eis eine gewisse Durchlässigkeit für Gerüche, und vielleicht hatte der große Versturzblock bisher das meiste davon abgehalten. Vorerst aber mussten wir uns hinter dem Block wieder nach oben arbeiten. Die Idee von Jens mit der Plane war jetzt Gold wert: Damit hatte er den Mehraufwand bei der Abraumbeseitigung halbiert, vielleicht sogar gedrittelt.

Nach den ersten vier Stunden dieser Nacht waren wir ebenso viele Meter weitergekommen, zwei nach oben und zwei nach Westen. Vor allem aber konnte ich meine größte Befürchtung abhaken: dass der Block kein einzelner sei, sondern nur ein Teil eines größeren Bergsturzes, und wir hinter ihm auf weitere steinerne Hindernisse stoßen würden. Wir hatten wieder mal Glück, der Weg hinter der Mausefalle war frei.

Das Sprenggas war dann auch kaum noch in der Lage, den Schrottplatzgeruch zu übertünchen, als ich nach einer weiteren Sprengpatrone plötzlich etwas im Eis aufschimmern sah: ein, zwei Pickelschläge, und vor mir prasselte das Eis herunter, dahinter ragte eine merkwürdig verdrehte Form aus der Wand. Zuerst sah es aus wie das Blatt einer Topfpflanze, nur sehr viel größer. Außerdem war es nicht grün, sondern silbergrau – und es glänzte matt, wie Metall.

Und genau das war es. Mein Gehirn brauchte seine Zeit, um den Eindruck zu verarbeiten, das Gesehene zu vergleichen mit

Bildern von Artefakten, die ich im Gedächtnis gespeichert hatte. Aber plötzlich, nach ein paar Sekunden, wusste ich es: Das war einer der beiden Flügel eines Propellers aus Aluminium – gestaucht, verdreht, die Spitze nach hinten gebogen. Und das hieß: Der Rumpf lag hier, direkt vor mir, genau da, wo ich ihn mir hingedacht, hingeträumt hatte – so viele Monate lang.

Ich stand da, fassungslos staunend, den Pickel noch halb erhoben in der Hand. Noch vor zehn Sekunden war da eine blanke Eismauer gewesen – und jetzt...

Wenn man lange Zeit auf etwas hingearbeitet hat, von etwas geträumt hat, es herbeigesehnt hat, ist man doch oft frustriert, wenn man endlich am Ziel ist.

Das hier war etwas völlig anderes. Ich hatte mir keine Sekunde lang sicher sein können, dass der Flieger überhaupt an dieser Stelle im Eis lag. Natürlich, ich hatte ihn gesehen, ein paar Sekunden lang, vom Sicherungsplatz in der „Wiederroute" aus. Aber wie oft hatte ich in den vergangenen Monaten darüber gegrübelt, was ich da eigentlich gesehen haben wollte: einen Flugzeugrumpf? Eine merkwürdige Spiegelung im Eis? Einen Versturzblock wie den an der Mausefalle, der zufällig eine bestimmte Form hatte? Oder einfach nur: das, was ich zu der Zeit von dort oben eben hatte sehen wollen?

Das alles war jetzt erledigt, abgehakt. Da ragte, was alle meine Theorien bestätigte, nur einen halben Meter vor meiner Nase aus dem Eis. Ich konnte es anfassen, wenn ich wollte ...

Aber das tat ich nicht, anfassen war zu wenig. Ich hob meinen Pickel und schlug die gehärtete Haue gegen das Stück Dur-Aluminium, das da vor mir aus dem Eis stach. Ein gewaltiger Glockenton brauste in den Schacht, ein Ton wie aus einer der großen Schmieden der Industriellen Revolution. Unüberhörbar: Wir waren dran! Wir hatten es gefunden! Wir hatten es geschafft!

***

Noch bevor der Ton ganz verhallt war, hörte ich Stimmengewirr und Steigeisenkratzen hinter mir. Jens und Maik kamen mit großen Augen unter dem Block hervorgekrabbelt.

„Was war das für ein irres Geräusch?“, wollte Maik wissen.

Ich deutete stumm mit dem Pickelschaft auf das Luftschrauben-Blatt.

„Und was ist das?“, fragte Jens.

Ich sagte es ihm. Beiden fiel buchstäblich die Kinnlade herunter. Ich erklärte ihnen dann, dass die Ju 52 drei Motoren gehabt habe, auf jedem Flügel einen, den dritten in der Mitte des Rumpfes. Dass dies eines der beiden Alublätter der Luftschraube des mittleren Motors sei, das wohl beim Schlittern über das Eis nach hinten gebogen worden war. Dass wir genau an der Stelle rausgekommen seien, die ich hatte treffen wollen.

„Ich kann das selber kaum glauben – genau an der angepeilten Stelle ...“ Ich schüttelte den Kopf.

Die nächsten Minuten musste ich mehr Fragen beantworten, als mir lieb war: wie groß, wie lang, wie breit, wie schwer, wie viel Ladung ...

Ich antwortete, so gut ich konnte. Dann fragte Maik: „Weißt du, wie viele Menschen an Bord waren, als der Flieger runterkam?“

„Nein. Im Normalbetrieb gab es in diesen Maschinen zwei Piloten, bei weiten Strecken und besonderen Einsätzen war dann noch ein Mechaniker an Bord, der im Flug das Funkgerät bediente. Manchmal auch noch ein Navigator, aber eher selten. Insgesamt war die Ju 52 für zwanzig Menschen konzipiert – plus Fracht und Gepäck. Auf den Flügen aus dem Kessel von Stalingrad raus waren es aber oft auch doppelt so viele, habe ich gelesen.“

„Und wie geht’s jetzt weiter?“, wollte Jens wissen.

„Es ist so: Ich vermute, dass der Flieger notgelandet ist, weil er abgeschossen wurde. Ich gehe davon aus, dass der Pilot ihn runter aufs Eis gedrückt hat, wo es ihm wahrscheinlich erst mal das Fahrwerk weggerissen hat. Das war nicht die schlechteste Option: So konnte die Maschine schon mal keinen Kopfstand oder Überschlag hinlegen. Dann dürfte der Rumpf übers Eis geschlittert sein und kam am tiefsten Punkt auf dem Toteis zum Stehen."

Ich musste erst mal schlucken, als ich mich selber hörte, wie ich so beiläufig wiedergab, was mir seit Monaten im Kopf herumgegangen war.

„Wir pickeln uns jetzt rechts von dieser Luftschraube horizontal weiter. Ich möchte in der unmittelbaren Nähe dieses Motors keine Sprengkapseln zünden, da könnten noch Treibstoffreste drin sein. Wenn wir am Motor vorbei sind, geht's weiter wie bisher, bis wir auf dem Flügel stehen – falls der noch vorhanden sein sollte. Die Maschine war ein Tiefdecker, die Flügel müsste es also auch weggerissen haben. Wäre mir nicht unrecht, in den Flügeln waren die Tanks, sieben auf jeder Seite. Hinter dem Flügelansatz auf dieser Seite des Rumpfes müssten wir eine Tür finden. Da wollen wir hin."

„Was meinst du, werden da Leichen drin liegen?"

„Das weiß ich nicht. Aber einiges, was wir wissen, weist darauf hin, dass keiner der Insassen den Absturz überlebt hat."

Schweigend machten wir uns wieder an die Arbeit. Der Geruch nach Öl und angesengtem Gummi wurde immer stärker, je mehr wir vom Motor freilegten. Er war offenbar nach hinten geschlagen worden, ins Cockpit hinein – unmittelbar hinter der Luftschraube tauchten Alusprossen auf, in denen noch Plexiglas-Reste hingen. Die mussten von der großen verglasten Kanzel der Ju 52 stammen. Anders gesagt: Da fehlten rund zwei Meter. Beim Graben mogelte ich mich daran vorbei – es war gut möglich, dass die Piloten noch auf ihren Sitzen saßen, auf alle Zeiten festgenagelt von dem riesigen BMW-Sternmotor mit seinen neun großen Zylindern.

Direkt hinter den Resten der Kanzel stießen wir wieder auf dieses Aluwellblech, mit dem das ganze Flugzeug verkleidet war. Und die Wellen dieses Bleches stiegen auf, liefen leicht nach oben ... Das hieß, der Rumpf lag mit dem Vorderteil tiefer im Eis als mit dem Hinterteil – einen Meter, schätzte ich. Das kam uns sehr entgegen, denn unsere Tür befand sich demnach nicht unter unserem Gangniveau, sondern eher etwas höher. Das würde uns den Abtransport des abgeräumten Eises sehr erleichtern.

Zwei Stunden lang wechselten wir uns mit dem Pickeln gegenseitig ab, dann hätten wir wieder einen Schuss setzen können. Aber da war es dann schon halb acht am Morgen, also verschoben wir das auf die folgende Nacht und rückten ab.

***

Der Schichtwechsel war nun schon reine Routine. Wieder mal hatte ich zwei Mitarbeiter, die am liebsten auf ihre wohlverdiente Pause verzichtet und durchgearbeitet hätten. Und zwei neue, frische, die haarklein wissen wollten, was sie verpasst hatten.

Also holte ich meine Mappe mit den Plankopien und Fotos aus dem Rucksack und begann zu erklären: „Wir sind genau an der Stelle auf den Flieger gestoßen, die ich angepeilt hatte. Wir graben uns jetzt an der linken Flanke des Rumpfes lang – rechts aus unserer Sicht gesehen."

Die Jungs nickten und ich fuhr fort: „Das war übrigens ursprünglich mal ein Passagierflugzeug. Zwei Piloten, siebzehn Passagiere, ein Flugbegleiter. Ganz vorne und gut anderthalb Meter über dem Niveau der Fluggäste saßen im Cockpit die Piloten. Vor sich hatten sie eine riesige Windschutzscheibe, unterteilt durch Alusprossen. Hinter dem Cockpit gab es eine kleine Raucherabteilung mit vier Plätzen, dann kam eine Sperrholzwand mit Vorhang und anschließend der Passagierraum mit dreizehn Plätzen plus einem Notsitz für den Flugbegleiter. Hinter dem Klappsitz des Flugbegleiters ist eine schmale Tür, durch die man in die Toilette kommt. Von dort führt eine weitere Tür in den eigentlichen Gepäck- und Frachtraum des Flugzeugs."

Ich zeigte es ihnen auf dem Plan. „Als diese Flieger im Krieg zu reinen Frachtflugzeugen umgebaut wurden, hat man erst mal die ganze Innenverkleidung rausgerissen – aus Gewichtsgründen. Ganz vorne wurde eine größere Funkanlage eingebaut. Der Passagierraum wurde zum eigentlichen Frachtraum, die Fracht konnte an den nackten Spanten gut festgelascht werden. Die Abtrennung zur Toilette blieb meistens drin, der Raum dahinter wurde als weiterer Frachtraum genutzt. Die Tür, zu der wir uns durchgraben wollen, ist der ehemalige Passagierzustieg – etwa hundert mal hundertsechzig Zentimeter groß. Auf der anderen Seite war eine große, zweigeteilte Luke für das Gepäck. Aber es gab auch andere Umbauten: Manche Flugzeuge bekamen Ladeluken im Boden verpasst oder in der Decke, je nach Bedarf. Viele dieser Maschinen wurden zu behelfsmäßigen Kampffliegern umgebaut, zu Bombern oder Seeminenräumern und was weiß ich noch alles – aber das interessiert uns hier weniger."

„Also buddeln wir uns bis hinter den Flügel durch." Hermanns Finger glitt über das Foto. „Diese Passagiertür liegt doch um einiges tiefer als die Vorderkante des Flügels, stimmt's?"

„Ja, auf jeden Fall. Aber nicht aus unserer Sicht. Der Rumpf steckt steil genug im Eis, dass wir eher noch ein bisschen nach oben werden graben müssen, damit die Schwelle auf unser Gangniveau kommt. Doch das wird uns beim Abtransport des Abraums sehr nützlich sein."

„Wieso hängt der Rumpf eigentlich so schief im Eis?", fragte Jürgen.

„Das weiß ich auch nicht genau", musste ich zugeben. „Aber ich vermute, es war so: Das Eis verhält sich im Prinzip wie Wasser, wenn was Schweres drauffällt, dann geht es unter – allerdings unendlich langsam. Der Flieger ist also im Laufe der Jahre im Eis versunken, ganz, ganz langsam. An der Oberfläche war schon nach einigen Monaten nichts mehr von ihm zu sehen – er wurde eingeschneit. So wie es jetzt aussieht, ist er vorne schneller gesunken als hinten. Das könnte daran liegen, dass der Motor vorne sehr schwer ist und dem Flieger hinten wahrscheinlich das ganze Leitwerk abgerissen wurde."

„Woher wissen wir das?“, fragte wieder Hermann.

„Erfahrung. Das passiert fast immer, wenn ein Flugzeug eine harte Notlandung hinlegen muss: Die Flügel und das Heck werden abgerissen. Im Fall der Flügel ist das sogar gewollt, so wird man den gefährlichen Treibstoff los, wenn man ihn nicht schon vorher abgelassen hat. Bei der Ju dauerte das nur zwei Minuten, wenn sie vollgetankt war. Aber die hatte man halt oft nicht.“

***

Als wir in dieser Nacht an unserem unterirdischen Arbeitsplatz ankamen, ließ ich die beiden erst mal das Luftschraubenblatt und den Motor bewundern. Dann postierte ich Jürgen auf dem Gangscheitel vor dem Block, mit Hermann arbeitete ich mich weiter vor, und den Abraum schoben wir in das Loch unter der Mausefalle, wo er auf die Plane fiel, mit der Jürgen ihn herauszog und weiter Richtung Wasserspülung beförderte.

Ich hatte gedacht, dass wir schon an den großen Fenstern hinter dem Cockpit einen Blick ins Innere würden werfen können, aber das war ein Irrtum: Alle Fenster waren mit Alublechen und Nieten dichtgemacht.

Nach zwei Stunden und dem sechsten zugenieteten Fenster kamen wir an einen Spalt in der verzogenen Wellblechwand, an der wir uns entlangarbeiteten. Nach einer weiteren Stunde lag die Passagiertür vor uns: einen Meter breit, eins sechzig hoch. Auch das große Fenster in der Tür war zugenietet. Und vom Flügelansatz hatten wir gar nichts mitbekommen, der musste knapp unter uns im Eis liegen.

„Wir sprengen uns hier erst mal eine Kammer frei, so groß, dass wir die Tür vernünftig angehen können.“ Jürgen kam zu uns hoch, half mit und nach zwei weiteren Stunden war das erledigt. Die letzte Stunde unserer Schicht räumten wir das liegengebliebene Eis nach vorne – dann war es auch schon fünf Uhr dreißig und wir mussten aufhören, weil es nichts mehr zu tun gab.

„Mit der Tür könnten wir jetzt sowieso nichts anfangen, dazu brauchen wir Werkzeug, das noch im Lager liegt“, tröstete ich die beiden.

Alles war so weit im grünen Bereich. Die Stimmung war bestens, dasselbe konnte für die Atmosphäre gelten: Je größer unser Stollen wurde, desto besser verteilte sich das Sprenggas – wir nahmen es kaum noch zur Kenntnis. Der Block in der Mausefalle hatte sich zwar abwärts bewegt, aber auch das lag absolut im Rahmen: weniger als zwei Millimeter, seit ich den Tourenstock darunter geklemmt hatte.

***

Und wieder war eine Nacht zu Ende. Im frühen, grauen Dämmerlicht kletterten wir aus dem Eisschlauch, bauten Seil und Sicherung ab, stiegen das Kar abwärts in Richtung unseres Lagers. Plötzlich klackte Jürgen, der vor mir ging, ein Stein auf den Helm. Er drehte sich um, sah mich fragend an – da kam die nächste Ladung runter: eine Handvoll Kies prasselte vor uns auf den Fels. Dabei dachte ich mir noch nicht viel – die Ostwand lädt immer mal wieder etwas Last ab. Aber dann folgte noch ein Schwung größerer Steine, und wir mussten runter von unserem Weg und in Deckung gehen.

„Was ist denn da oben los?“, fragte Hermann.

„Da sind Leute auf dem Grat unterwegs“, antwortete ich ihm. „Könnten auch Gämsen sein, aber das glaube ich nicht.“

„Und wie kommt jemand so früh am Morgen dort hinauf?“

„Auf dem Hocheck gibt es eine winzige Hütte, für Notfälle, falls mal jemand auf dem Gipfel oder dem Grat in Schwierigkeiten gerät. Manchmal biwakieren dort aber auch Leute, die sich das Geld für die Übernachtung im Watzmannhaus sparen wollen. Wird nicht gerne gesehen von der Parkverwaltung, aber die kann nicht viel dagegen machen.“

Wir waren noch knapp einhundert Meter von unserem Lager entfernt, als ich weiter unten im Kar zwei zuckende Lichter auftauchen sah. Das allerdings riss mich aus meiner Ruhe.

Steine von oben und Lichter von unten: Sofort machte sich das Gefühl breit, eingekreist zu sein.

„Da stimmt doch was nicht", sagte Hermann leise.

„Ja", antwortete ich, „das können wir nicht ignorieren." Ich dachte nach: „Frühstück ist abgesagt. Wir gehen jetzt so leise wie möglich zu unserem Lager, stopfen alles, was da rumliegt, in die grauen Müllsäcke und verstauen die ganz hinten im Riss. Dann steigen wir noch ein paar Meter ab und suchen uns ein Versteck, möglichst weit von der Aufstiegsroute entfernt."

Wir schlichen nach unten. Das Lager hatten wir nach zehn Minuten geräumt, noch mal zwanzig Minuten später fanden wir am Fuß der überhängenden Wand eine Nische, die Deckung nach allen Seiten bot. Dort ließ ich die Jungs zurück, zog mir meine unauffälligen Klamotten an, schnappte mir den Proviant-Rucksack, den wir im Schacht dabeigehabt hatten, und fertig war der Bergwanderer. Ich machte mich auf den Weg Richtung Baumgrenze, dabei vermied ich jedes laute Geräusch. Ich wollte mir die beiden Leute, zu denen die Stirnlampenlichter im unteren Kar gehörten, etwas genauer ansehen.

Ich schaffte es, ungesehen und ungehört an ihnen vorbeizukommen, drehte um und folgte ihnen. Als sie in Sichtweite waren – inzwischen war es fast hell geworden – stieß ich absichtlich ein paar Steine aus dem Weg. Sofort drehten sie sich um. Ich winkte ihnen zu, sie warteten auf mich, nach zwei Minuten hatte ich sie eingeholt. Zwei Männer, etwa in meinem Alter. Einer glattrasiert, mit einem großen Funkgerät am Riemen, der andere mit einem dichten Vollbart. Bergwachtler, der Aufschrift auf den Parkas nach. Das gefiel mir gar nicht.

„Bist aber früh unterwegs", grüßte mich der eine.

„Ja, was soll man machen, wenn man nicht im Pulk wandern will", grinste ich. „Da packt man halt das Frühstück ein und schleicht sich um fünf in der Früh aus dem Matratzenlager."

„Recht so", sagte der andere. „Gibt ja nichts Schöneres als den frühen Morgen hier heroben."

„Und was treibt euch um?", fragte ich. „Ist was passiert? Kann man helfen?"

„Eher nicht", antwortete der Erste. „Ein paar junge Burschen sind gestern Früh in den Kederbacherweg eingestiegen."

Er wandte sich wieder dem Steig zu, sprach im Gehen weiter: „Die sind irgendwo falsch abgebogen, haben sich verhauen, jetzt können sie weder vor noch zurück, aber in der Nacht sind sie mit ihrem Handy durchgekommen."

„Und wo genau stecken die?", fragte ich, sehr erleichtert, dass ihr Interesse nicht uns galt.

„Kennst' dich aus in der Ostwand?", fragte der Zweite, der mit dem prächtigen Bart.

Ich nickte.

„Also, wir glauben, dass die am Zellerloch falsch gegangen sind. Dann müssten sie jetzt in ziemlich steilem Gelände festsitzen."

Ich dachte kurz nach: „Ja, wenn sie nach dem Zellerloch dem Riss nach rechts oben gefolgt sind, statt nach links auf das dritte Band zu queren, dann sitzen sie in der Falllinie vom Gipfel." Damit war ich bei den beiden als Kenner der Wand eingeführt und akzeptiert. „Und wie wollt ihr die dort rausholen?"

„Heut Früh um drei ist ein kleiner Trupp vom Watzmannhaus zum Hocheck aufgestiegen. Sobald es hell genug war, sind die über den Grat weiter zur Mittelspitze."

Das war der Steinschlag gewesen, den wir abbekommen hatten.

„Wir denken auch, dass die irgendwo unterhalb des Gipfels zu finden sein müssten, aber von oben sind sie dann nicht zu sehen, wegen der breiten Bänder. Wir beide wollen von der Scharte aus die Wand absuchen. Sobald wir sie ausgemacht haben, entscheiden wir, ob einer von oben zu ihnen runterseilt, oder ob wir gleich den Heli rufen."

„Geht denn das, vom Wetter her?", fragte ich.

„Deshalb fahren wir ja zweigleisig", antwortete er. „Für heut Vormittag ist starker Wind angesagt. Das mögen die Piloten nicht, so dicht am Fels."

Während dieser Unterhaltung überstiegen wir unser Lager, das etwa dreihundert Meter rechts der Route lag. Am liebsten hätte ich mich jetzt von den beiden wackeren Bergwachtlern verabschiedet – ich hatte eine harte Nacht hinter mir, nichts gefrühstückt, und meine Jungs warteten sicher ungeduldig auf meine Rückkehr. Aber so ließ sich das nicht machen, das würde den beiden auffallen, wenn ich jetzt einfach umdrehte, nachdem ich so viel Interesse gezeigt hatte. Also stieg ich weiter auf mit ihnen.

Eine knappe Stunde später, gegen sieben, erreichten wir die Scharte im Kar, von der aus man einen ungehinderten Blick in die Ostwand hat. Dort rissen uns vom See hochjagende Böen fast von den Beinen – ganz klar, dass bei solchen Bedingungen eine Hubschrauberrettung nicht in Betracht kam.

Dafür entdeckten wir die festsitzende Gruppe fast sofort: der einzig bunte Fleck in der riesigen grauen Wand. Sie steckten im senkrechten Fels am Ende des fünften Bandes knapp unter 2200 Meter fest. Also rund hundertfünzig Meter unter uns und etwas mehr als dreihundertfünfzig Meter unter dem Gipfelgrat. Offenbar hingen sie mehr in der Wand, als dass sie standen.

Der Bärtige sah sich das durchs Fernglas an, holte tief Luft und brüllte hinüber: „Hallo! Wie geht's euch? Jemand verletzt?“

Einer drehte sich überrascht zu uns um, rief nach einer Schrecksekunde zurück: „Keine Verletzten!“

„Das ist ja schon mal was“, sagte der mit dem Funkgerät. „Frag die doch mal, warum sie nicht einfach abseilen, zurück auf den Kederbacher Weg, das sind doch nur zwei, drei Seillängen.“

Was der bärtige Kollege mit seiner mächtigen Stimme sofort erledigte.

Die dünne, vom Wind verblasene Antwort verblüffte uns einigermaßen: „Kein Seil!“ Dazu machte er mit dem Arm eine Bewegung von oben nach unten, wies mit der Hand in die Tiefe.

„Die haben ihr Seil verloren“, sagte der Bärtige. „Runtergefallen?“ Er schüttelte ungläubig den Kopf.

„Wollt ihr wissen, was ich denke?“, fragte ich. „Die haben sich am Zellerloch verhauen, sind rechts hochgeklettert, statt links aufs dritte Band zu queren. Als sie nicht mehr weiter konnten, sind sie aufs fünfte Band gestiegen, wo sie am Ende aber genauso festsaßen. Dort wollten sie abseilen – und dann war das Seil weg. “

Der Bärtige nickte, dann sagte er: „Ja, so könnt man sich das vorstellen. Den Umgang mit dem Seil lernt man halt nicht in der Kletterhalle.“

„Und was mach mer jetzt mit denen?“, fragte genervt sein Kollege.

Der Bärtige brüllte wieder los: „Könnt ihr’s noch ein paar Stunden aushalten? Seid’s ihr gut gesichert?“

„Schon“, kam es schwach zurück. „Uns ist halt saukalt!“

„G’schieht euch recht“, brummte der mit dem Funkgerät. Dann ging er ein paar Schritte zur Seite und ließ sich das Wetter für den kommenden Tag durchgeben.

„Pass auf, Sepp“, wandte er sich an seinen Kollegen, als er fertig war, „ich seh nicht ein, dass unsere Burschen jetzt die große Seilwinde auf den Grat schleppen – das ist doch eine Sau-Plagerei. Die vom Wetter sagen, dass es den ganzen Tag schön bleibt und der Wind zum Mittag hin auf jeden Fall abnimmt. Dann soll der Heli die am langen Seil rausholen, oder? Was meinst?“

„Grad so mach mer des“, antwortete sein Kollege.

Ich verabschiedete mich von den beiden. Als sie wissen wollten, was ich noch vorhätte, sagte ich grinsend: „Keine Angst, ich mach euch keine Scherereien. Ich geh jetzt rüber zum Watzmannhaus, zum zweiten Frühstück. Danach gehts auf die Mittelspitze, und am Abend steig ich zum Königssee ab. Morgen Früh sitz ich wieder am Schreibtisch.“

Den ganzen Weg runter machte ich mir heftige Vorwürfe, dass ich die beiden netten Typen so unverschämt angelogen hatte. Aber so ist das halt: Wenn man mit dem Lügen erst mal angefangen hat ...

Eine Dreiviertelstunde später war ich wieder bei meinem Trupp. Die Jungs lagen in der Auswaschung und pennten. Am liebsten hätte ich mich dazugelegt, aber das konnten wir auch bequemer haben. Ich weckte sie, und leise, leise machten wir uns wieder auf den Weg zurück zu unserem Lager. Mit drei Stunden Verspätung gab es Frühstück, dabei erzählte ich ihnen, was los gewesen war. Danach wurden die Schlafsäcke ausgerollt.

Hermann und Jürgen flüsterten nach dem Essen noch lange miteinander, aber ich kippte weg, kaum dass ich meine Ration intus hatte. Das war meine siebte Nacht hier oben gewesen, und so langsam spürte ich eine Erschöpfung, die mit Schlaf nicht mehr kompensiert werden konnte. Ich brauchte auch bald mal eine Auszeit, und zwar dringend...

Hubschrauberlärm weckte mich gegen 14 Uhr wieder auf – da wurden jetzt unsere verunglückten Erstbegeher aus der Wand gepflückt. Ein paar Minuten lauschte ich angestrengt: Der Lärm kam aus der richtigen Richtung, aus der richtigen Distanz, und er näherte sich auch nicht. Ich drehte mich um und schlief weiter.

***

In der darauffolgenden Nacht rückten wir mit schwerem Werkzeug an: ein Nageleisen – „nein, das ist eine Brechstange" (Jürgen) – „Blödsinn, das heißt Kuhfuß" (Hermann). Dazu ein Fäustel, zwei Meißel und mehrere Durchschläge. Ich hatte den beiden erklärt, dass der Rumpf voraussichtlich bis zur Decke mit Eis gefüllt sein würde, dass dieses Eis sich gut angepasst abgelagert hätte, also in jeder Vertiefung und jedem Hohlraum der Innenseite der Tür zu finden sein würde. Dass es deshalb ein hartes Stück Arbeit werden könnte, diese Tür aufzubekommen. Und so war es dann auch...

Der versenkbare Drehverschluss ließ sich schon mal keinen Millimeter weit bewegen. Ich nahm also Hammer und Meißel und schlug damit ganz einfach die beiden außenliegenden Scharniere ab.

„Im Notfall konnte man die Tür auch abwerfen", erklärte ich, „aber der Auslöser dafür sitzt natürlich innen. An den kommen wir leider nicht ran."

Dann arbeiteten wir abwechselnd mit der Brechstange, dem Nageleisen oder Kuhfuß an den Rändern der Tür – aber wir erreichten nicht viel mehr, als dass wir Metall verbogen.

Hermann meinte, dass sie sich im oberen Drittel etwas nachgiebiger anfühlte, aber auch das brachte uns nicht weiter.

Jürgen hatte eine Idee: „Wenn sie vom Eis festgehalten wird, dann könnten wir dem doch mit einer Sprengpatrone zu Leibe rücken."

„Und wie sollen wir die ins Eis kriegen, durch die Tür hindurch?", fragte Hermann.

„Das ist kein Problem", sagte ich. „Die Tür besteht doch nur aus Dural, da schlagen wir einfach ein Loch durch, mit dem Spitzmeißel. Dann bohren wir das Loch für die Patrone wie gehabt ins Eis – aber das mach ich alleine. Ihr geht so lange in den Gang vor der Mausefalle."

„Wieso jetzt das?", wollte Hermann wissen.

„Ich weiß nicht, was da drin ist. Die könnten Sprengstoff im Flieger gehabt haben, vielleicht geht der mit hoch. Dann muss es ja nicht gerade alle auf einmal erwischen."

Jürgen war sofort einverstanden. Als er schon unter dem Block verschwunden war, nahm mich Hermann am Arm: „Du denkst, die könnten an der Tür eine Sprengfalle angebracht haben?"

„Ich glaube das nicht, aber wer weiß ..."

Er nickte, grinste, boxte mich leicht mit der geballten Faust gegen die Schulter: „Pass bloß auf, du wirst noch gebraucht."

Dann war er auch weg.

Ich machte kurzen Prozess: Um eine bessere Hebelwirkung zu bekommen, setzte ich den Meißel im unteren Drittel der Tür an. Das war auch angenehm weit weg vom Verschluss – ich dachte mir, wenn sie eine Falle eingebaut hätten, dann am

Verschluss. Dann hieb ich drauf, bis der Meißel zur Hälfte im Metall verschwunden war. Ich leierte ihn wieder heraus, setzte unsere bewährte Bohrwinde an und bohrte durch die Tür das Loch ins Eis. Der Rest war Routine.

Nach dem Schuss, als die beiden wieder zu mir gestoßen waren, hebelten wir noch ein paar Minuten an der Tür herum, dann gab sie mit einem Mal jeden Widerstand auf und kam uns entgegen.

Zu dritt hoben wir sie aus dem Rumpf und lehnten sie an die gegenüberliegende Wand unserer Kammer. Und dann registrierten wir, weshalb die Tür im oberen Drittel beweglicher gewesen war als unten: Das Eis füllte den Rumpf vor uns nur etwa einen dreiviertel Meter hoch, der obere Teil lag frei vor uns!

„Schau dir das an!“, rief Jürgen. „Fünf, sechs Schüsse und die Kiste ist leer! Das ist ja viel einfacher, als wir gedacht haben!“

„Und was ist das da drüben, links an der Strebe?“, fragte ich ihn.

Meine Frage wischte ihm das Grinsen aus dem Gesicht. Aus dem Eis ragte der obere Teil einer Art Drahtgestell. Darauf waren fünf Gegenstände geschnallt, die verdächtig nach Granaten aussahen – jedenfalls für mich.

„Scheiße noch mal, das ist Panzerfaustmunition“, fluchte Hermann. „In einem Tragegestell.“

„Und was heißt das jetzt für uns?“

„Das heißt, dass wir sehr vorsichtig sein müssen“, antwortete ich. „Wer weiß, was da noch rumliegt...“

„Also von Hand rauspickeln, wie die Archäologen?“, fragte Hermann.

„Eben nicht“, antwortete ich. „Wenn du dabei danebenhaust, hast du – und die Leute neben dir – einen Freiflugschein. Ich würde sagen, wir sprengen weiterhin, aber wir brauchen mehr Abstand beim Zünden.“

„Und das bedeutet?“, fragte Jürgen.

„Wir brauchen ein längeres Zündkabel.“

„Und so eins hast du zufällig in deinem Rucksack?"
„Nein, hab ich nicht..."
„Dann müssen wir das besorgen", resümierte Hermann. „Wie viele Meter brauchen wir, was meinst du?"
„Ich müsste die Sprengungen auf dem Gangscheitel zünden können, also vor der Mausefalle, das wäre das Sicherste. Aber mit einem längeren Kabel ist das nicht getan. Das hat einen zu hohen Widerstand, mit diesen kleinen Neun-Volt-Batterien geht das bestimmt nicht."
„Autobatterie? Zwölf Volt?", fragte Jürgen.
„Nein, die hält in dieser Kälte keine paar Stunden durch", erwiderte Hermann. „Was wir brauchen, ist eine Zündmaschine, mit einem Kurbelgenerator."
„Und die bekommt man wo?"
„So was gibt's in jedem zweiten Military-Shop – natürlich unterm Ladentisch."
„Okay, Hermann, traust du dir zu, so etwas zu besorgen?"
„Ja klar. Vesna soll mir ihre Karre leihen, ich fahr morgen Früh los und bin am Nachmittag oder Abend zurück."

***

Also stiegen wir ab, und zwar alle. Ich hatte mir kurz überlegt, mit Jürgen oben zu bleiben, aber was hätten wir tun können? Und auf diese Art bekam ich meine dringend benötigte Auszeit einen Tag früher als geplant – ich hatte nichts dagegen. Nach acht Nächten ging ich eh schon fast auf dem Zahnfleisch.

Wir stiegen gegen fünf, nach einem hastigen Frühstück und nachdem wir das Lager aufgeräumt hatten, zur Kührointalm runter und an ihr vorbei zur Archenkanzel. Von dort erhielt Vesna einen Anruf und einen Abholauftrag zum Frühstück. Sie versprach, sofort loszufahren – und rollte auf den Parkplatz, kaum dass wir unsere Rucksäcke abgesetzt hatten.

Sie fuhr uns zurück zur Jagdhütte, und nach einer Tasse Kaffee und einigem Trara war sie bereit, Hermann ihren Bus zu überlassen.

Nachdem das geklärt war, duschte ich erst mal. Dann setzte ich mich mit der nächsten Tasse Kaffee vor die Hütte und machte mir Notizen. Vesna kam auch heraus, setzte sich zu mir und fragte, wie es im Kar gelaufen sei.

„Wir haben das Wrack gefunden, aber das haben dir Maik und Jens sicher schon erzählt. Und auch noch genau da, wo ich es erwischen wollte – ich kann das immer noch nicht richtig fassen."

Ich merkte, dass sie an meinen Lippen hing, also erzählte ich noch etwas ausführlicher. Dann instruierte ich sie: „Wir bleiben jetzt zwei Tage unten, dann gehe ich mit drei von den Jungen wieder hoch. Den vierten schickst du mir dann zwei Tage später rauf. Ab da macht jeder, der runterkommt, zwei Tage frei und kehrt dann wieder zurück. Mit so viel Proviant, wie er tragen kann."

„Und was schätzt du, wie lange werdet ihr noch brauchen?"

„Von nun an geht's schneller. Die Frachtraumtür ist offen, wir sind drin in der Kiste. Jetzt werden wir anfangen, das Eis aus dem Flieger zu räumen. Wir müssen da aus verschiedenen Gründen sehr vorsichtig sein – auch, damit wir nichts zerstören. Und dann … Ich weiß nicht, hängt ganz davon ab, was wir vorfinden."

„Na, dann gratuliere ich dir zu deinem Erfolg." Sie hielt mir lächelnd die Hand hin. Ich schlug ein.

„Übrigens werde ich mal ausführlicher mit Zuhause telefonieren müssen", setzte ich noch dazu. „Fährst du morgen Vormittag zum Einkaufen und könntest mich nach Berchtesgaden mitnehmen?"

„Ja, kein Problem. Wann wär's dir recht?"

Wir verabredeten uns um neun Uhr. Dann kam Eichstrich aus der Hütte, er hatte das Wichtigste schon von Jürgen erfahren, wollte es aber auch noch mal von mir erzählt bekommen. Ich sah inzwischen schon doppelt vor Müdigkeit, aber man darf seine Hilfstruppen nicht vernachlässigen. Und kaum hatte ich begonnen, kam Maik mit Töle um die Ecke, er hatte mit dem Hund einen Spaziergang gemacht. Also konnte ich noch mal von vorne anfangen ...

Ich leerte meine Tasse und bestand auf einer dritten. Als ich die in der Hand hatte, sagte ich: „Es waren mal sieben Irre und ein Hund, die hatten sich in den Kopf gesetzt, im Gebirge einen Schatz zu heben. Damit das nicht zu einfach würde, beschlossen sie, der Topf voll Gold müsse tief in einem gefrorenen See liegen."

An dieser Stelle wurden mir Prügel angedroht, also fing ich noch mal von vorne an ...

***

Am nächsten Vormittag stand ich gegen zehn in einer Telefonzelle am Bahnhof von Berchtesgaden. Bei Walter meldete sich der AB, mit einer Handynummer, die man im Notfall anrufen könne. Also machte ich das. Er nahm schon nach dem zweiten Klingeln ab.

„Wo bist du? Wir sollten uns treffen, glaube ich."

„Das ist ein Problem. Ich bin in Berchtesgaden, aber mein Trupp erwartet mich heute Abend zurück."

„Das geht schon", sagte er, „ich bin nämlich auch hier, in Berchtesgaden, meine ich. Oben im Ort, in einer Pension, in der Angergasse."

„Echt? Na, das haut mich jetzt um. Dann komme ich rauf zu dir, in zwanzig Minuten bin ich da."

Ich überquerte die Geleise auf der Fußgängerbrücke und stieg hoch in die Altstadt. Und dort traf ich ihn. Er freute sich offensichtlich, mich zu sehen, aber ich merkte auch, dass er ziemlich angespannt war.

„Also, was liegt an?", fragte ich.

„Nicht hier", sagte er, „gehen wir in mein Zimmer."

Er hatte ein kleines Zimmer mit Blick auf den Watzmann. Dort kam er sofort zur Sache: „Du kannst dir denken, dass ich weiterrecherchiert habe. Mein Hauptaugenmerk habe ich dabei darauf gelegt, was dieser Flieger geladen haben könnte – entlang unseren Annahmen von wegen Göring und den Verhandlungen, die er mit den Amerikanern führen wollte. Dabei bin ich auf Ungereimtheiten gestoßen, die mich etwas nervös machen, um es vorsichtig auszudrücken. Deshalb bin ich vor zwei Tagen hierhergefahren, um präsent zu sein, falls du dich meldest."

„Okay, lass hören. Das interessiert mich sehr."

„Ich habe mich erst mal auf diesen Wunderwaffen-Komplex konzentriert. Wenn man sich damit beschäftigt, stößt man früher oder später auf wilde Gerüchte und Mutmaßungen zum Stand der Atomforschung im Dritten Reich. Die offizielle Geschichtsschreibung geht in die Richtung, dass die Deutschen nicht direkt im Bereich waffentechnischer Nutzung geforscht hätten, sondern versuchten, einen Reaktor zu bauen, der dann waffenfähiges Plutonium erbrüten sollte. Und am Ende des Weltkriegs hätten sie lediglich über einen nicht betriebsbereiten Klein-Reaktor verfügt. Allerdings findet man auch genug Hinweise auf geheime Versuche in waffentechnischer Richtung unter der Leitung des Oberkommandos des Heeres. Dabei fallen Namen wie Harteck, Groth und vor allem Diebner – und die waren allesamt Sprengstoffexperten. Dieser Harteck hat zusammen mit Groth schon Anfang 1939 einen Bericht für das Reichswehrministerium verfasst, in dem sie zu dem Schluss kommen, dass … Moment."

Er nahm ein Buch, das auf dem Tisch lag, blätterte kurz und las dann vor: „‚Dass die neusten Entwicklungen aus der Kernphysik einen Sprengstoff ermöglichen könnten, der die Wirkung konventioneller Sprengstoffe um ein Vielfaches übertreffen würde.' Diebner meldete das weiter und wurde einen Monat später zum Leiter einer neu eingerichteten Kernforschungsabteilung im Heereswaffenamt ernannt. Und seine erste Amtshandlung bestand darin, alles, was mit Kernspaltung und Atombomben zu tun hatte, als streng geheim einzustufen."

„Und du befürchtest jetzt, dass wir in unserem Flieger eine Atombombe finden könnten?" Ich musste lächeln.

„Nein, ganz bestimmt nicht", sagte er mit großem Nachdruck. „Denn eines ist so sicher wie das Amen in der Kirche: Hätte Hitler im Frühjahr 45 eine solche Waffe in Reichweite gehabt, dann hätte er sie benutzt. Und unsere Welt würde heute völlig anders aussehen."

Er ließ das wirken, bevor er fortfuhr: „Es geht um etwas ganz anderes. Grundsätzlich gesagt gibt es zwei Stoffe, mit denen man eine funktionierende Atombombe bauen kann: Plutonium und Uran 235. Um das künstliche Element Plutonium zu erzeugen, muss man einen Atomreaktor bauen und ihn längere Zeit laufen lassen – das Plutonium entsteht beim Zerfall des Urans. Uran 235 ist ein natürlich vorkommendes Element, aber es ist sehr, sehr selten. Nur rund sieben Gramm dieses Stoffes finden sich in einem Kilo Natururan. Die einzige Möglichkeit, an ausreichende Mengen zu kommen, besteht darin, das U-235 vom Natururan zu trennen – das nennt man Anreicherung, hast du bestimmt schon mal gehört. Und auch das war in den 1940er Jahren kaum zu schaffen, jedenfalls ist das die gängige Meinung."

„Klingt plausibel", warf ich ein.

„Es kommt aber noch etwas anderes dazu: Eine Bombe, die mit Plutonium funktioniert, ist ein Stück hochkomplizierte Technik. Zu einer U-235-Bombe verhält sich das wie ein Sportwagen zu einem Fahrrad. Das war auch das Dilemma der Forscher in den USA: Sie wollten eine Uran-235-Bombe bauen, aber sie wussten, dass die Anreicherung ein schwieriges und vor allem zeitraubendes Verfahren war. Also gingen sie beide Wege: Anreicherung sowie Bau eines Reaktors, der Plutonium erbrütet. Es gibt viele Quellen, die darauf hinweisen, dass die Deutschen genau dasselbe machten."

„Gut", sagte ich, „dieses Uran 235, das nennt man waffenfähiges Uran, richtig?"

„Ja."

„Du nimmst also an, dass die Deutschen eventuell waffenfähiges Uran angereichert hätten. Und dass wir in unserem Flieger auf Proben davon stoßen könnten – immerhin haben wir diese Fotografie von diesem Versuchstisch gefunden ..."

„Genau. Jetzt kommt nur noch eines dazu: Die Hiroshima-Bombe der Amerikaner war geladen mit 64 Kilo Uran, angereichert auf einen Wert von achtzig Prozent. Die Bombe hatte eine Sprengkraft von etwa 13.000 Tonnen TNT. 90.000 Menschen starben unmittelbar an den Folgen der Explosion der Bombe. Wie man heute weiß, hat von diesen 64 Kilo Uran aber nur weniger als ein Kilo überhaupt reagiert. Das heißt: Wenn man es richtig anfängt, kann man heutzutage eine Bombe gleicher Sprengkraft mit weniger als einem Kilo U-235 bauen."

Ich hielt erst mal die Klappe. Dann fragte ich sicherheitshalber noch einmal nach: „Du meinst also, selbst wenn sich an Bord dieses Flugzeugs nur geringe Mengen dieses Stoffes befinden, genügt das, um eine kaum vorstellbare Waffe zu bauen? Die eine Sprengkraft hat, die in Kilotonnen TNT gerechnet werden muss?"

„Genau darum geht's. Und du weißt ja, welchen Beschäftigungen der Typ nachgeht, der dieses Unternehmen finanziert."

Wie hatte Eichstrich das seinerzeit gesagt? Nutten, Drogen, Waffen?

Natürlich war ich erst mal geplättet. „Was für Hinweise hast du für deine Annahmen – ich meine, dass die Nazis Uran angereichert hätten?"

„Dutzende. Da gab es neben der Forschung zum Bau eines Reaktors noch dieses Forschungsprojekt des Heereswaffenamtes – wie gesagt, geleitet von ausgesprochenen Sprengstoffexperten. Und dann sprechen die Verteilungskämpfe zwischen den verschiedenen Stellen und Forschungseinrichtungen ums vorhandene Uran eine deutliche Sprache – und vor allem, wie sie entschieden wurden. Nach dem Einmarsch in Paris, im Juni 1940, haben die Nazis sofort einen im Bau befindlichen Teilchenbeschleuniger beschlagnahmt und eine Gruppe von Wissenschaftlern beauftragt, ihn fertigzubauen. 1943 wurde in Miersdorf ein weiterer Teilchenbeschleuniger in Betrieb genommen. Und nach dem Krieg wurde auf einem Luftwaffenstützpunkt bei Bad Saarow ein Ringbunker gefunden, in dem möglicherweise ein Isotopenseparator in Betrieb war – allerdings in großtechnischer Ausführung, verglichen mit den Geräten in Paris und Miersdorf."

Er machte eine Pause, und ich sagte: „Das war's jetzt hoffentlich?"

„Nein, es kommt noch besser: Die Amerikaner haben in einem Salzbergwerk bei Staßfurt in Sachsen-Anhalt mehr als eintausend Tonnen Uranerz und Uranoxyd sichergestellt. Jahre später hieß es dann, zumindest ein Teil des U-235 der Hiroshima-Bombe stamme aus diesem Fund – aber angereichert hätten es natürlich die Amerikaner. Interessant ist, dass zwischen der Entdeckung dieses Uranlagers und dem Abwurf der Hiroshima-Bombe nur knapp sieben Wochen vergingen ... Ich könnte noch weitermachen, aber das sollte eigentlich genügen. Eines vielleicht noch, nur so am Rande: Die Russen behaupten heute, sie hätten in Archiven Unterlagen gefunden, die belegen würden, dass ein deutscher Wissenschaftler schon 1941 einen Patentantrag für die Konstruktion einer Atombombe gestellt hätte – Carl Friedrich von Weizsäcker soll das gewesen sein."

„Eine tolle Recherche! Aber was für Schlüsse ziehst du daraus?"

„Es besteht die Möglichkeit, dass im Deutschen Reich Uran angereichert wurde. Wenn das so war, dann hatte Göring Kenntnis davon – schließlich lief das technische Verfahren dazu in seinem Zuständigkeitsbereich ab. Und dann können wir sicher sein, dass er diese Karte ausspielen wollte, wenn er mit den Amerikanern um einen ‚ehrenhaften Frieden' feilschte. Fazit: Wir müssen damit rechnen, dass in der Ju 52 im Eis zumindest Proben von angereichertem Uran transportiert wurden."

„Aber Historiker und Wissenschaftler von heute sagen, dass in Deutschland niemals Uran angereichert worden sei. Das ist zumindest die offizielle Version, richtig?"

„Ja und nein. Bisher war das so. Seit Kurzem hat sich der offizielle Sprachgebrauch allerdings leicht verändert. Jetzt heißt es: Es kam in Deutschland nie zur Isotopentrennung in größerem Stil."

„Aber das sind doch alles nur Mutmaßungen – oder?" Ich sah ihm an, dass er noch was auf der Pfanne hatte.

„Na ja, ich hab dir doch erzählt, wie mein Freund, der Physiker, reagiert hat, als ich ihm das Foto von diesem Experimentiertisch gezeigt habe, erinnerst du dich? Dass er sofort mit Hahn und Meitner rübergekommen ist, dann aber unsicher wurde? Vor ein paar Tagen hab ich eine Mail von ihm erhalten. Darin steht, dass er der Ansicht sei, es handle sich bei dem Aufbau um etwas, was nach dem Krieg als das ‚Drachenschwanz-Experiment' bekannt geworden sei. Das sei nur nicht sofort ersichtlich gewesen, weil auf dem Tisch auch noch eine Menge Gerätschaften herumstünden, die man dazu nicht brauchen würde. Und dieses berüchtigte Drachenschwanz-Experiment sei eigentlich nur sinnvoll, wenn es sich bei dem getesteten Material um waffenfähiges Uran handeln würde ..."

„Und was soll das mit dem Drachenschwanz?"

„Dieser Versuchsaufbau diente zur Bestimmung der kritischen Masse einer Ladung für eine Atombombe. Man bewegte zwei Neutronenreflektoren von rechts und links auf einen Kern aus Plutonium oder U-235 zu. Dabei wurde die Zunahme der Aktivität beobachtet, gemessen mit Zählrohren nach Geiger-Müller, das sind diese Röhren da auf dem Tisch. Die zwei Halbkugeln benutzte man als Reflektoren. Einer der Wissenschaftler im Atombombenprojekt der Amerikaner, Louis Slotin hieß der, hat es dabei zu einiger Berühmtheit gebracht: Er nannte dieses Verfahren ‚den Drachen am Schwanz kitzeln'. Eines Tages sollte er das ein paar Besuchern vorführen. Normalerweise setzte er dabei ein Distanzstück ein, das verhindern sollte, dass die beiden Reflektoren dem Kern zu nahe kommen – aber das hat er an diesem Tag verlegt. Also improvisiert er mit einem Schraubenzieher. Der rutscht ab, die beiden Reflektoren kommen dem Kern zu nahe, und eine unkontrollierte Kettenreaktion setzt ein. Er reißt die beiden Reflektoren mit den bloßen Händen auseinander, um noch Schlimmeres zu verhüten. Ein paar Tage später war er tot. Nach diesem Unfall wurde eine ferngesteuerte Anlage dafür gebaut."

Nach ein paar Sekunden Stille stellte Walter noch einmal klar: „Der Witz an der Sache ist, dass dieser Versuchsaufbau nur Sinn macht, wenn man eine bestimmte Menge von Uran 235 zur Verfügung hat.“

***

Da saß ich also und wusste nicht weiter. Was sollte ich davon halten? Walter glaubte, etwas herausgefunden zu haben, das Dutzenden von akribisch forschenden Historikern entgangen war. Andererseits kannte und bewunderte ich seine Fähigkeiten in dieser Disziplin und war mir sicher, dass kaum ein Historiker in Sachen Recherche ihm das Wasser reichen konnte.

Und noch etwas anderes kam hinzu: Als Journalist weiß man, mit welcher Beharrlichkeit wissenschaftliche Erkenntnisse verteidigt werden, sobald sie zur Lehrmeinung erhoben worden sind. Und wenn in den Lehrbüchern erst mal steht, dass es im Deutschen Reich keine Isotopentrennung gab, dann braucht es ein mittleres Erdbeben, um diese Aussage zu erschüttern. Ein guter Journalist dagegen ist jederzeit bereit, auf dem Absatz kehrtzumachen und einer Spur zu folgen, wenn am Ende ein interessantes Ergebnis vermutet werden kann.

Eines war mir jedenfalls sofort sonnenklar: Bogdanov und irgendwelche hochgefährliche Substanzen – das ging überhaupt nicht. Zumindest: nicht mit mir.

Aber erst mal musste ich mich auskotzen: „Herrgott noch mal, das darf doch nicht wahr sein! Vorgestern hab ich dem Flieger den Propeller getätschelt...“

„Ihr habt es gefunden? Schon? Ich hatte gehofft, dass ich dich noch vorher erwische.“

„Nein“, sagte ich, „da kommst du um Längen zu spät. Gestern Früh haben wir die Frachtraumtür aufgebrochen.“

„Und was machen wir jetzt?“

Warum fragen das alle immer mich?, ging es mir durch den Kopf. Aber gegen Walter konnte ich dieses Argument nicht anbringen – der hatte schon immer heftige Bedenken gehabt. Ich war es, der uns in diese Situation gebracht hatte.

„Wenn es so sein sollte, wie du das befürchtest: Irgendwie den Stöpsel wieder in die Flasche drücken“, sagte ich mit einem hilflosen Lachen. „Aber wie das gehen soll...“

„Du könntest einfach wegbleiben, mit mir nach Hause fahren. Ohne dich können sie nicht weitermachen, und wenn ich dich richtig verstanden habe, dann friert in drei, vier Wochen der Abfluss zu, der Brunnen läuft voller Wasser, euer Stollen ebenso und das gefriert dann. Der Stöpsel drückt sich von selbst wieder in die Flasche.“

Das war gut gemeint von ihm, aber es gab da ein Problem: „Wenn Bogdanov weiß, dass wir den Flieger gefunden haben – und wenn ich verschwinde, dann wird er sofort Vesna, Eichstrich und meine Jungs ausquetschen –, dann findet der einen Weg, um noch vor dem Winter an die Ladung ranzukommen. Und dieses Risiko kann ich nicht eingehen. Ich hab das Ding aufgemacht, ich muss es wieder zumachen – und zwar endgültig.“

„Und wie willst du das anstellen?“

Ich zuckte mit den Schultern. „Ich geh jetzt erst mal zurück in die Jagdhütte, und morgen Mittag dann wieder ins Kar. Irgendwas wird mir hoffentlich einfallen...Aber erst mal muss ich herausfinden, ob wir uns diese Gedanken überhaupt machen müssen, richtig? Es hat ja keinen Zweck, jetzt gleich hysterisch zu werden. Du fährst am besten zurück. Ich melde mich, sobald ich kann. Bleib mit diesem Handy auf jeden Fall auf Empfang, vielleicht brauche ich deine Hilfe.“

Als ich schon die Türklinke in der Hand hatte, fragte ich: „Woran kann ich dieses Zeug eigentlich erkennen?“

„Das ist kein Problem. Es wird in einzelnen, kleineren Portionen verpackt sein, damit sich keine kritische Masse bilden kann. Und es wird mit das Schwerste sein, was du je in der Hand gehalten hast. Ein Stück davon, das so groß ist wie eine Streichholzschachtel, wiegt gut ein halbes Kilo.“

„Und ist es gefährlich?“

„Nur in angereichertem Zustand und in größeren Mengen. Und wenn es in den Körper gelangt. Es ist ein Alpha-Strahler, der kann Zellen nur schädigen, wenn keine dichtere Membran dazwischen ist. Haut oder Papier genügt schon zur Abschirmung. Im Körper reicht allerdings schon eine winzige Menge, um dich umzubringen – und es dauert schön lange. Aber das wussten die damals auch schon. Ich denke, du kannst davon ausgehen, dass es gut verpackt wurde."

„Na, vielen Dank für die Auskunft. Bis dann also ..."

***

Als ich den Weg zum Bahnhof runterging, wurde mir klar, dass ich so einen Augenblick schon einmal erlebt hatte in dieser Geschichte: als wir auf die Verbindung Wunderwaffen, Göring und Kapitulations-Verhandlungen gestoßen waren. Ab da hatte auf einmal alles zusammengepasst. Jetzt hatte ich wieder so einen Moment der Klarheit: Wieso sollte einer wie Bogdanov so eine Aktion finanzieren? Antwort: Weil der ganz genau wusste, was in dem Flieger war. Und dieses Wissen hatte er von diesem verfluchten Zeller mit seinem SS-Archiv ...

Aber andererseits: Einen definitiven, positiven Beweis hatte ich damit noch nicht. Und einfach abhauen war keine Option. Also würde ich zurück zur Jagdhütte, zurück ins Kar gehen. Vielleicht war da ja gar nichts. Mit jedem Schritt runter vom Berg glaubte ich mehr an diese Möglichkeit. Und wenn doch: Solange es sich nicht um größere Mengen handelte, würde ich das Zeug einfach unterschlagen und verschwinden lassen. Dieses Unverhältnis von Gewicht zu Volumen ließ da einige Möglichkeiten ... Ein streichholzschachtelgroßer Brocken sollte ein halbes Kilo wiegen!

***

Ich stiefelte also zum Bahnhof, schaute nach, wann der Bus nach Ramsau ging, und aß noch eine Kleinigkeit in der Bahnhofsbäckerei. Gegen vierzehn Uhr war ich wieder in der Hütte.

Hermann war gestern erst spät zurückgekommen, da hatte ich schon lange geschlafen. Und heute Früh um neun, als ich aus dem Haus ging, hatte er noch gepennt. Aber jetzt saß er sichtlich gut gelaunt am Tisch in der Küche und trank Kaffee. Ich nahm mir auch einen, setzte mich zu ihm und fragte: „Hast du was für mich?"

„Jawoll!" Er grinste, fasste in die Bauchtasche seines Kapuzensweatshirts und drückte mir einen kleinen, aber recht schweren Gegenstand in die Hand.

Es sah aus wie zwei zusammengeschweißte dicke Blechröhren, vielleicht fünfzehn Zentimeter lang, fünf breit und zehn tief. Auf dem Ende der einen Röhre saß ein roter Taster, am gegenüberliegenden Ende der zweiten Röhre war eine kleine Kurbel angebracht, die man ausklappen konnte.

„Dreh mal an der Kurbel", forderte Hermann mich auf.

Das machte ich, und nach vielleicht zwanzig Umdrehungen fing ein winziges Licht im Taster an, rot zu leuchten.

„Durch das Kurbeln hast du über den Generator Strom erzeugt, der in einem Kondensator gespeichert wurde. Wenn der rote Knopf aufleuchtet, dann heißt das, dass genug Strom da ist, um eine unserer Sprengkapseln aus etwa fünfzig Meter Entfernung zu zünden – über normalen Klingeldraht. Du entsicherst den Knopf, drückst drauf und die Ladung saust durch den Draht zur Sprengkapsel. Das war's."

„Aha. Und wo hast du das her? Wer hatte das unterm Ladentisch?"

„Das ist von einem alten Freund. Im Military-Shop hätte ich bestenfalls ein Zahnstangen-Zündgerät bekommen – das ist fünfmal so groß und zehnmal so schwer. Das hier ist eine Spezialanfertigung für Pionier-Truppen. Hat deshalb auch kein Firmenschild oder sonst was in der Art."

„Und dein Freund hat das einfach so rausgerückt?"

„Dafür hat man doch Freunde, oder? Allerdings will er es unbeschädigt zurück, das musste ich versprechen."

„Ja, klar. Vielen Dank auf jeden Fall! Na, dann kann's ja weitergehen."

Er sah mich nachdenklich an: „Und was ist mit dir los? Irgendwas schiefgelaufen, während ich weg war?“

Ich sollte mich wohl etwas mehr zusammenreißen.

„Nein, alles bestens“, sagte ich. „Mir steckt nur noch die Müdigkeit in den Knochen, das ist alles.“

KAPITEL 10

Niederschlag

Schon am nächsten Nachmittag waren wir wieder auf dem Weg. Vesna hatte uns zum Hammerstiel-Parkplatz gebracht, gegen sechs waren wir in unserem Lager im Kar angekommen. Wir hatten diesmal keine Menschenseele getroffen auf dem Weg – kein Wunder, es war mitten in der Woche, die Schulferien waren vorüber und dazu lag eine bleischwere Wolkendecke über dem Gebirge.

Wir waren zu viert: Hermann, Maik und Jens waren mit mir hochgekommen. Jürgen hatten wir in der Hütte gelassen, er sollte einen leichten Schnupfen auskurieren und in zwei Tagen mit frischem Proviant folgen. Dann würde er denjenigen ablösen, der bis dahin am meisten abgebaut haben würde.

Gegen dreiundzwanzig Uhr hatten wir „gefrühstückt“ und machten uns auf den Weg zu unserem Arbeitsplatz. Inzwischen war da nichts Neues mehr: Die Füße kannten den Weg durch das Felslabyrinth auswendig, das An- und Abseilen war zur reinen Routineangelegenheit geworden. Und zwanzig Meter tief im Eis fühlten wir uns fast mehr zu Hause als am Küchentisch der Jagdhütte.

Trotzdem war es nicht mehr dasselbe. Was sich geändert hatte? Wir hatten uns geändert, unsere Einstellung, unsere Haltung zu dem, was wir taten. Bisher war es ein munteres Drauflosarbeiten gewesen, in einer Art Workcamp in den Bergen im jungfräulichen Eis rumbuddeln, alles ganz geheim, mal sehen, ob wir was finden. Und wenn nicht? Auch kein Problem. Wie Muschelsuchen am Strand. Und genau das hatte sich geändert: Wir waren nicht mehr auf der Suche, das Geheimnis war kein „Vielleicht“ mehr, es war real geworden. Man konnte es sehen, riechen, anfassen – und jetzt waren wir dabei, in das Geheimnis einzudringen. Das machte uns ängstlich und befangen.

Wir begannen uns von der Tür her vorsichtig ins Innere des Laderaums vorzuarbeiten. Nach jedem Schuss durchsuchten wir das herausgelöste Eis, bevor wir es abtransportierten. Trotzdem kamen wir gut voran.

Wie ich vermutet hatte, war die gesamte Innenverkleidung entfernt worden. Die gebogenen Spanten aus abgekantetem Aluminiumblech saßen direkt auf der kleingewellten Außenhaut. Die Flanken der Spanten waren übersäht mit großen Stanzlöchern: Steifigkeit war gefragt, Gewicht nicht. Der Rumpf war schmaler, als ich mir das vorgestellt hatte – nicht mal ganz zwei Meter breit. In den von außen zugenieteten Fensterrahmen hatte innen noch das zivile Plexiglas gesessen – zumindest vor der Notlandung. Jetzt waren nur noch Splitter übrig.

Auch der Boden, den wir freilegten, hatte sich geworfen, hatte Löcher und Spalten, durch die man in die Bilge hätte blicken können – wenn das bei Flugzeugen so heißt. Aber da unten war alles voller Eis. Rechts von der Tür, durch die wir gekommen waren, lag das Schott mit der schmalen Tür zum Klo und zum Gepäckraum – felsenfest zugefroren.

Wir machten reihenweise platte Witze, um die Beklemmungen zu überspielen: „Null Komfort hier in der Kiste. Könnte wenigstens mal wer das Klo auftauen?“ Kleine Jungen, die im Keller pfeifen ...

Kurz vor dem Ende dieser Nacht fanden wir den ersten Toten.

Wir hatten eigentlich Schluss machen wollen, waren durchgefroren bis auf die Knochen nach sieben Stunden in dem eiskalten Stollen – aber Hermann, unser Chef-Malocher meinte: „Eine geht noch!“

Klar, warum nicht, war ja inzwischen alles reine Routine. Wir bohrten das sechste Sprengloch in dieser Nacht.

Ich hab das alles immer noch in den Ohren, hinter den Augen, in den Fingern: das Knarren der Bohrwinde, die das Zehn-Millimeter-Loch ins Eis beißt, die Hammerschläge auf den Holzstift, der die Zündkapsel verdämmt. Den Klingeldraht anklemmen, das Kabel auslegen. Alle Mann hinter die

Mausefalle. Den Draht an die Zündmaschine klemmen, kurbeln, wegducken, auslösen.

Einen Gehörschutz brauchten wir in dieser Entfernung nicht mehr. Um so besser hörten wir dieses merkwürdige Geräusch, mit dem die Kapseln hochgingen, das durchs Eis stöhnte wie ein Stromschlag durch den Körper. Direkt danach das zischende Knistern, wenn sich das Eis in tausend Splittern setzte.

Wir krochen unter dem Versturzblock zurück zum Rumpf, ich zog den Holzstift mit den Resten der Kapsel aus dem Loch, Hermann setzte die Haue seines Eispickels an und stemmte sich gegen den Griff: Der nächste Viertelkubikmeter gecrushtes Eis prasselte auf den Kabinenboden. Maik begann den Abraum mit dem auf neunzig Grad gestellten Klappspaten nach hinten zu ziehen, Jens schob ihn mit der Schippe weiter auf die Plane unter der Mausefalle.

Reine Routine. So kämpften wir uns jetzt in der neunten Nacht durchs Eis. Wir hatten einen fünfzehn Meter langen Stollen angelegt, uns unter der Mausefalle durchgegraben, den Rumpf erreicht, die total verklemmte Luke aufgebrochen, und nun räumten wir das Eis aus der Maschine.

Dann hörte Maik auf zu schaufeln, und nach einer kleinen Pause sagte er: „Scheiße, ich glaub, da liegt'n Toter."

Ich drängte mich an ihm vorbei, sah etwas Dunkles aus dem Eisgries ragen: eine kleine, grau-braun verschrumpelte Hand in einem viel zu großen Ärmel – wie eine Affenpfote. Ein Wort aus der Fernsehwerbung drängte sich auf: gefriergetrocknet.

***

Damit hatten wir rechnen müssen, drauf vorbereitet waren wir nicht.

In einem nüchternen Licht betrachtet war das hier nichts Besonderes: Fünfzig Millionen Menschen hatten in diesem Krieg ihr Leben gelassen, über viertausend Flugzeuge nur dieses einen Typs waren abgeschossen, notgelandet und aufgegeben worden. Aber das hier war keine Schul-Geschichtsstunde, es ging nicht um Zahlenkolonnen auf Papier. Wir alle waren lange nach 45 geboren, und das hier war der erste wirkliche Tote aus diesem Krieg, den wir zu sehen bekamen. Durch die konservierende Wirkung des Eises war er nach über sechzig Jahren noch weitgehend intakt – und wir würden ihn ausgraben müssen.

Ein Stück verschrumpeltes graues Fleisch, in einer viel zu großen Uniform – fast schon ein Gleichnis in sich für die Hybris dieser Herrschaften. Interessant war die Wirkung, die dieser Fund auf meine rechtsradikale Gefolgschaft hatte: Hier lag einer ihrer Übermenschen, ein Mitglied der von ihnen so verehrten Heldenrasse, der sein Leben „für Führer, Volk und Vaterland" gelassen hatte. Peinlich berührt, wie kleine Jungs vor einem obszönen Bild standen die drei herum, wollten nicht hinschauen und taten es doch immer wieder. Lothar-Günther Buchheim hat das mal auf den Punkt gebracht: „Ein Toter kann schrecklich sein. Tausend Tote sind Statistik, fünfzig Millionen eine absurde Zahl."

„Tja, hilft wohl nix, an dem müssen wir vorbei." Hermann hatte sich als Erster wieder gefangen.

„Ja, müssen wir", antwortete ich ihm, „aber nicht mehr heute. Das heben wir uns auf für morgen. Erst mal überlegen wir uns, wo wir ihn hinpacken, wenn wir ihn ausgegraben haben."

Wir stiegen hoch aufs Toteis, bauten das Seil ab und trotteten runter in unser Lager. Keine halblauten Unterhaltungen heute Früh, jeder schob sich sein Abendessen schweigend rein, drehte sich um und dann war Ruhe. Ich selbst lag noch recht lange wach, machte mir Gedanken über die kommende Nacht und wie wir mit dem Toten fertig werden sollten. Irgendwann kippte ich dann auch weg.

***

In der zweiten Nacht dieser Schicht betätigten wir uns also als Totengräber. Es war einfacher als gedacht: Mit den Pickeln und dem Nageleisen lösten wir den Leichnam vorsichtig aus dem Eis. Er trug eine schwarze Uniform aus immer noch festem Stoff, der auch noch relativ flexibel war. Die SS-Runen auf dem rechten Kragenspiegel, vier Punkte auf dem linken, dazwischen ein Ritterkreuz um den Hals – und einen Totenkopfring am Ringfinger der rechten Hand. Mit der linken hatte er sich an einem Ladegurt festgeklammert, der neben ihm aus dem Eis ragte. Gesicht hatte er keines mehr: Es sah aus, als ob ihm etwas Großes, Schweres den ganzen Kopf zerdrückt hatte.

Vor dem Rumpf wickelten wir die Leiche in eine Plane, die wir aus dem Lager mitgebracht hatten, und packten sie hinter die herausgebrochene Tür, die an der Wand unserer Höhle lehnte. Er wog keine zwanzig Kilo mehr, und davon ging noch ein Teil auf das Eis, das wir nicht hatten entfernen können. Den Abraum der nächsten beiden Schüsse häuften wir auf das Paket.

Damit begann die Zeit der Funde. Schon im Eisschutt der nächsten Sprengung, unmittelbar hinter der Leiche, lag eine angerostete Pistole, eine Luger – sie wanderte zum Paket hinter der Frachtraumtür. Dann ein rechteckiger grauer Kasten aus Metall, mit Schnappverschlüssen.

„Eine Munitionskiste“, meinte Hermann. „Wahrscheinlich MG-Gurte.“

Aber es waren Handgranaten, neun Stück, mit rausgedrehten Zündern daneben.

„Das ist ein gutes Zeichen für uns“, erklärte Hermann, der sich so langsam als Waffenexperte entpuppte. „Die haben die Zünder herausgedreht, damit während des Flugs nichts passieren konnte. Wir können also annehmen, dass sie die restliche Munition auch gesichert haben.“

Wir schlossen die Kiste wieder und packten sie zur Seite.

Da der Rumpf mit der Nase tiefer lag als mit dem Schwanz, wurde die Eisschicht zum Cockpit hin immer mächtiger, ganz vorne, am Schott zum „Führerraum“, dem Cockpit, reichte sie bis zur Decke. Weil der ehemalige Passagierraum keine Innenverkleidung mehr hatte, waren die Spanten frei zugänglich.

Und an denen war die Ladung festgezurrt: Metallkisten mit den gleichen Schnappverschlüssen wie an der Munitionskiste. Nur waren sie hier verplombt: mit Draht und Bleiplomben, auf denen man, mit ein bisschen Phantasie, den Reichsadler erkennen konnte.

Die erste, an die wir herankamen, brachen wir sofort auf: Die Rücken alter Aktenordner schauten uns an, die Etiketten waren mit Schablonenschrift beschrieben – Buchstabengruppen, Schrägstriche, Zahlenkolonnen. Ich fuhr mit den Fingern über die Ordnerrücken: kalt, aber völlig trocken. Ich zog einen der Ordner heraus. Er war mit vergilbten Blättern im A4-Format gefüllt, die sich willig voneinander trennten. Daraufhin beschloss ich, die anderen Kisten vorerst nicht zu öffnen. Sie waren nur etwa 50 x 30 x 30 Zentimeter groß – wir würden sie gut samt Inhalt im Eisschlauch hochziehen können.

Wir schufteten weiter. Mit jedem Meter mussten wir mehr Eis nach oben, zur Tür, schaffen. Deshalb ging es immer langsamer voran.

Um das aus dem Eis ragende Tragegestell mit den Panzergranaten an der rechten Wand arbeiteten wir uns herum, beschlossen, es nicht anzurühren. Wenn Hermann recht hatte, war es harmlos – aber darauf würde ich es nicht ankommen lassen.

Irgendwann streckte dann Jens seinen Kopf durch die Tür und fragte, ob wir auch mal auf die Uhr sehen könnten – es war gegen halb acht am Morgen. Und erst in dem Moment merkten wir, dass wir zum Umfallen müde waren.

Nach so einer Nacht schläft man natürlich nicht so einfach ein, ganz gleich, wie erschöpft man ist. Auch drüben bei den Jungs hörte ich wieder halblautes Gemurmel, was ich aber als gutes Zeichen nahm. So ist der Mensch: Er kann sich an fast alles gewöhnen, in erstaunlich kurzer Zeit.

Ich wollte nach der Arbeit eher meine Ruhe haben, die Jungs respektierten das und hatten deshalb ihre Schlafsäcke von Anfang an ein paar Meter weiter weg ausgerollt. Ich lag auf meinem Schlafsack und hörte Klavierkonzerte von Chopin. Nebenher machte ich mir Gedanken über schwere Elemente und was ich damit anfangen würde, wenn es nötig werden sollte. Irgendwann sackte ich dann mehrfach weg, schaffte es gerade noch, die Kopfhörer wegzupacken und in meinen Schlafsack zu kriechen. Verschob die Probleme auf den nächsten Tag. Und da waren sie gut aufgehoben, wie sich herausstellen sollte ...

***

Ich wachte auf, in einem trüben Nachmittagslicht, unter einem tief bewölkten Himmel. Ich wachte auf, weil mich jemand anstieß. Ein Stiefel, der sacht gegen meinen Oberschenkel trat.

Als ich die Augen aufschlug, sah ich in ein kleines, rundes, schwarzes Loch. Dahinter grinste mich jemand an, den ich noch nie gesehen hatte.

„Good morning, Sir! I'm sorry to wake you up, but we need to talk a bit."

Ich kam langsam hoch, starrte ungläubig auf den Waffenlauf, der auf mich gerichtet war – nicht so ganz, aber doch viel zu sehr in meine Richtung, als dass ich es hätte ignorieren können. Das Gesicht hinter der Waffe: braungebrannt, kurze, weißblonde Haare, einen kleinen Schnurrbart unter der unauffälligen Nase. Ein amüsiertes Lächeln um den Mund.

Die anderen rührten sich auch allmählich, und als ich mich endlich in eine sitzende Position gebracht hatte, sah ich, dass sie zu dritt waren. Zwei dürften Mitte zwanzig sein. Der mich geweckt hatte, war älter – Anfang bis Mitte vierzig, würde ich schätzen.

Das Merkwürdige an dem Bild, das sie abgaben, war der Kontrast zwischen ihren Kleidern und den Waffen, die sie trugen: In ihrem bunten, leicht verschossenen Goretex und mit den mittelgroßen Discounter-Rucksäcken hätte ich sie überall für biedere Wanderer gehalten. Eine Stammtischclique, die sich mal eben auf einen Ausflug in die Berge verabredet hat. Aber die sich dazu mit modernen Gewehren behängt hatten ...?

„What ... can I do for you?“ Was kann ich für Sie tun? Das war das Erste und Dämlichste, was mir einfiel. Ich erntete auch einen spontanen Lacher dafür, von dem Älteren, der vor mir stand.

„Erst mal: wach werden“, antwortete er, wieder auf Englisch. „Dann könnten wir uns ein wenig unterhalten.“

Also krabbelte ich aus meinem Schlafsack, setzte Wasser auf und zog einen Müsliriegel aus dem Proviantsack. Riss ihn auf, biss hinein, kaute.

„Okay“, sagte ich, „fangen Sie an. Wacher werde ich um diese Tageszeit nicht.“

„Sehr gut“, erwiderte er lächelnd. „First of all: Ich weiß, was Sie hier machen. Wir haben auch nicht vor, Sie davon abzuhalten, ganz im Gegenteil. Wir haben den Auftrag, Sie und ihren Trupp zu beschützen. Gut, ich will ehrlich sein: zu beaufsichtigen. Und vor allem werden wir den Transport der Fracht übernehmen, sobald sie geborgen ist.“

„So war das mit Herrn Zeller aber nicht vereinbart“, wandte ich ein.

„Ich kenne niemand, der so heißt“, antwortete er. „Das muss Sie aber nicht irritieren – wir reden nicht über unsere Auftraggeber, you know?“

Natürlich nicht: nicht Zeller, sondern Bogdanov. Das fuhr mir wie ein heißes Messer ins Hirn. Das hier waren Bogdanovs Leute – und er hatte das von Anfang an so geplant. Das hier war sein Plan B gewesen, als er aufgestanden war, damals, in Zellers Arbeitszimmer. Ich war schon ein ziemlicher Idiot, ich hatte Zeller geglaubt, als der sich gefreut hatte, Bogdanov habe meine Haltung akzeptiert ...

„Sie geben mir jetzt bitte mal fünf Minuten, um über all das nachzudenken“, sagte ich ihm. „Immerhin werde ich hier überfallartig mit einer völlig neuen Situation konfrontiert. Damit muss ich mich erst mal anfreunden.“

„Aber ich bitte Sie, das ist doch selbstverständlich.“ Er grinste. „Ich werde mich mit meinen Leuten solange dort drüben einrichten ...“

„Dort drüben“ war ein überhängender Block, nur zehn Meter entfernt. Von dort konnten sie unser ganzes Lager bequem überblicken, ohne auch nur aufstehen zu müssen.

Kaum war der Kerl weg, kamen Jens, Maik und Hermann zu mir rübergerutscht.

„Was sind das für Typen?“, wollte Maik wissen.

Als ich nicht gleich antwortete, sagte Hermann, der ja immer für eine Überraschung gut war: „Der Bewaffnung nach: Söldner. Heckler & Koch, G36C. Mit vom Feinsten, was kompakte Sturmgewehre angeht. Und der Ältere hat unter der Achsel noch was Kleines und Unauffälliges ...“

Ohne nachfragen zu müssen, woher er das jetzt hatte, wusste ich, dass er genau richtig lag.

„Also: herhören!“, sagte ich halblaut. „Die wollen den Laden übernehmen, so viel haben sie schon klargemacht. In Marsch gesetzt hat die der Kotzbrocken, der das Ganze finanziert. Ich werde versuchen herauszufinden, wie weit sie uns Leine geben. Dann reden wir darüber, wie es weitergeht. Aber bis dahin tut ihr genau, was die verlangen, keine Diskussion, keine Anmache, wir würden sowieso den Kürzeren ziehen. Kapiert?“

Alle nickten.

„Okay, dann macht euch Frühstück. Und bringt mir eine Tasse Kaffee, wenn er fertig ist.“

Dann stand ich auf und ging zu unseren neuen Nachbarn rüber.

„Wie kann ich Sie anreden?“, fragte ich.

„Anthony“, schlug er vor. „Ach was, Tony reicht auch. Sie heißen Karl, das weiß ich. Das da sind Marc und Johann.“

Er sprach das „Johann“ fast deutsch aus, und da wurde mir klar, dass Englisch nicht seine Muttersprache war. Er sprach es nur sehr gut. Aber als er „Johann“ sagte, hörte er sich für einen Moment fast wie ein Niederländer an.

„Gut, Mr. Tony“, sagte ich. „Das hier ist eine sensible Angelegenheit. Ich wurde durch Ihr Auftreten völlig überrascht, und ich werde jetzt erst mal mit meinem Auftraggeber reden müssen, um abzuklären, wie ich mit der Sache umgehen soll. Ich werde also ins Tal absteigen, um Kontakt aufzunehmen ...“

Er schüttelte den Kopf: „No way. Sie und Ihr Trupp werden hier oben bleiben, bis die Fracht abtransportiert ist. Danach verschwinden wir, wie wir gekommen sind, und Sie sind wieder Herr über sich selbst.“

„Dann lassen sie mich wenigstens telefonieren. Sechshundert Meter tiefer gibt es eine Stelle, von der aus ich ein Netz hereinbekommen kann.“

Er lächelte. „An der Ar-ken-kan-zelt?“, mühte er sich mit dem Namen ab. „Und wenn ich Sie dahin gehen lasse, laufen Sie mir weg auf diesem steilen Weg – wie heißt der gleich? Bitte helfen Sie mir, das kann doch kein Mensch aussprechen. Runn-kin ...“

„Da gibt es den Rinnkendlsteig, das ist richtig. Aber als Fluchtweg wäre der völlig ungeeignet, weil er an eine Stelle führt, von der man nur mit dem Boot wieder wegkommt.“ Was genaugenommen natürlich nicht richtig war ...

Aber es machte eh keinen Unterschied: „Sorry, no way. Bitte verstehen Sie mich nicht falsch, ich bin nicht gerne unhöflich, aber meine Befehle lassen mir da keinen Spielraum.“

„Und wie soll das hier jetzt weitergehen – Ihren Befehlen nach?“

„Alles wie gehabt, business as usual. Sie steigen in Ihre Gletscherspalte, tun dort unten, was immer nötig ist, um die Fracht zu bergen. Sobald wir diese auf der Oberfläche haben, ist Ihr Teil der Arbeit erledigt.“

„Sie reden immer von einer ‚Fracht‘, als ob Sie etwas ganz Bestimmtes meinten – wogegen wir noch gar nicht wissen, was wir vorfinden werden.“

Und dann zog er mir endgültig den Boden unter den Füßen weg.

„Mein Auftraggeber ist in diesem Punkt sehr genau gewesen: Es handelt sich um kleine Stahlkästen, fünf Stück insgesamt. Die sind zwanzig mal zwanzig Zentimeter groß und fünfzehn Zentimeter hoch. Rostfreier Stahl, je ein Griff rechts und links. Mit Vorhängeschlössern gesichert und zweifach versiegelt: Papiersiegel und Bleiplomben. Das beste Erkennungsmerkmal ist ihr Gewicht – sie sollen recht schwer sein. Jeder dieser Kästen soll um die zwölf Kilo wiegen."

***

Da saß ich also auf meinem dummen Hintern auf zweitausend Meter Höhe und verfluchte meine eigene Halsstarrigkeit. Die hatte mich in meinem Leben schon öfter mal in Schwierigkeiten gebracht, aber so dick in der Tinte hatte ich noch nie gesessen. Mir wurde abwechselnd heiß und kalt – vor Angst oder Wut, da war ich mir nicht so sicher in dem Moment.

Was jetzt? Ich musste an meinen Großvater denken: „Du hast dich da reingeritten, da musst du jetzt zusehen, wie du wieder rauskommst", hatte er mir gesagt, als ich mich im Alter von zehn Jahren mit ein paar Deppen aus der Nachbarschaft gezofft hatte, um dann festzustellen, dass deren älterer Bruder eine halbkriminelle Gang mit zwanzig Mitgliedern befehligte.

So einfach war das, so einfach, wie es immer ist im Leben, wenn es mal richtig eng wird: Man hat nicht halb so viele Möglichkeiten, wie man denkt. Meistens nicht mal zwei, wenigstens, solange man halbwegs anständig bleiben will. Hier kam wieder Opa ins Spiel: „Man muss sich immer so benehmen, dass man wenigstens einmal am Tag seinen eigenen Anblick im Spiegel erträgt – beim Rasieren."

Als ich das in einer entsprechenden Situation mal einem Freund erzählte, sah der mich kurz an und sagte: „Am besten lässt du dir einen Vollbart stehen."

Ich kehrte wieder zu meinen Jungs zurück, Maik hatte mir gerade meinen Kaffee bringen wollen.

„Wir werden unter deren Aufsicht weiterarbeiten müssen – zumindest vorerst."

Jens unterbrach mich: „Hat Zeller uns die auf den Hals geschickt?"

„Nein, nicht Zeller, das war sein Geldgeber. Ein ziemlich übler Kerl, Waffenhändler, Zuhälter und was weiß ich noch. Ich hab den auch erst kennengelernt, als ich aus Schweden zurückgekommen bin, da hat Zeller ...“

So weit war ich, als Hermann dazwischenplatzte: „Bogdanov? Soll das heißen, dieser Dreckskerl kontrolliert das hier?“

„Ja, so sieht’s aus“, antwortete ich ihm. „Als Zeller diesen Bogdanov aus dem Zylinder gezaubert hat, war ich auch nicht sehr begeistert. Wir haben uns dann irgendwie aufs Weitermachen geeinigt, aber ich hätte es besser wissen können, keine Frage.“

„Und was genau wollen diese Kerle jetzt von uns?“, fragte Maik.

Hier musste ich lügen: „In dem Flieger sollen sich Unterlagen befinden, die zu den Verstecken von beschlagnahmter Kunst und anderen Wertsachen führen. Die will dieser Bogdanov haben. Wir sollen das suchen, finden und ihnen aushändigen. Dann ziehen sie ab und lassen uns in Ruhe.“

„Glaubst du ihnen das?“, fragte mich Hermann.

„Nein, eher nicht. Bogdanov hat damals zu mir gesagt, er sei Geschäftsmann und als solcher verpflichtet, seine Investitionen bestmöglich abzusichern. Uns einfach laufen zu lassen, würde dem widersprechen. Ich gehe davon aus, dass wir hier ziemlich sicher sind, bis Bogdanov hat, was er haben will. Danach könnte es eng für uns werden.“

Das war hart und brutal, es ihnen so direkt zu sagen, aber es war halt auch einfach die Wahrheit.

***

Wir frühstückten. Tony kam herüber und fragte mich nach unserem Tagesablauf. Ich erklärte ihm, dass wir nur zwischen dreiundzwanzig und sieben Uhr in der „Gletscherspalte“ arbeiten könnten – wegen des Schmelzwassers.

„Wissen Sie, was da unten liegt?“, fragte ich ihn.

„Ein Flugzeugwrack“, antwortete er.

„Ja, ein Flugzeug, voller Eis. Die Ladung ist festgefroren in einem riesigen Eisblock, den wir vorsichtig zerlegen müssen, um an sie heranzukommen."

„Und was schätzen Sie, wie lange das dauern wird?"

„Keine Ahnung. Das werden wir erst wissen, wenn wir es geschafft haben."

Er nickte das ab.

„Morgen Mittag wird jemand zur Ablösung heraufkommen", bereitete ich ihn auf Jürgen vor.

„Ist bekannt", bestätigte er.

„Ich möchte dann einen aus meiner Gruppe zur Erholung nach unten schicken ..."

„Nein, sorry, das geht nicht. Aber das hätte auch keinen Zweck, Ihr Basecamp wird morgen aufgelöst. Anweisung des Auftraggebers."

„Und woher kommt dann unsere Verpflegung?", fragte ich.

„Die Versorgung übernehmen wir. Sie schreiben eine Liste und geben sie mir."

„Okay, die haben Sie in einer halben Stunde. Die Ablösung, die morgen raufkommt, bringt fünfzehn Kilo mit. Damit kommen wir drei Tage zurecht. Dann müssen Sie für Nachschub sorgen."

„Kein Problem", antwortete er. „Und seien Sie nicht knauserig, das Gewicht spielt keine große Rolle. Schreiben Sie Vorräte für eine Woche auf. Und wenn Sie wollen, auch was für die Moral der Truppe."

Zwanzig Minuten später hatte er seine Liste. Ich hatte geklotzt und pro Kopf und Tag eine Halbliterdose Beck's dazugeschrieben. Jetzt war ich auf seine Reaktion gespannt. Insgesamt waren das rund fünfzig Kilo – aber er grinste nur und nickte. Vielleicht haben die eine Mulikarawane im Tal stehen, dachte ich noch.

Dann war es Zeit, wir rückten ab. Tony kam nicht mit uns, er ging Richtung Tal, doch seine beiden Leute stiegen mit uns zum Toteis. Ich versuchte mich mit ihnen zu unterhalten, aber entweder sprachen sie kein Englisch oder sie wollten nicht. Unsere durchorganisierte Abseilaktion am Eisschlauch imponierte ihnen allerdings, das war zu sehen. Die beiden mussten sich das aus ein paar Meter Entfernung anschauen: Sie konnten nicht mit auf das Eis, weil das ohne Steigeisen zu gefährlich war.

Gerade als ich mich als Letzter zum Abseilen fertig machte, warf dieser Johann dem anderen ein paar Brocken in einer merkwürdig klingenden Sprache zu. Ich verstand zwar kein Wort, wusste aber nun, woher die Kerle kamen, denn ich hatte das schon ein paar Mal gehört: Es war Afrikaans, die stammten aus Südafrika. Weiße südafrikanische Söldner ... im Watzmannkar!

Wir trafen uns unten, gingen zusammen zum Wrack. Dort setzten wir uns in die Luke und berieten über unsere Situation.

Zwanzig Minuten lang redeten sie sich die Köpfe heiß, jeder wollte seine Meinung sagen und Mutmaßungen anstellen, was wir in welchem Fall zu erwarten hätten. Ich hielt erst mal die Klappe und wartete ab.

„Und, hören wir von dir auch noch was?“, giftete mich Maik irgendwann an.

„Erst wenn’s sich lohnt, wenn ihr euch abgeregt habt. Denn ich will das hier überleben, dafür werde ich meine Energie aufwenden. Sag Bescheid, wenn ihr auch so weit seid.“

Hermann grinste, und der Rest hielt erst mal den Mund.

Also fing ich an. „Meine Meinung: Wir müssen hier weg, und zwar so bald wie möglich. Wenn diese Kerle erst mal haben, was sie wollen, dann besteht die Gefahr, dass wir uns zu dem da legen können.“ Ich wies mit dem Kinn zu unserem tiefgefrorenen SS-Mann. „Und wenn wir hier weg wollen, dann müssen wir die ausschalten, das dürfte auch klar sein, freiwillig lassen die uns nicht laufen. Die Frage ist, wie wir das anfangen.“

„Die erste Gelegenheit haben wir schon mal verpasst“, warf Hermann ein.

„Stimmt genau, heute Abend hätten wir es nur mit Zweien zu tun gehabt, seit ihr Chef verschwunden ist. Hat jemand eine Idee, wo der stecken könnte?“

„Ja“, ließ Jens sich hören, „vielleicht gibt der unsere Proviantbestellung durch.“

„Das vermute ich auch. Also haben wir schon mal einen Trumpf: Wir können den loswerden, wann immer wir wollen. Wir müssen uns nur was einfallen lassen, was wir unbedingt aus dem Tal brauchen, dann muss er los zum Telefonieren. Und dazu muss er runter zur Archenkanzel – nein, das weiß ich bestimmt“, sagte ich, als Maik mich unterbrechen wollte. „Er kennt diesen Namen, auch wenn er ihn kaum aussprechen kann. Der merkt sich so was nicht, wenn es keine Bedeutung für ihn hat. Dem hat jemand gesagt, dass er dort ein Netz bekommt. Wobei ich schon gerne wissen würde, woher er das weiß ... und warum die gerade jetzt auftauchen.“

Ich schaute jeden an, schön der Reihe nach.

„Das fragst du ja wohl nicht im Ernst“, höhnte Hermann. „Was glaubst du denn, wozu Bogdanov seine beste Hilfskraft bei uns reingesetzt hat?“

„Eichstrich?“, fragte ich, völlig konsterniert.

„Ach was – Vesna! Die arbeitet für ihn. Sammelt seine Pferdchen ein, mit ihrem schönen Hippie-Bus. Klappert die ehemaligen Ostblockstaaten ab, bringt junge, dumme Mädchen in den Westen, die glauben, sie bekommen einen Job im Hotel oder als Au-pair in einem schnieken Haushalt. Stattdessen finden sie sich in der Horizontalen wieder, mit ein paar Einstichlöchern in der Armbeuge ... Mir hat sie erzählt, dass damit Schluss wäre, sie hätte Zeller um einen Job angebettelt und der hätte sie mit uns nach Schweden geschickt. Und ich war blöd genug, ihr das abzukaufen.“

Ich nickte: „Dann ist wenigstens das geklärt.“

„Ja, ist es“, gab Hermann mir zurück. „Aber was mir jetzt wichtiger ist: Wenn der Chef beim Telefonieren ist, dann haben wir es noch mit den beiden Jüngeren zu tun. Wie lange braucht der Kerl zur Archenkanzel und zurück?“

„Bei Nacht? Mindestens drei Stunden, eher vier."

„Da stecken doch ein paar Möglichkeiten drin. Wir müssen sie nur erwischen, wenn sie nicht damit rechnen ..."

„Als wir zum Toteis gelaufen sind, haben die aufgepasst wie die Schießhunde", steuerte Maik bei. „Und immer schön auf Abstand. Da würde ich mir nichts ausrechnen."

„Mir kommt da so eine Idee", sagte Hermann. „Die haben doch keine Steigeisen, die können nicht mit aufs Eis, weil es viel zu gefährlich ist, in der Nähe des Eisschlauches ohne Eisen herumzulaufen. Wenn wir so tun, als ob hier unten was passiert wäre – es könnte einen Einsturz gegeben haben, oder etwas in der Art –, dann könntest du", dabei nickte er mir zu, „nach oben steigen und auf die beiden einreden, ihnen erklären, was angeblich passiert ist. Ich komme dann, wenn sie abgelenkt sind, auch hinauf, und zu zweit ..." Er zuckte mit den Schultern.

„Ja, da ist was dran", sagte ich. „Vor allem ist das noch ausbaufähig: Wir steigen zusammen auf, du direkt hinter mir. Im Gleichschritt. Das Seil hält das ohne Weiteres aus. Die Burschen merken das nicht, weil sie ja nicht in den Schlauch schauen können. Oben steige ich raus, du bleibst erst noch drin – und dann, wenn ich sie mit dem Rücken zum Einstieg habe, gebe ich dir ein Stichwort und du kommst aus dem Schlauch ..."

„... und hältst sie damit in Schach!", rief Maik und kramte die uralte, verrostete Luger aus dem Eis.

„Toll", höhnte Jens. „Lass mal sehen: Da haben wir also zwei Eisbeile, zwei Klappspaten und eine verrostete Null-Acht, die nicht geht. Damit treten wir gegen zwei hochmoderne Sturmgewehre an. Da stellt sich doch die Frage: Sind wir noch ganz dicht?"

Stille breitete sich aus.

Dann wandte Hermann sich an mich: „Du hast mir doch vor ein paar Tagen dein Klappmesser geliehen. Hast du das dabei?"

„Klar", antwortete ich und zog mein Buck aus der Messertasche der Kombination. „Schön spitz und gut geschliffen."

„Also, wenn ich die Wahl hätte, würde ich das nicht versuchen“, sagte Hermann, nahm mir das Messer aus der Hand, klappte es auf und sah es sich von allen Seiten an.

„Dann sag uns doch mal“, nölte Jens wieder los, „was willste ausrichten, mit dem putzigen Zahnstocher da?“

Hermann sah ihm in die Augen: „Es kommt nicht drauf an, wie groß es ist. Es kommt darauf an, ob einer damit umgehen kann.“ Und damit stieß er Jens, der direkt vor ihm stand, das Messer in den Unterleib.

Jens zuckte heftig zusammen, keuchte die Luft aus seinen Lungen, wurde milchweiß im Gesicht, starrte Hermann fassungslos an.

„So zum Beispiel.“ Er lächelte, zog das Messer wieder zurück: Da war kein Blut – und auch keine Klinge. Er hatte sie blitzschnell eingeklappt, bevor er zugestoßen hatte. Wie er das fertiggebracht hatte – immerhin war da eine schwergängige Arretierung am Griff –, das frage ich mich heute noch.

Jens jedenfalls war erst mal fertig mit der Welt und hielt die Klappe. Wir anderen versuchten, nicht laut loszulachen.

„Alles klar“, sagte Hermann dann zu mir. „Du nimmst die Null-Acht und ich leih mir dein Messer.“

Dann schlug ich vor, weiterzuarbeiten – mir war saukalt, und den anderen ging es genauso. Also bohrten wir wieder ein Loch, setzten die Kapsel und den Pflock...

Hermann, das wurde mir so langsam klar, war nicht nur der gute Kumpel, der nette, joviale Bayer. Unter dieser Oberfläche steckte noch ein anderer, ein gefährlicher, eiskalter und unberechenbarer Typ. Wie er dem großmäuligen Jens den Schneid abgekauft hatte, in einer Sekunde ...

Ich war recht froh, dass wir zurzeit auf derselben Seite standen.

KAPITEL 11

Ausbruch

Zwei Stunden später wies ich Jens und Maik an, zwei Behälter, die wir beim letzten Schuss teilweise freigelegt hatten, von Hand rauszupickeln. Ich sagte ihnen, dass ich mit Hermann zum Eisschlauch gehen würde, um nachzusehen, ob wir für unsere Aktion noch etwas vorbereiten müssten.

„Wann wollt ihr das eigentlich durchziehen?“, fragte Jens.

„Bei nächster Gelegenheit, so bald wie möglich“, antwortete Hermann. „Bevor die zu viel davon wissen, wie das bei uns abläuft. Zurzeit können wir denen noch alles Mögliche erzählen, in ein paar Tagen ist das nicht mehr so einfach.“ Das wurde sofort akzeptiert.

Ich gab Hermann einen Wink, dass er vorausgehen sollte. Eigentlich hätte ich die Jungs einweihen müssen. Aber das kam nicht in Frage – keine Ahnung, wie die auf eine solche Information reagieren würden. Das Zeug, das nach Bogdanovs Informationen hier liegen sollte, war schließlich nicht nur saugefährlich, sondern auch sehr viel Geld wert. Aber Hermann musste ich die Wahrheit sagen, denn wenn wir tatsächlich auf diese Stahlkästen stoßen sollten, dann brauchte ich jemanden, der mich unterstützte. Ich hatte mir vorgenommen, die „Fracht“, wie Tony das nannte, auf jeden Fall verschwinden zu lassen. Ich hatte auch eine Idee, wie ich das bewerkstelligen konnte – aber alleine war das nicht zu schaffen.

Ich ging mit Hermann zum Anfang unseres Stollens am Eisschlauch. Dort erzählte ich ihm, wie Tony mir die „Fracht“ beschrieben hatte.

„Ganz klar“, sagte er darauf, „dass Bogdanov sich die Finger leckt nach sowas. Was wird das wert sein, vierzig, fünfzig Kilo Gold?“

„Wie kommst du jetzt auf Gold?“, fragte ich.

„Na, was soll das denn sonst sein? Bei dem Gewicht?"

„Zufällig weiß ich ziemlich genau, was in diesen Kisten ist – wenn sie überhaupt da sind. Und Gold ist das nach meinen Informationen ganz bestimmt nicht."

„Sondern?"

Ich erzählte ihm so kurz es ging, was wir über den Flug der Ju 52 herausgefunden hatten: Göring im Berghof, die Amerikaner, die im Anmarsch waren, der RAF-Pilot, der die Ju heruntergeholt hatte.

„Offenbar hatte Göring etwas, von dem er glaubte, dass die Amerikaner es brauchen könnten. Etwas, wonach sie sich die Finger lecken würden. Wofür er von ihnen so ziemlich alles bekommen könnte: waffenfähiges Uran 235. Und das ist auch heute noch vom Wert her überhaupt nicht zu beziffern, dafür kannst du alles verlangen, was dir gerade einfällt."

„Waffenfähig? Soll das heißen, dass man daraus eine Bombe bauen kann?"

„Nein, nicht eine. Fünf, zehn oder noch mehr ..."

„Und wieso bist du dir so sicher, dass in den Kästen dieses Uran ist?"

„Weil es nur so aufbewahrt werden kann: in kleinen Portionen, staub- und wasserdicht versiegelt. Die Verpackung und vor allem die Stückelung, die Tony beschrieben hat, ist die einzige Methode, wie das Zeug überhaupt transportiert werden kann. Und was das Gewicht angeht: Es ist fast genauso schwer wie Gold. Ein Stück, so groß wie eine Streichholzschachtel, wiegt ein halbes Kilo."

„Meine Fresse ..."

„Ja, kann man sagen. Und, was meinst du: Was machen wir mit dem Zeug, wenn wir es tatsächlich finden sollten?"

Er sah mich mit großen Augen an. Sagte eine Minute lang gar nichts. Dann: „Wenn wir es aushändigen, sind wir weg vom Fenster – und zwar sofort. Das dürfte klar sein. Und Bogdanov darf das auf gar keinen Fall in die Finger bekommen. Der verhökert es an den Meistbietenden, ganz egal, wer das dann ist."

„Ganz meine Meinung. Und wie stellen wir das an?"

„Wir haben doch schon unseren Plan, wie wir mit den drei Aufpassern fertigwerden wollen. Wir bauen das nur ein bisschen aus. Wir erzählen denen ja, dass es hier einen Einsturz oder so was gegeben hätte. Das müssen wir nur etwas realistischer gestalten ... Ja, klar, wir haben doch den Kasten mit den Handgranaten gefunden. Wir jagen den Stollen in die Luft." Er sah mich an und nickte bestimmt. „Die Granaten funktionieren sicher noch: kalt und trocken aufbewahrt, kaum Temperaturschwankungen, besser geht's gar nicht. Und wenn wir den Fels in der Mausefalle runterholen ..."

„Nicht schlecht. Der Punkt hat mir noch gefehlt: wie wir den Laden dichtmachen können. Kennst du die Zündverzögerung dieser Granaten? Und wie zuverlässig wird die noch funktionieren, nach all der Zeit?"

„Drei Sekunden. Vielleicht eine oder zwei mehr – aber normal sind drei Sekunden. Man möchte ja nicht, dass der Feind die noch aufheben und zurückwerfen kann."

„Gut", sagte ich, „dann machen wir es so: Alle gehen im Eisschlauch in Deckung. Ich zünde eine Granate vor dem Wrack. Dann renne ich los, unter der Mausefalle lasse ich die zweite Handgranate fallen, steige hoch und rutsche den Gang runter in den Eisschlauch. Die Granate vor dem Wrack geht hoch, wenn ich aus der Mausefalle steige. Mit etwas Glück kommt die Decke runter. Wenn die zweite unter der Mausefalle hochgeht, bin ich schon fast im Eisschlauch. Die Splitter können mich also nicht erwischen ..."

Hermann sah mich skeptisch an. „Hast du so was schon mal gemacht? Der kleinste Fehler dabei wär dein letzter."

„Das ist mir schon klar. Lass hören, wenn du was Besseres weißt."

„Ja: Ich erledige das."

„Weil du so was schon mal gemacht hast?"

„Ich glaube nicht, dass du auf die Schnelle jemanden findest, der das von sich sagen kann. Aber ich habe wenigstens schon mal Handgranatenwerfen geübt."

„Beim Bund?“

Er sah mich abfällig grinsend an: „Naa, die nehmen solche wie mich doch nicht.“

„Gut, lassen wir das mal. Wir haben noch ein zweites Problem: Wenn wir das hier einfach in die Luft jagen und abhauen, dann wird Bogdanov mit Sicherheit irgendwann ein anderes Team hochschicken und versuchen, das Uran zu bergen – oder siehst du das anders?“

„Nein, du hast recht, das ist so sicher, wie der Kerl ein fieses Arschloch ist.“

„Also müssen wir das verhindern.“

„Und wie?“

„Indem wir Tony sagen, dass wir das ganze Eis aus der Maschine geräumt haben, aber seine Kistchen nicht auffindbar sind.“

„Das wird dir dieser Tony nicht abkaufen, und Bogdanov erst recht nicht. So kommen wir nicht weiter.“

„Doch. Wenn wir die Kisten finden, werden wir sie verstecken. Dann kann Bogdanov gerne ein zweites Team losschicken – weil die aber genauso verdeckt arbeiten müssen wie wir, sind die Chancen, dass die was finden, eher gering. Vor allem, weil mir da noch ein ziemlich guter Trick eingefallen ist, wie wir das Zeug wirklich gut verstecken können.“

„Okay, dann streuen wir das Gerücht, dass hier nichts sei, bevor wir die Kerle reinlegen, damit sie es, wenn wir weg sind, ihrem Auftraggeber so ausrichten können.“

„Genau. Und es wird hier nichts zu finden sein, weil entweder nie was da war, oder weil wir es gut versteckt haben.“

„Das heißt aber, dass wir den Flieger noch ganz ausräumen müssen. Wie lange wird das dauern?“

„Zwei Nächte, dann müssten wir es geschafft haben. Und dann wird’s ernst ... Sag mal, was meinst du: Können wir die anderen drei nicht auch einweihen? Das würde alles ziemlich vereinfachen.“

„Nein, lieber nicht. Je weniger die wissen, desto besser. Ich kenne Jens und Jürgen etwas näher, weiß, wo die ideologisch stehen. Wenn die ihren Chefs so eine Meldung bringen, bekommen sie sofort nen Orden. Und dann wäre echt was los hier oben in der nächsten Zeit."

„Und du? Hast du keinen Chef?"

„Ich denke für mein Leben gerne selbständig. Und ein bisschen Anstand ist auch noch übrig geblieben ..."

Ja, genau deshalb hatte ich ihn ausgesucht. „Was für einen Zoff hast du eigentlich mit Bogdanov gehabt?", fragte ich noch.

Er reagierte ungewohnt heftig: „Das war privat und geht keinen was an. Ich kann dir aber versichern, dass ich ihn sehr gut kennengelernt habe. Zu gut, als dass ich mich auf was einlassen würde mit diesem ... Und Zeller werde ich ein paar Zähne einschlagen dafür, dass er mich hier reingesetzt hat ohne mir zu sagen, dass Bogdanov mitspielt."

***

Mir ging es um Längen besser nach diesem Gespräch: Ich hatte die Sache nicht mehr alleine am Hals. Der Druck, der auf mir lastete, ließ deutlich nach. Natürlich war es ein Risiko, Hermann einzuweihen. Aber er war einfach der Einzige, der überhaupt in Frage kam.

Wir marschierten zurück zum Wrack. Jens und Maik hatten die beiden Boxen aus dem Eis herausgehackt, ich kam gerade recht, um den nächsten Schuss zu setzen. Die Maloche ging weiter. Nur machte es jetzt keinen Spaß mehr, keinem von uns.

Als wir gegen sieben in der Früh aufhörten, fehlten uns bis zu der Sperrholzwand, hinter der das „Raucherabteil" lag, noch zwei Schüsse.

Kaum waren wir aus dem Eisschlauch raus, durften wir in Gewehrläufe blicken. Am Rande des Eisfeldes, keine zehn Meter weit weg, standen unsere Wachen, inzwischen wieder zu dritt.

Auf dem Rückweg gingen sie alle drei hinter uns und hielten dabei einigen Abstand. Maik hatte recht, so würden wir nichts ausrichten können. Aber ich konnte mich ungestört mit Hermann unterhalten.

„Was sind das eigentlich für Gewehre, taugen die auch auf weitere Entfernungen?"

„Das G36 von Heckler & Koch. Die Ordonanzwaffe der Bundeswehr, nur eben die C-Version. C steht für ‚compact'. Wenn man den Schaft nach vorne klappt, ist das ganze Teil gerade mal fünfzig Zentimeter lang. Aber mit dem Dreifach-Zielfernrohr, das die montiert haben, kann man auf fünfhundert Meter noch recht genau treffen."

„Also sehr gefährlich. Was weißt du noch darüber?"

„Die Teile sind sehr leicht, um die dreieinhalb Kilo mit dreißig Schuss Munition. Aufschießender Gasdrucklader, funktioniert alles bestens, wenig Aussetzer – nur bei Dauerfeuer, jenseits von achtzig bis hundert Schuss soll sie ungenau werden. Das kann an dem vielen Kunststoff liegen, der aus Gewichtsgründen verarbeitet wurde. Die Magazine zum Beispiel bestehen zum Teil aus transparentem Kunststoff, man kann von außen sehen, ob sie geladen sind."

„Also hat man wenig Chancen, wenn man vor einem, der damit bewaffnet ist, weglaufen möchte?"

„So gut wie keine, wenn er das Gewehr griffbereit hat. Es hat drei Feuerarten: eins, zwei und D. Eins heißt, es gibt entsichert einen Schuss per Auslösung ab. Die Zweier-Einstellung funktioniert so, dass per Auslösung zwei Schüsse schnell hintereinander aus dem Lauf kommen. Na, und D für Dauerfeuer muss ich ja wohl nicht erklären: 750 Schuss pro Minute. Das Gewehr liegt funktional also irgendwo zwischen einem Präzisionsgewehr und einer Maschinenpistole."

„Und damit laufen die im Watzmannkar rum ..."

„Ja", sagte Hermann, „wenn ich mir die Bewaffnung anschaue, dann würde ich sagen: Das sind Profis und die meinen es ernst."

***

Um elf am Vormittag schnarrte mein Armbandwecker los. Tony spritzte aus seinem Schlafsack, als ob der brennen würde. Ich bekam einen guten Eindruck von seinen körperlichen Fähigkeiten – und seiner Motivation.

„Was soll das?“, fragte er patzig.

„Ich muss los, unseren Kollegen abholen, der heute raufkommt.“

„Findet der den Weg nicht alleine?“

„Mir passt Ihr Ton nicht“, antwortete ich. „Da Sie aber neu sind in unserem Lager, will ich es Ihnen erklären: Die Jungs haben die Anweisung, sich dem Lager nicht zu nähern, bis ich sie an einem verabredeten Punkt abhole. Und bevor ich das mache, versichere ich mich, dass sie nicht beobachtet oder verfolgt werden.“

„Okay“, sagte er, „das macht Sinn. Wann werden Sie zurück sein?“

„Wenn Jürgen pünktlich ist, in einer Stunde. Wir haben aber verabredet, dass ich bis zu drei Stunden auf ihn warte – oder er auf mich, je nachdem.“

Er nickte. „Dann werden Sie also spätestens gegen vierzehnhundert zurück sein.“ Er verwendete das gängige Natoformat für die Uhrzeit, vierzehnhundert für vierzehn Uhr. „Ich würde auf jeden Fall empfehlen, pünktlich zu sein.“

Jürgen war schon mal pünktlich. Er hatte einen sehr leichten Rucksack dabei und etwas zu erzählen: Gestern Nachmittag seien zwei merkwürdige Typen in der Jagdhütte aufgetaucht, die Vesna und Eichstrich offenbar gekannt hätten.

„Aufgepumpte Türsteherfiguren, teure Disco-Klamotten, blöde Hüte und solche Wrap-around-Sonnenbrillen.“

Die Blues Brothers. Damit war dann auch der letzte mögliche Zweifel an der Urheberschaft unserer Schwierigkeiten beseitigt.

Die hätten das Kommando übernommen, erzählte Jürgen weiter, Vesna und Eichstrich hätten zusammenpacken müssen und alles in den Bus verladen. Am nächsten Morgen mussten sie ohne Frühstück los. Ihn hätten sie am Hammerstiel-Parkplatz abgesetzt – aber ohne den Proviant. Er habe jetzt also nichts als seine persönliche Ausrüstung im Rucksack.

„Alles klar, mach dir keine Gedanken", tröstete ich ihn. „Hier oben hat sich auch einiges verändert ..."

Ich setzte ihn ins Bild. Den Namen Bogdanov kannte er nicht, da war ich mir sicher. Ich sagte ihm dann, dass er wieder absteigen sollte, um nach Hause zu fahren, und dass er die ganze Geschichte einfach vergessen sollte. Ich würde versuchen, die anderen irgendwie aus der verzwickten Lage herauszumanövrieren – mit Hermann hätte ich schon ein paar Ideen entwickelt.

Doch er verweigerte das: Wenn „seine Kameraden" in Schwierigkeiten seien, würde er sich doch nicht absetzen. Das war natürlich genau das, was ich befürchtet hatte, der „Retter der weißen Rasse" wollte den Helden spielen ... Ich argumentierte noch etwas herum, aber mir war klar, dass ich keine Chance hatte. Also nahm ich ihn mit ins Lager – wer weiß, wofür es gut ist, dachte ich noch. Zuvor musste er mir allerdings versprechen, dass er sich zurückhalten und vor allem keine Konfrontationen oder Alleingänge versuchen würde.

Als wir noch etwa fünfhundert Meter von unserem Lager entfernt waren, dröhnte es plötzlich hinter uns. Wir fuhren beide herum, ich duckte mich hinter den nächsten Block und zog Jürgen mit mir.

„Ein Hubschrauber", rief ich ihm zu, „bleib unten!"

Der Helikopter hüpfte mit einem Satz über den breiten Rücken der Watzmannfrau, flog quer durchs Kar, hielt genau auf uns zu, raste mit knüppelndem Lärm über uns weg. Er flog vielleicht fünfzig Meter über Grund und hatte einen BigPack an seinem Frachthaken hängen: einen dieser großen weißen Kunststoffsäcke, in denen man Kies oder Sand auf die Baustelle geliefert bekommt. Genau über unserem Lager blieb er stehen und ging noch tiefer. Ein paar Sekunden später zog er steil nach oben und nach rechts, tauchte haarscharf über den

Grat in die Hocheckflanke – einen Moment lang glaubte ich, er würde den Sack am Grat hängen lassen –, dann verebbte der infernalische Lärm, noch schneller, als er gekommen war.

„Meinst du, der hat das Lager entdeckt?“, fragte Jürgen.

„Auf jeden Fall“, antwortete ich. „Das liegt genau da, wo er tiefer gegangen ist.“

Wir hetzten los. In Gedanken war ich dabei, mir auszurechnen, über welche Route wir uns am schnellsten absetzen könnten. In zwei bis drei Stunden würden wir Besuch bekommen – noch früher, wenn die Parkverwaltung auch einen Hubschrauber einsetzte. Bis dahin mussten wir spurlos verschwunden sein ... Und schlagartig wurde mir klar, was für ein unglaublicher Glücksfall es war, dass wir gerade jetzt entdeckt worden waren.

***

Dieser Hubschrauber gab mir meine Handlungsfreiheit zurück: Wir würden alles zusammenraffen, im Eiltempo zum Eisschlauch marschieren, den ganzen Krempel einschließlich der Waffen der Südafrikaner dort versenken – und uns auf getrennten Wegen aus dem Staub machen. Harmlose Wanderer, die vom oberen Rand des Kars einen Blick in die berüchtigte Ostwand werfen wollten. Anschließend runter zur Kührointalm, weiter über den Rinnkendlsteig nach Bartholomä, mit dem nächsten Schiff nach Schönau, mit dem Bus zum Bahnhof in Berchtesgaden. Und dann: ab nach Hause!

Ich dachte nicht, dass Tony noch irgendein anderer Ausweg blieb – denn der Staatsgewalt seine Bewaffnung erklären zu müssen, konnte wohl kaum in seinem Interesse liegen. Jetzt war ich es, der ihn und seine Gehilfen aus der Bredouille bringen konnte. Und der Schacht, der Tunnel? Würde in spätestens vier Wochen nur noch Geschichte sein. Der unterirdische Abfluss durch den Kies am Grund des Toteises würde in absehbarer Zeit zufrieren, unser Stollen und danach der Eisschlauch würden sich Stück für Stück mit Schmelzwasser füllen, das steinhart gefrieren würde. Ende, Schluss und aus – dieser ganze Alptraum war vorüber. Besser, so glaubte ich, hätte es gar nicht laufen können ...

Heute Nacht schlaf ich in einem weichen Bett!, dachte ich, als wir nach Luft schnappend im Lager ankamen.

Dort erwartete mich eine böse Überraschung: keinerlei Aufbruchshektik, obwohl ich den schnellen Rückzug im Falle einer Entdeckung immer wieder durchgekaut hatte mit meinen Jungs. Tony saß mitten im Lager grinsend auf einem von drei prallvollen Seesäcken.

„Was ist das?“, wollte ich wissen, obwohl ich die Antwort schon kannte.

„Die bestellte Verpflegung“, war die lakonische Antwort.

Er erklärte mir dann, immer noch grinsend, dass an einer großen Berghütte hier „hinter dem Hügel“ – er meinte das Watzmannhaus – Umbauarbeiten im Gange seien. Für den heutigen Tag seien acht Hubschrauberflüge geplant, mit denen Baumaterialien transportiert werden sollten. Und der erste dieser Transporte hätte eine kleine Zwischenlandung im Kar eingeplant – gegen ein sehr ordentliches Zusatzhonorar für den Piloten.

Wie mir Hermann später erzählte, hätte Tony einen roten Regenumhang auf die Felsen über unserem Lager gelegt, kaum dass ich weg gewesen wäre. Dann hätten sie den Hubschrauber gehört. Der sei direkt über ihnen stehengeblieben, hätte den Nylonsack kurz aufgesetzt und die drei Südafrikaner hätten die Seesäcke, die auf einer Ladung Zementsäcke gelegen seien, heruntergezogen. Dann sei der Helikopter sofort weitergeflogen. Das Ganze hätte nur ein paar Sekunden gedauert.

Für mich war das natürlich ein Schlag in den Magen. Ich hatte geglaubt, alles wieder im Griff zu haben, aber länger als zehn Minuten hatte das nicht angehalten. Wir waren jetzt im Besitz von fünfzig Kilo Lebensmittel, das war genug für fast zehn Tage. Sogar meine Bierbestellung war ausgeführt worden.

Heute Nacht würden wir nicht in einem weichen Bett schlafen, sondern wieder in unserem Flugzeugwrack Eis hacken – mit Waffenläufen im Rücken.

Ich verteilte erst mal eine Runde Beck's, dann packte ich mich wieder in meinen Schlafsack.

Hermann kam noch bei mir vorbei und fragte: „Und was jetzt?"

„Plan A", antwortete ich schulterzuckend.

***

In der folgenden Nacht schafften wir die letzten Fuhren Eis aus dem Flugzeugrumpf. Ganz zuletzt fanden wir das, was ich nicht finden wollte: Rechts neben der Tür zum Cockpit befand sich etwas auf dem Boden, das mit einer Plane abgedeckt war. Hermann zog sie weg, noch bevor ich ihm in den Arm fallen konnte: Auf einer kleinen Holzpalette standen fünf Kistchen aus Edelstahl. Genau wie beschrieben, nicht zu verwechseln.

„Und was ist jetzt das?", fragte Maik.

Ich hatte keine Ahnung, was ich sagen sollte. Hatte mir nichts überlegt, war von den Ereignissen der vergangenen vierundzwanzig Stunden einfach überfordert gewesen.

Hermann riss mich aus der Klemme: „Karl hat so was wie eine Ladeliste bei seinen Papieren. Darin steht, dass unter anderem ein hochexplosiver Sprengstoff an Bord sein soll. Also passt bloß auf ..."

Ich nickte, nahm den Ball dankbar an. „Ja, es soll sehr empfindlich sein, das Zeug, deshalb wurde es in so kleinen Portionen verpackt. Wir müssen das wegschaffen und sicher verstauen, bevor wir weitermachen. Wir wollen uns ja nicht selber in die Luft blasen."

Ich tat so, als ob ich nachdenken würde: „Vergraben dürfte das Sicherste sein. Ich würde sagen, wir heben eine Grube vor der Tür aus – und den toten SS-Offizier begraben wir gleich mit. Das geht mir schon die ganze Zeit an die Nieren, dass der da einfach so rumliegt."

„Genau“, sagte Jürgen, „das ist nicht in Ordnung. Setz doch zwei Schüsse in den Boden vor der Tür, dann haben wir das in ein, zwei Stunden erledigt.“

Wir brauchten länger, weil ich darauf bestand, die Grube mindestens zwei Meter tief zu machen. Ich begründete das mit der Gefährlichkeit des Sprengstoffes in den Kisten, der, so behauptete ich, sehr empfindlich auf Erschütterungen reagieren sollte. Nachdem die Grube tief genug war, holten Hermann und ich die Edelstahl-Kistchen eines nach dem anderen aus dem Rumpf und versenkten sie vorsichtig in unserem Grab. Die drei anderen hatte ich „aus Sicherheitsgründen“ vor die Mausefalle geschickt. Das Gewicht der Kisten verblies bei uns jeden Zweifel, den wir vielleicht noch in Bezug auf den Inhalt gehabt hatten.

Am Ende schaufelten wir einen halben Meter des ausgehobenen Eises drauf. Nachdem wir die anderen wieder dazu geholt hatten, kam der SS-Mann an die Reihe. Wir wickelten ihn aus der Plane und legten ihn in die Grube. Jürgen wollte dann die Plane wieder über ihm ausbreiten, aber ich hielt ihn davon ab.

„Ich will hier keine Spuren hinterlassen, falls er noch mal ausgegraben wird. Der wurde bei der Notlandung aus dem Rumpf geschleudert, als es die Tür aus den Angeln riss“, sagte ich. „So kann man sich das erklären. Aber wenn der feierlich zugedeckt ist, dazu noch mit einer modernen Plastikplane, würde das dieses Bild etwas stören, fürchte ich.“

Wir ließen es dabei. Allerdings bestand Jürgen auf einer Gedenkminute, und Jens bestätigte ihn darin. Also nahmen wir die Helme ab und standen eine Minute dumm herum – Jürgen und Jens wesentlich strammer als der Rest. Dann schütteten wir das Grab zu, verdichteten das Eis an der Oberfläche so gut es ging und schafften den Rest zur Wasserspülung.

Als wir gegen acht am Morgen aus dem Eisschlauch kletterten, zurück vor die Gewehrläufe, hatte ich das Gefühl, das Bestmögliche aus der Situation gemacht zu haben – mit Hermanns Hilfe. Auf dem Weg zum Lager bedankte ich mich leise bei ihm für seine Unterstützung da unten im Stollen.

„Kein Problem“, meinte er. „Ich hab schon gemerkt, dass du mit den Nerven zu Fuß daherkommst. Da hab ich mir vorsorglich was überlegt. Aber die Idee mit der Leiche ist natürlich erstklassig. Wenn den irgendwann mal einer findet, wird er bestimmt nicht noch einen halben Meter weiter runtergraben.“

„Hoffen wir das mal“, setzte ich dazu.

Was ich ihm nicht sagte: Es ging nicht um einen halben Meter. Eis verhält sich plastisch – Gegenstände, die ein größeres spezifisches Gewicht haben als das Eis, versinken langsam in ihm. Und diese schweren kleinen Kästchen mit ihrem hohen Gewicht auf kleiner Grundfläche – die würden sehr schnell versinken – im Gegensatz zu der gefriergetrockneten Leiche. Der Abstand würde mit jedem Monat größer werden. Und sollte eines Tages irgendwer nachgraben – Hermann womöglich? – würde er unter der Leiche erst mal gar nichts finden. Und hoffentlich annehmen, ein anderer sei ihm zuvorgekommen.

***

Dann schloss Tony zu uns auf. „Na, wie sieht es aus da unten?“

„Ganz gut. Wir sind an der Tür zum vorderen Laderaum angekommen – da werden wir dann hoffentlich Ihre Kisten finden. Schwere und wertvolle Fracht wurde eigentlich immer dort verstaut“, log ich. „Zwei, höchsten drei Nächte noch, dann wissen wir Bescheid. Aber es gibt auch Probleme ...“

„Welche?“

„Ich muss telefonieren – oder Sie erledigen das für mich. Ich brauche einen neuen Satz Sprengkapseln. Mir ist heute Nacht die Box mit meinen Zündern aus der Hand gerutscht und in eine der Spalten gefallen. Keine Chance, sie wieder rauszuholen, dafür ist die Spalte zu schmal und zu tief. Verdammtes Pech, aber so ist das nun mal. Zum Glück hatte ich gerade einige Kapseln herausgenommen, als das passierte. Morgen können wir also noch weitermachen, aber ich brauche in den beiden danach folgenden Tagen mindestens noch zehn oder zwölf Kapseln, damit wir fertig werden können."

„Kann man nicht ändern", antwortete er. „Dann geben Sie mir die Nummer, ich gehe sofort los."

„Das hat keinen Sinn, wir haben mit den Lieferanten ein Zeitfenster für die Bestellung vereinbart: Der Anschluss ist täglich nur zwischen sechs und acht Uhr am Morgen besetzt. Heute schaffen Sie das nicht mehr bis zur Archenkanzel, wir haben ja schon nach halb acht. Aber für die kommende Nacht reichen uns die Zünder ja auch noch."

„Gut, dann gehe ich morgen Früh zwischen vier und fünf runter. Wie kommt das Zeug dann aber zu uns?"

„Das Paket wird vier Stunden nach dem Anruf an einem Ort im Tal übergeben, den man in dieser Zeit bequem erreichen kann – in der Nähe unseres Forsthauses. Normalerweise hätte ich mit einem zweiten Anruf einen meiner Leute aus dem Forsthaus dorthin in Gang gesetzt, der das Päckchen in Empfang nimmt, und die folgende Schicht hätte es dann mit heraufgebracht. Aber wie Sie mir sagten, wurde unser Basecamp ja aufgegeben."

„Dann werde ich das erledigen", sagte er sofort.

„Wie Sie wollen. Sie könnten dann, wenn Sie die Bestellung abgesetzt haben, weiter absteigen und in dem Wirtshaus an der Brücke frühstücken. Ich zeige Ihnen nachher auf der Karte, wie Sie dahin kommen. Bei Ihrem Anruf sagen Sie einfach: ‚Karl braucht neues Material'. Gegen zehn Uhr werden Sie das Päckchen an der vereinbarten Stelle in Empfang nehmen, gegen vierzehn Uhr könnten Sie wieder hier sein."

„Gut organisiert, das Ganze", sagte er, schaute mich aber recht misstrauisch an dabei. „Sollte das aber ein Trick sein, um mich loszuwerden, dann wird das nicht klappen. Ich werde meine Leute entsprechend instruieren. Wenn denen in meiner Abwesenheit irgendwas komisch vorkommen sollte, gebe ich ihnen freie Hand, auch was den Waffeneinsatz angeht."

„Hören Sie, ich will keine Schwierigkeiten, davon hab ich schon genug. Ich will nach Hause, unter eine Dusche, in ein weiches Bett, und das so schnell wie möglich. Ich möchte das einfach hinter mir haben, und es ist völlig unnötig, mir zu drohen. In spätestens drei Tagen haben Sie Ihre Fracht – aber erst mal brauche ich diese Sprengkapseln."

Er ließ sich zurückfallen, um mit seinen Leuten zu reden.

Dafür schloss Hermann, der hinter uns gegangen war, wieder zu mir auf.

„So, so – seit wann gibt es denn Spalten im Toteis?", fragte er grinsend.

„Seit heute Früh", antwortete ich.

„Das war nicht schlecht", lobte er mich leise, „wir werden diesen Kerl für mindestens acht oder neun Stunden los sein!"

„Leider nicht. Er wird unter der Nummer, die ich ihm geben werde, niemanden erreichen. Das wird ihn misstrauisch machen und er wird sofort wieder hochkommen. Mehr als drei, vier Stunden werden wir nicht haben, fürchte ich."

***

In dieser „Nacht" schlief ich lange und gut. Das habe ich bei der Arbeit in Krisengebieten gelernt: Man trifft seine Entscheidungen für den kommenden Tag am besten, bevor man sich schlafen legt, sonst geht die Nacht dafür drauf.

Abends um elf machten wir uns fertig. Hermann und Jens packten unsere Wasserflaschen und die Verpflegung für die Nacht in zwei Rucksäcke. Daran war nichts Ungewöhnliches, wir hielten das immer so. Nur hatten wir die beiden Rucksäcke von gestern im Stollen liegen lassen – in denen befanden sich nämlich unsere „Ausgehklamotten". Keinem unserer Bewacher war das aufgefallen. Heute würden wir also vier Rucksäcke dort haben – und für jeden einen Liter Wasser und zusätzlich so viele Müsliriegel und Schokolade, wie wir in den vergangenen beiden Tagen auf die Seite hatten bringen können.

Dann machten wir uns auf den Weg.

Unter solchen Umständen gibt es keine Routine mehr. Man ist sich bei jedem Handgriff bewusst, dass man ihn zum letzten Mal macht – so oder so.

Eine halbe Stunde später waren wir am Grund des Eisschlauchs angekommen. Wir würden jetzt rund fünf Stunden rumbringen müssen. Uns für die bevorstehende Flucht auszuruhen war nicht drin, wir mussten die ganze Zeit in Bewegung bleiben, sonst würde uns die Kälte holen.

Hermann montierte vier der alten Handgranaten und band dann je zwei mit einem Draht zusammen, den wir im Wrack gefunden hatten. Auch die Ringe an den Sicherungsstiften verband er miteinander. Er erklärte mir noch einmal genau, wie sie funktionierten und wie ich sie am besten platzieren konnte.

Als ich diese beiden geballten Ladungen auf dem Eis liegen sah, wurde mir schon etwas mulmig zumute, das gebe ich gerne zu. Ich schaute Hermann zweifelnd an.

„Dieser Bogdanov", begann ich. „Denkst du, der ist wirklich bereit, fünf Leute umzubringen für das Geld, das er mit dem Zeug da unten machen könnte?"

Seine Antwort kam schnell und war eindeutig: „Auf jeden Fall, das ist keine Frage. Der verdient sich seine Kohle auf die fieseste Art, die du dir vorstellen kannst. Ab und an mal eben jemanden totschlagen, wenn's nicht anders geht – das gehört da mit zum Geschäft. Die Konkurrenz schläft nicht und der hat dort, wo er herkommt, gelernt, dass es immer der Brutalste ist, der am Ende übrigbleibt. Wenn sich dem eine Chance bietet, mit einem Schlag aus dem Ganzen rauszukommen und am Ende in der obersten Liga zu landen, dann …" Es folgte eine lange Pause. „Also, wir sollten uns da nichts vormachen. Das wäre der dümmste Fehler, den wir machen könnten."

Maik fummelte inzwischen wie besessen an der alten Luger rum. Er hatte sich in den Kopf gesetzt, die verrostete 08 so herzurichten, dass sie wenigstens ein bisschen Eindruck machte: Er kratzte den Rost mit der Haue seines Eisbeils ab und leierte so lange am Magazin herum, bis es rausfiel. Es stellte sich heraus, dass sie ungeladen war, auch im Schloss steckte keine Patrone mehr. Nach Stunden war er so weit, dass der Sicherungshebel wieder gängig war, und sogar den Abzugshebel konnte man wieder einen Zentimeter weit bewegen.

Jens sah ihm zu, schüttelte nur den Kopf: „Mit dem Teil gegen zwei Sturmgewehre ..."

„Vergiss das Messer nicht", sagte Hermann und grinste zu ihm hinüber.

Jürgen räumte unterdessen das letzte Eis aus dem Rumpf und fing dann an, die Aktenbehälter aufzubrechen – worum ich ihn gebeten hatte. Bevor ich das hier in die Luft jagte, wollte ich wenigstens mal einen Blick darauf werfen. Schließlich hatte ich fast zwei Jahre lang dafür geackert ...

Es waren insgesamt acht Behälter, und es war ernüchternd. Bei mehr als der Hälfte des Papierkrams, der da zum Vorschein kam, handelte es sich um Verträge, Protokolle und Berichte – wahrscheinlich hochinteressant für Historiker, aber es war nicht möglich, in den drei, vier Stunden, die mir zur Verfügung standen, groß was damit anzufangen. Mit dem Rest war es eher noch schlimmer: meterweise Zeichnungen, kiloweise formelbedecktes Papier, Zusammenfassungen, die immer noch viel zu komplex und theoretisch waren für die paar Stunden, die ich hatte. Alles in offenbar großer Eile in diese Behälter gestopft. Um hiermit was anfangen zu können, würde man Fachleute brauchen, und viel Zeit. Ich fotografierte davon so viel wie möglich, bis die Batterien meiner kleinen Digitalkamera aufgaben, was in der Kälte hier unten nicht allzu lange dauerte.

„Na, wo liegt denn nun das Bernsteinzimmer?", fragte Jürgen.

„Weiß der Geier, ich weiß es jedenfalls nicht. Keine Ahnung, ob das Zeug, hinter dem Bogdanov her ist, überhaupt vorhanden ist", sagte ich. „Hier brauchst du entweder so viel Glück wie für einen Lottogewinn, oder ein paar Monate Zeit. Haben wir aber beides nicht. Das Einzige, was mir daran gefällt: Bogdanov geht auch leer aus."

„Na ja“, meinte er, „dann kommen wir halt in einem Jahr noch mal hierher. Wäre doch schade um die ganze Arbeit – der Tunnel und das alles.“

„Ach, Jürgen“, antwortete ich, „das kannst du vergessen. In drei, vier Wochen spätestens läuft der Schacht voll Wasser. Und in zwei Monaten ist das Toteis wieder im Urzustand, so, wie es war, bevor wir hier aufgelaufen sind.“

Dazu fiel ihm dann auch nichts mehr ein.

Gegen halb fünf hielt ich es nicht mehr aus. „Ich steig mal rauf und schau nach, ob dieser Tony schon auf dem Weg ist“, sagte ich. „Fällt jemandem eine Ausrede ein, was ich oben zu tun haben könnte?“

„Nein, das machst du nicht“, erklärte Hermann. „Wir halten uns streng an unseren Plan: Um Punkt fünf geht hier die Post ab. Der allerbeste Plan taugt nichts, wenn man sich nicht an ihn hält.“

Natürlich hatte er recht. Aber dieses Warten war die Hölle.

Fünf Minuten vor fünf saß ich alleine auf der Schwelle des Rumpfes, die zusammengebundenen Granaten lagen neben der kleinen Kuhle, die Hermann dafür ins Eis des Bodens gehackt hatte. Dabei ging mir so allerhand durch den Kopf …

Der Rest hatte sich mit allem, was wir mitnehmen mussten, nach vorne in den Eisschlauch verzogen. Dort lagen sie jetzt auf den Boden gepresst und warteten darauf, dass ich auf sie drauffiel – und hinter mir die Hölle abging.

Dann war es fünf. Ich stand auf, bückte mich und nahm eine Ladung in die rechte Hand. Hermann hatte sie so zusammengebunden, dass die beiden Sicherungsbügel außen lagen. Mit der Linken zog ich an den verbundenen Ringen vorsichtig die Sicherungsstifte raus, hielt die Sicherungsbügel dabei aber fest. Ich legte diese Ladung in die Kuhle und nahm die zweite in die linke Hand.

„Okay“, sagte ich zu mir selbst, „Showtime!“

Ich ließ die Sicherungshebel der ersten Ladung los und sie sprangen, angetrieben durch die Federn im Kopf, in die offene Stellung, genau wie Hermann es vorhergesagt hat. Drei Sekunden, ab sofort.

Ich rase los, Richtung Mausefalle, schlittere unter den Block, reiße gleichzeitig die Sicherungsstifte aus den beiden anderen Granaten, werfe sie auf den Boden. Hetze die schiefe Ebene auf der anderen Seite hoch, haue mit jedem Schritt die Steigeisen tief ins Eis, um ja nicht aus- und zurückzurutschen. Komme oben an, lasse mich auf den Hintern fallen – in diesem Moment geht die erste Ladung vor dem Wrack los. Krach und Luftdruck reißen mir fast den Kopf ab, ich rodele da aber schon den oberen Stollen zum Eisschlauch runter.

Im letzten Augenblick überlege ich noch, wie ich, wenn ich gleich in den Schlauch falle, verhindern kann, dass ich mit den Steigeisen die anderen verletze – in dem Moment ist es aber schon so weit – nur liegt da keiner auf dem Boden, die stehen, zwei rechts, zwei links und fangen mich auf. Eine halbe Sekunde später, nachdem wir alle zusammen hart auf dem Boden gelandet sind, übereinander, in einem wirren Haufen, platzten die beiden Granaten unter der Mausefalle. Und dann gab es ein ächzendes, brutal jammerndes knirschendes Geräusch, das ich heute, Jahre danach, noch immer in den Ohren habe: als der riesige Versturzblock aus seinem eisigen Lager riss und herunterkam wie ein Fallbeil. Das ganze Toteis zitterte, bebte. Eiszapfen zerbrachen klirrend über uns und regneten auf uns herunter. Dann war Ruhe.

Der Korken – er saß wieder im Flaschenhals.

***

Jens, Jürgen und Maik saßen mir gegenüber mit dem Rücken an die Wand gelehnt und trugen ein angstschüchternes Grinsen unter weit aufgerissenen Augen. Hermann kniete hinter mir und trommelte vor Begeisterung mit beiden Fäusten auf meinen Rücken. Ich zitterte zu sehr, um auch nur ein Wort rauszubekommen – ich schaffte es nur, den Zeigefinger an die Lippen zu legen und nach oben zu sehen.

Von dort hörten wir nur unbestimmte, entfernte Geräusche ...

„Sie trauen sich nicht auf Eis ohne Steigeisen", flüsterte Hermann.

Ich rappelte mich hoch. „Okay, ich gehe los. Alles wie besprochen ..."

Hermann schüttelte den Kopf: „Warte noch fünf Minuten."

Er hatte recht, das würde besser aussehen.

Dann stieg ich los. Als ich etwa drei Meter hoch war, hängte er sich unter mir ins Seil.

Ich hörte ihn noch sagen: „Keinen Mucks von euch, ihr drei seid tot. Ich bin der Schwerverletzte."

Es machte keine Probleme, zu zweit am Seil aufzusteigen, solange wir im gleichen Rhythmus blieben. Einen Meter unter der Mündung hieb ich meine Frontalzacken ins Eis, klinkte meine Jümars aus dem Seil und hielt mich an den Handschlaufen des Hilfsseils fest, das neben der eigentlichen Seilstrecke herunterkam – wir benutzten es normalerweise, um das Hauptseil zu entlasten und damit leichter aus dem Eisschlauch aussteigen zu können. Hermann kletterte weiter am Hauptseil, bis er neben mir war.

Jetzt war es so weit, jetzt kam es drauf an. Da oben warteten zwei Sturmgewehre auf uns – jedenfalls hoffte ich, dass es nur zwei waren. Und was hatten wir zu bieten? Eine ungeladene, verrostete 08, ein Klappmesser und den Überraschungseffekt. Toll!

Also los. Eine Minute später zog ich mich an den Handschlaufen über den rundgetauten Rand auf die Oberfläche, lag auf dem Eis, keuchte schwer, schnappte nach Luft wie ein gestrandeter Fisch. Ich hatte eine Katastrophe hinter mir, hatte knapp überlebt, war völlig am Ende.

Es war nicht ganz dunkel, es herrschte das graue Zwielicht kurz vor der Dämmerung. Im Rotlicht meiner Stirnlampe sah ich Marc und Johann mit angelegten Gewehren nur etwa sechs

Meter entfernt am Rand der Eisfläche stehen, sie starrten zu mir herüber, hatten ihre Stirnlampen aber nicht eingeschaltet.

Ich rappelte mich auf, machte dabei so viel Krach wie möglich. Als ich aus meinen Fußschlaufen stieg, sah ich aus den Augenwinkeln, dass Hermann direkt unter der Mündung hing. Dreißig Zentimeter höher, und sie hätten ihn sehen können.

Ich ließ mein Eisenzeug fallen und wankte auf die beiden zu.

„Ein Unfall“, keuchte ich auf Englisch, „alte Munition in dem Flugzeug ist hochgegangen ...“

„Was ist mit deinen Leuten?“, fragte Johann.

„Drei sind verschüttet am Flugzeug, wahrscheinlich tot. Hermann ist sehr schwer verletzt. Ich kann ihn aber mit dem Flaschenzug herausholen – glaube ich jedenfalls. Einer von euch sollte sofort zu unserem Lager rennen und den großen Verbandskasten holen.“

Inzwischen war ich bei den beiden angekommen, drängelte mich an ihnen vorbei und setzte mich auf einen Stein hinter ihnen. So waren sie gezwungen, sich umzudrehen, der Schachtmund lag jetzt in ihrem Rücken. Ich atmete immer noch schwer, zog den Reissverschluss meines Overalls auf und fuhr mit der Hand unter der Montur über meine Rippen, als ob sie mir weh täten. Dann hatte ich die 08 in der Hand.

Johann unterhielt sich in Afrikaans mit Marc. Anschließend fragte er mich: „Du sagst etwas von einem Einsturz. Das Flugzeug ist nicht mehr zugänglich?“

„Das könnt ihr vergessen, das ist vorbei. Man würde Wochen brauchen, um den Stollen wieder aufzumachen.“

Johann übersetzte für Marc. Der schüttelte nachdenklich den Kopf.

Ich sagte: „Könnte jetzt mal einer von euch den Verbandskasten holen? Ich muss wieder runter, meinem Kumpel helfen.“ Kumpel – das war das Stichwort für Hermann.

Johann lächelte kalt und sparsam, kam zwei Schritte auf mich zu und sagte: „Das wird nicht mehr nötig sein. Für den Fall, dass die Fracht verloren ist, haben wir ganz eindeutige Befehle.“ Er grinste immer noch.

Also doch, dachte ich. Ende Gelände. Aber nicht für uns: für euch. Ich merkte, wie eine fürchterliche, üble Wut in mir hochkam ...

In diesem Moment sah ich Hermann aus dem Schacht auftauchen. Er hatte sich aus dem Seil geklinkt, seine linke Hand in eine der Schlaufen des Hilfsseils gesteckt und seinen rechten Fuß mit dem Steigeisen so hoch angesetzt, wie es nur ging. So hoch, dass ich die Frontalzacken seiner Steigeisen sehen konnte. Mir war sofort klar, was er vorhatte: Er wollte sich mit einem Ruck, mit einem Schwung aus dem Schacht katapultieren. Aber das ging schief: Als er den rechten Fuß belastete, bohrten sich die Eisen ins Eis, und das verursachte ein Knirschen.

Marc wollte sich umdrehen, doch in diesem Moment stand ich auf, zog die Luger aus dem Oberteil meiner Montur und hielt sie Johann mitten ins Gesicht. Dann schaltete ich den Sicherungshebel knackend herunter und legte die linke Hand unter den Kolben der Waffe. Damit hatte ich Johanns volle Aufmerksamkeit, und Marc hatte das Geräusch hinter sich erst mal vergessen. Aber er hob sofort den Lauf seiner Waffe, und einen Sekundenbruchteil später sah ich ebenfalls in ein kleines schwarzes Loch. Und dann ließ er seinerseits den Sicherungshebel klacken ... In dem Moment wusste ich ganz genau, dass mir noch ein, zwei Sekunden blieben, bevor er mit dem Denken fertig war und abdrücken würde.

Schräg hinter ihm ragte im Zwielicht Hermanns Oberkörper aus dem Schacht. Immer noch den rechten Fuß ins Eis gekeilt, die linke Hand in der Seilschlinge des Hilfsseils. Zu spät, dachte ich, Herrgott noch mal – du kommst zu spät. Aber dann tauchte seine Rechte aus dem Schacht, er holte weit aus und schleuderte sein Eisbeil wie ein Indianer seine Kriegskeule. Es krachte Marc genau zwischen Haaransatz und Schulterblätter.

Marc brach auf die Knie, sein Gewehr fiel ihm aus der Hand und innerhalb von einer Sekunde flog Hermann aus dem Schacht, stand hinter ihm und hatte ihm den linken Arm um den Hals gelegt. In der Rechten hielt er jetzt mein Messer, dessen feine Spitze sich genau einen Zentimeter vor Marcs linkem Auge befand.

Und damit hatten wir sie.

Marc war nur halb bei Bewusstsein, sein Gewehr lag neben ihm, Hermann setzte sein rechtes Steigeisen drauf. Johann hatte sich halb umgedreht, jetzt starrte er wieder in die Mündung der unnützen Luger, sein G36 hing nach wie vor am Riemen über seiner rechten Schulter, mit der Mündung nach unten.

„Die linke Hand ins Genick", wies ich ihn an. „Dann nimmst du mit der rechten Hand dein Gewehr am Riemen und legst es auf den Boden. Und wenn du irgendetwas versuchst, hast du ein Loch in der Stirn und dein Kollege hinter dir ein Auge weniger."

Er tat genau, was ich ihm gesagt hatte. Ich machte einen Schritt nach links und hob das G36 auf. Sobald ich es in der Hand hatte, legte er ungefragt auch die rechte Hand ins Genick.

„Setz dich hin und lass die Hände, wo sie sind."

Ich ging rüber zu Hermann, steckte die Luger weg und griff mir das zweite G36, nachdem er seinen Fuß runtergenommen hatte. Hermann ließ Marc los, machte einen Schritt nach hinten, schaltete seine Stirnlampe ein und nahm mir eines der Gewehre aus der Hand. Er trat vor die beiden: Johann, der am Boden saß, Marc, der kniete, den Kopf hin und her drehte und sich den Nacken rieb.

Hermann sicherte die Waffe, zog das Magazin ab und überprüfte den Ladezustand. Er setzte es wieder ein, klappte den Ladehebel raus, lud durch – die im Schloss sitzende Patrone wurde ausgeworfen, eine neue aus dem Magazin nachgeladen. Dann stellte er die Sicherung auf „2". Er schaute die beiden an: Sie hatten begriffen, er konnte mit dieser Waffe umgehen. Man konnte zusehen, wie die Luft aus ihnen pfiff...

Erst da wurde mir langsam klar, dass wir es geschafft hatten. Die fast unerträgliche Spannung der letzten Stunden, dieses Gefühl, auf einem daumendicken Seil über einem Abgrund zu laufen, ließ etwas nach.

Genau genommen war das, was ich hier tat, nichts Neues für mich. Die Vorlage dazu stammte aus dem ungeschriebenen Handbuch „Der Reporter im Krisengebiet“: Wenn es eng wird, haut man ab, macht sich aus dem Staub, sieht zu, dass man Land gewinnt. Man „setzt sich ab“, wenn es vornehm ausgedrückt werden soll.

Aber jemandem eine Waffe an den Kopf halten, damit man mich abhauen lässt – das war neu für mich. Ein merkwürdiges Gefühl von Überlegenheit, nicht unangenehm, aber unterlaufen von der Angst, sich zu übernehmen. Doch hatte ich eine Wahl? Ich wollte einfach nur weg von hier, und ganz bestimmt nicht tot da unten liegen, im Eisschlauch, wenn das Wasser stieg, in ein paar Tagen... Alles hatte bestens geklappt, etwas anders als verabredet, aber wer wollte da schon kleinlich sein.

Während Hermann die beiden in Schach hielt, sah ich mir Marcs Nacken an: Das Eisbeil hatte ihn mit dem platten Kopf getroffen, von daher brummte ihm sein Schädel nur, anstatt gespalten zu sein. Natürlich war das reiner Zufall, aber auch hier wollte ich mich nicht beschweren – nachdem ich in seinen Gewehrlauf hatte blicken dürfen.

Ich zog das Duct-Tape aus dem Overall und machte mich daran, den beiden die Hände auf den Rücken zu fesseln. Sobald ich fertig war, ging ich zum Eisschlauch und sagte unten Bescheid. Innerhalb von fünfzehn Minuten waren wir alle wieder auf dem Eis versammelt.

„Was fangen wir mit denen an?“, fragte Jens. „Ins Loch schmeißen?“

„Wäre das Sicherste“, antwortete ihm Hermann. „Aber sie haben kaum Schwierigkeiten gemacht, und ich hab heute meinen netten Tag: Wir bringen sie ein paar Meter außer Sicht, dann kriegen sie Beinfesseln und Knebel. Ihr Chef kann sie dann bemuttern, wenn er wieder zurück ist.“

„Und das könnte bald der Fall sein“, warf ich ein. „Los jetzt, alles wie besprochen: Wir holen die Rucksäcke hoch. Was mitgenommen werden soll, kommt da rein, alles andere in den Eisschlauch. Das kurze Hilfsseil nehmen wir mit, das

Hauptseil fliegt in den Schacht. Und zieht die Overalls aus, die müssen auch runter."

Zehn Minuten später waren wir so weit. Hermann gab mir mein Messer zurück, dann hielt er mir das zweite G36 hin, aber ich schüttelte den Kopf. „Ich kann nicht damit umgehen."

Hermann nickte, zog das Magazin ab und steckte es in die Tasche. Dann warf er das Gewehr in den Eisschlauch.

„Und wie geht's weiter?", fragte er mich.

„Erst mal steigen wir nach oben ins Kar. Dort klettern wir in einer Rinne fünfzig Meter senkrecht hoch, und über die Bänder, die ihr da oben seht, kommen wir auf den Gipfel."

„Na dann ...!"

***

Um den Einstieg in die „Wiederroute" zu erreichen, muss man im oberen Kar einen Felspfeiler umrunden. Nach dem vereisten Schuttkegel führt die erste Seillänge in einer Rinne auf der Rückseite dieses Pfeilers nach oben. Wir mussten das ohne Sicherung klettern, was für Hermann und mich kein Problem darstellte. Für die drei anderen war das nicht so einfach – aber sie schafften es. Am Ende dieses Abschnitts kommt man auf einen mehrere Quadratmeter großen Felskopf, von dem dann auch der Blick aufs Toteis wieder frei ist.

Als ich nach rund fünfzig Meter dort oben ankam, war es kurz nach halb acht und fast hell geworden. Ich drehte mich um und half erst Jürgen, dann Jens das letzte, schwerste Stück nach oben. Maik kam hinter ihnen, aber um den kümmerte sich Hermann, der am Schluss stieg.

Während wir auf die beiden warteten, setzten wir uns hin und ich betätigte mich als Motivator: „Das schlimmste Stück hätten wir damit schon mal. Was jetzt kommt, ist nicht der Rede wert. Ganz oben wird's noch mal etwas schwieriger, aber nur ein paar Meter lang. Und damit haben wir unsere Aufpasser abgehängt. Die wissen nicht, wo wir sind, und selbst wenn sie es wüssten, könnten sie uns nicht folgen."

„Das glaub ich allerdings auch“, keuchte Jürgen, der Mann von der flachen Küste, dem der Schrecken über die ausgestandene Kletterpartie im morgendlichen Zwielicht noch im Gesicht stand.

Dann schob Hermann Maik vor sich her über die Kante.

„Ich habe hier oben vor Wochen ein bisschen Fluchtkapital versteckt“, teilte ich ihnen mit, „ein Handy, was zu trinken, ein paar Müsliriegel und etwas Bargeld. Ich schau mal nach, ob das noch da ist ...“

Ich stand auf, Jens und Jürgen mit mir. Auch Hermann, dem der Aufstieg nicht viel abverlangt hatte, erhob sich. Ich ging nach vorne, an die Kante des Felskopfes, Jürgen folgte mir. Sofort sah ich den grauen Beutel in der Spalte und bückte mich, um ihn aufzuheben ...

... in diesem Moment explodierte die Welt.

Scharfkantige Steine schwirren durch die Luft, Blut schwebt in roten Flaken, ich bekomme einen Schlag von hinten, der mich fast über die Kante treibt ... Etwas Großes taumelt über mich weg, ich liege auf der Schnauze, die Hände im Abgrund und ein blutrotes Gesicht taucht vor mir auf, entfernt sich rasch, nach unten, immer weiter, schneller – Jürgen. Jürgen stürzt ab, sieht mich mit toten Augen an und streckt doch noch die Hände nach oben, zu mir ... Dann dreht er sich weg, taumelnd wie eine Puppe, knallt ein erstes Mal gegen die Wand, dann noch mal – und mit einem leisen, aber entsetzlichen Geräusch von zerreißendem Fleisch und berstenden Knochen klatscht sein Körper siebzig Meter tiefer in den Hangschutt.

Bevor ich weiß wie, bin ich wieder auf den Beinen. Einer liegt rechts von mir an der Kante, die Hände über dem Kopf, die Unterarme vor das Gesicht gepresst, einer kniet links von mir. Endlich sehe ich ihn, zweihundertfünfzig, dreihundert Meter weit entfernt und sicher hundert Meter weiter unten: das weißblonde Haar, die billige blaue Windjacke hebt sich deutlich ab vom Eis, das Gewehr liegt an Wange und Schulter.

Wieder spritzen Steine vor meinen Füßen auf, und dann: das Geräusch explodierender Munition, ein rasendes, schüttelndes Rattern – nicht da unten, direkt neben mir. Ein goldener Bogen flirrt durch mein Gesichtsfeld – ausgeworfene Messinghülsen –, ich kann den Blick aber nicht von dem Mann mit dem Gewehr wenden, der da unten auf dem Toteis steht, auf uns, auf mich!, zielt – und so erlebe ich das Ende: Der Figur auf dem Toteis fliegt das Gewehr weg, sie zappelt wie eine Gliederpuppe, der man mit einem Ruck die Fäden weggerissen hat, wird nach hinten getrieben und bricht zusammen. Langsam rutscht der Körper auf dem Eis noch ein paar Meter weiter, bleibt schließlich liegen. Rührt sich nicht mehr ...

Stille.

Dann höre ich jemanden flüstern, kaum zu verstehen: „Ja, ja, der wollt Scheib'nschieß'n, der Herr aus Südafrika. Hab ich ihm vermasselt, was?"

Hermann lacht, leise, keuchend, fast nicht von einem Weinen zu unterscheiden. Er sitzt zusammengesunken auf verschränkten Beinen, das Gewehr im Schoß, starrt blicklos, schwer atmend und mit offenem Mund in die Tiefe.

„Jürgen?", fragt er, ohne mich anzuschauen.

„Nein", antworte ich.

Er nickt.

„Wie hast du das nur geschafft, auf diese Entfernung – und unter solchen Umständen?", frage ich, fassungslos.

„Grad so wie der", sagt er mit leiser, flacher Stimme, zuckt mit dem Kinn in die Tiefe.

Was dann kam, hörte sich an wie auswendig gelernt, wie aus einem Lehrbuch: „Die Waffe wandert bei Schussfolgen immer nach oben aus. Deshalb hält man zunächst eher zu tief, vor allem, wenn man in einem Winkel von oben nach unten oder umgekehrt schießen muss. Man korrigiert die Seitenabweichung anhand der sichtbaren Einschläge. Man hört erst auf, wenn die Einschläge über dem Kopf des Ziels liegen."

„Und wer, verdammt noch mal, hat dir das beigebracht?"

Endlich sah er mich wieder an: „Wehrsportgruppe Süd."

„Danke", sagte ich. „Wenn du nicht so schnell gewesen wärst, dann würde ich jetzt dort unten liegen, bei Jürgen."

Er nickte wieder. Plötzlich hatte ich einen Eisklotz im Magen – als mir klar wurde, wie richtig das war, was ich da gerade gesagt hatte.

An dem Punkt wurde mir bewusst, dass da noch wer sein musste. „Maik?"

Ein verschrecktes, terrorisiertes Gesicht kam vorsichtig hinter einem Block zum Vorschein.

Ich klopfte Jens, der immer noch vor meinen Füßen lag, auf die Schulter: „Maik gibt's auch noch. Der Einzige hier, der gesunde Reflexe hat: Wenn's knallt, geht er in Deckung."

Hermann erhob sich – ein alter Mann. „Kommt", sagte er, „lasst uns hier abhauen."

***

Wir standen alle unter Schock, und jeder reagierte darauf auf seine eigene Weise. Dass Jürgen tot war, hatte ich, ohne mit der Wimper zu zucken, als Tatsache sofort akzeptiert und zur Kenntnis genommen. Und dieser Tony? Mein Gott, ich kann kaum ausdrücken, wie egal mir das zu diesem Zeitpunkt war. Hätte Hermann nur eine Sekunde gezögert ... So ist das, wenn sie einem ans Leben wollen: Man wird selbst völlig rücksichtslos.

Jens hatte mehrere Wunden auf der Stirn, wo ihn kleine Gesteinssplitter getroffen hatten. Sie waren nicht tief, bluteten aber stark. Ich klebte ihm je ein Pflaster drauf – mehr konnte und wollte ich jetzt nicht machen.

Maik war unverletzt, aber ansonsten schlimm dran. Er schluchzte regelrecht, ihm liefen die ganze Zeit die Tränen runter und immer wieder schüttelten ihn unkontrollierbare Krämpfe. Jens kümmerte sich auf unserem weiteren Weg sehr um ihn, damit überspielte er, so glaube ich, seine eigenen Emotionen. Hermann dagegen war wie versteinert, er reagierte auf alles stark verlangsamt, wie in Trance.

Ich selbst war von einer merkwürdigen selbstsüchtigen Euphorie erfasst, die mir im Rückblick fast widerwärtig vorkommt: Ich war noch am Leben, ich hatte den Korken wieder in die Flasche bekommen, ich war auf dem Weg nach Hause. Ich, ich, ich. Ich konnte an nichts anderes denken, innerlich jubelte ich. Unmittelbar nachdem zwei Menschen vor meinen Augen ihr Leben gelassen hatten ...

Als wir weiter aufstiegen, auf dem Weg zum ersten Band, wurde mir klar, dass ich mich zusammenreißen musste. Um Hermann brauchte ich mir wenig Sorgen machen – der stiefelte wie im Traum drauflos, zeigte keine Unsicherheit. Aber ich hatte hier noch zwei traumatisierte junge Burschen ohne jede bergsteigerische Erfahrung, die ich über einen schwierigen, langen Weg bringen musste. Natürlich war das alles einfachstes Klettergelände, das meiste im zweiten Grad, ab und zu kurze Passagen im dritten. Und es war früh am Morgen, wir hatten den ganzen Tag noch vor uns.

Ich rechnete mir aus, dass wir es bis halb zehn zur Mittelspitze schaffen konnten. Die Gefahr, dort mit meinem Trupp anderen Bergsteigern zu begegnen, war nicht sehr groß: Vom Watzmannhaus braucht man bis zur Mittelspitze mindestens zwei Stunden, eher zweieinhalb. Und auf dem weiteren Weg über den Grat würden wir auch nicht mit Gegenverkehr rechnen müssen: Der Südgipfel gilt vom Wimbachgries aus als „nicht machbar". Das stimmt natürlich nicht, schließlich war das der Weg der Erstbesteiger gewesen – aber normalerweise versucht das heutzutage so gut wie keiner mehr.

So gefordert, konnte ich nach und nach meinen eigenen Schockzustand bewältigen. Ich hatte auch genug zu tun: Ich nahm Maik ans kurze Seil, redete Jens gut zu, dass er aufpassen solle, ließ ihn vor mir gehen und zog Maik hinter mir her. Dann wurde mir klar, dass wir dieses Gewehr verschwinden lassen mussten – aber das erledigte sich von selbst: Noch vor dem Ende des ersten Bandes blieb Hermann plötzlich stehen und nahm die Waffe von der Schulter. Er zog das Magazin heraus, klappte die Schulterstütze um und verstaute alles in seinem Rucksack.

„Ist doch besser so, stimmt's?“, fragte er mich. „Oder glaubst du, wir müssen noch mit was rechnen?“

„Nein, das glaube ich nicht. Ab sofort sind wir der Kegelclub aus Wanne-Eickel auf seiner Herbstwanderung durchs Gebirge. Und Kegelbrüder brauchen keine Waffen.“

Das war ein ziemlich lahmer Witz, und ich bekam auch nicht das leiseste Grinsen dafür. Aber irgendwie machte sich danach ein starkes Gefühl unter uns breit: ein kleiner Trupp, der sehr viel erlebt hatte, der – unter Verlusten – durchgekommen war, gerade noch die Finger aus der zuknallenden Tür gerissen hatte. Und: auf dem Weg nach Hause. Sogar Maik hörte endlich auf zu heulen.

***

Die Bänder der „Wiederroute“ ziehen sich schräg aufwärts zur Mittelspitze des Watzmanns. Tatsächlich ist diese wenig begangene Route der einzige Aufstieg, der direkt auf den eigentlichen Gipfel führt, ohne den Umweg über das Hocheck oder den Südgipfel. Nach der Rinne, die wir hochgestiegen waren, geht es erst mal eben weiter, kurz sogar wieder abwärts, dann steht man am Anfang des Großen Bandes. Dieses oft zwanzig Meter breite Band ist leicht zum Kar hin geneigt und führt bis zu einem Block, der den weiteren Weg verstellt. Dort war es windgeschützt, und dort legten wir eine Pause ein.

„Also“, begann ich, „hört mal alle her: Jürgen ist tot. Er war schon tot, als er über die Kante ging, ich habe ihm direkt in die Augen gesehen, als er nach unten fiel – eine Kugel muss ihn ins Gesicht getroffen haben. Aber wir vier, wir leben noch, und ich will, dass das so bleibt. Einverstanden?“

Drei Augenpaare hingen an mir, drei Köpfe nickten.

„Gut. Der Kerl, der Jürgen abgeschossen hat, hat das nur ein paar Sekunden überlebt, dafür hat Hermann gesorgt, er hat ihn erledigt, eine halbe Sekunde, bevor ich dran gewesen wäre.

Mein Vorschlag: Wir vergessen Jürgen vorläufig und die Sache mit Tony für immer. Dann steigen unsere Chancen sofort um mehrere Prozent."

Drei Köpfe nickten.

„Wenn alle mitmachen, wenn keiner sich hängen lässt, dann verspreche ich, dass ihr morgen Nachmittag im Zug sitzt und das hier alles hinter euch lassen könnt. Aber: Nach Hause fahren werdet ihr nicht, das könnt ihr nicht. Die Leute, die euch ausgesucht und losgeschickt haben, werden wissen wollen, was passiert ist. Und der Dreckskerl, der das alles eingefädelt, finanziert und kontrolliert hat – der Jürgen auf dem Gewissen hat –, der wird keine Ruhe geben, bis er herausgefunden hat, was hier los war. Macht ihm das nicht zu leicht. Es wäre das Allerbeste, wenn er das nie erfahren würde, und außer uns vier weiß kein Mensch, was hier abgegangen ist. Deshalb müsst ihr, zumindest für einige Zeit, von euren Leuten wegbleiben."

„Wie soll das gehen?", fragte Jens.

„Ich habe für diesen Fall vorgesorgt – nur für mich, aber jetzt sind wir zu viert, also teilen wir. Ich kann jedem von euch dreihundert Euro geben, kauft euch in München eine Fahrkarte, irgendwohin, wo ihr für ein paar Wochen über die Runden kommen könnt, ohne aufzufallen. Aber das ist alles, mehr kann ich nicht für euch tun."

Wieder nickten alle.

„Noch was: Wenn einer von euch von diesem Bogdanov erwischt wird, dann erzählt ihm alles und schiebt es auf mich. Ich bin abgesichert, mich kriegt der nicht zu fassen. Hoffe ich wenigstens..."

Blieb das Problem, wie wir vom Berg runterkommen konnten.

Wir trugen alle unauffällige Outdoorklamotten und Rucksäcke. Sobald wir auf den ausgetretenen Touristenpfaden unterwegs sein würden, konnten wir in der Menge verschwinden. Das Problem lag darin, dass wir nicht dort auftauchen durften, wo man uns möglicherweise erwartete. Vom Mittelgipfel des Watzmanns standen uns zunächst zwei Wege offen: über das Hocheck runter zum Watzmannhaus, von dort gab es zwei weitere Wege runter ins Tal, einer davon über die Kührointalm. Aber das Watzmannhaus und auch die Kührointalm waren am leichtesten zu erreichen und vor allem: zu überwachen. Also fielen die schon mal weg.

Der zweite Weg vom Gipfel führt über den Grat zur Südspitze, dann hinunter ins Wimbachgries. Mit irgendwelchen Verfolgern würden wir auf diesem Weg erst tiefer unten im Wimbachgries rechnen müssen, und wir konnten ausweichen, bevor wir das Gries erreichten: über den Trischübelpass runter zum Königssee. Und das war wieder ein eher wenig begangener Weg, der aber direkt in die zweitgrößte Touristenansammlung der ganzen Gegend führte: nach St. Bartholomä. Von dort könnten wir dann am Samstagnachmittag, bei Hochbetrieb, in einem der Boote der Königssee-Schifffahrt nach Schönau übersetzen, wo wir auf ein noch größeres Touristenaufkommen treffen würden. Dann waren es nur noch ein paar Kilometer zum Bahnhof in Berchtesgaden. Und ich war bereit zu wetten, dass uns genau dort niemand suchen würde.

Zunächst hatten wir aber noch zwei Probleme: nicht gerade viel zu essen und nur einen Liter Wasser pro Person. Das ist für diese Route sehr wenig. Und wir würden uns waschen müssen, bevor wir unter Menschen kamen. Wir sahen alle aus wie von einem Schlachtfeld entkommen: Blutflecken auf den Kleidern, zerkratzte Hände, aufgeschürfte Ellbogen, von den Wunden auf Jens Stirn mal ganz zu schweigen.

Also machten wir uns wieder auf die Socken. Um den „Bandwächter“ herum in eine steile Rinne, bis wir vor einem weiteren Band standen. Das war die Schlüsselstelle der Tour: Hier darf man nicht auf das aufsteigende Band wechseln, sondern muss das etwas tiefere nehmen. Auf diesem gibt es noch zwei oder drei Unterbrechungen, die aber keine größeren Probleme machen. Dann umrundet man auf einem schmalen Band den Gipfelaufbau, hier verliert man den Blick ins Kar zum ersten Mal.

Rechts neben einer Schuttrinne stiegen wir im unteren dritten Grad bis zum Gipfel. Dort kamen wir kurz nach neun Uhr dreißig an. Wir waren die Ersten an diesem Tag.

***

Der Rest ist schnell erzählt. Das Wetter war nicht toll, aber es hielt. Wir absolvierten den Grat bis zum Südgipfel in rund zwei Stunden. Ohne Pause ging es sofort weiter, und nach einem üblen, kräfteraubenden Abstieg kamen wir gegen sechzehn Uhr im oberen Wimbachgries an. Statt nach Norden zur Hütte der Naturfreunde runterzugehen, stiegen wir in Richtung Süden wieder nach oben, bis zum Pass auf rund 1760 Meter. Auf der anderen Seite und ein paar Meter unter dem Sattel schlugen wir uns gegen achtzehn Uhr ins Latschengestrüpp und machten für diesen Tag Schluss. Wir hatten kaum noch Wasser in unseren Flaschen, litten einen Höllendurst und waren, insgesamt gesehen: fix und fertig.

Im Schein meiner Stirnlampe kümmerte ich mich um die Gesichtswunden von Jens, wusch sie aus, desinfizierte sie mit Alkohol und verpflasterte sie, so gut es eben ging. Dann sammelte ich alles ein, was wir an Mützen und Kappen dabei hatten, und suchte die heraus, unter der man die Schmisse auf seiner Stirn am besten verstecken konnte.

Anschließend quälte ich mich noch einmal bis zum Sattel hinauf und schaltete mein Handy ein: zwei Balken auf der Empfangsskala. Hier oben hatte ich auch schon einen freien Blick auf den See, und die wenigen Lichter von St. Bartholomä schimmerten durch den Abenddunst. Die Zivilisation war wieder in greifbarer Nähe.

Walter war sehr erleichtert, als er kapierte, wer da am Telefon war.

Ich machte es so kurz wie möglich: „Der Korken ist wieder in der Flasche, aber wir sind noch am Berg. Kannst du morgen gegen fünfzehn Uhr am Bahnhof in Berchtesgaden sein, mit tausend Euro in kleinen Scheinen in der Tasche?“

„Auf jeden Fall. Ist ein Mietwagen okay?“

„Ja, kein Problem“, sagte ich, und: „Danke, ich weiß das zu schätzen. Ignoriere mich, wenn du mich siehst, ich komm zu dir, sobald es geht.“

Die folgende Nacht war schlimm. Wir hatten keine Schlafsäcke, froren wie die Hunde und konnten an nichts anderes denken als an Wasser in allen seinen Zustandsformen. Zum Glück war es einigermaßen windstill hier im Gebüsch. Nachdem ich Ewigkeiten wach gelegen hatte, schlief ich dann doch irgendwann ein, hatte aber derartig wirre, verstörende Träume, dass ich ganz froh war, als ich in der Morgendämmerung wieder zu mir kam.

Ich weckte die anderen und zeigte ihnen, wie man mit den Lippen den Tau von den Latschenzweigen abstreifen konnte. Das half uns dann wieder etwas auf die Beine. Und nachdem jeder einen Müsliriegel runtergewürgt hatte, machten wir uns auf den Weg.

Vom Sattel unter der Hirschwiese gibt es zwei Routen runter zum Königssee. Die bekanntere ist ein recht breiter Weg, wie in den Hang gefräst sieht das von oben aus. Dieser Weg ist von allen Seiten voll einsehbar – damit schied er für uns aus. Der andere lief links unter den Hachelköpfen lang, war älter, schmaler, länger und durch seine Lage kaum einzusehen. Auf diesem gelangten wir nach einem weiteren, kräftezehrenden Abstieg über 1200 Meter nach unten zum Königssee.

Kurz vor dem Seeufer, das wir gegen Mittag erreichten, redete ich ihnen ins Gewissen, nicht zu viel auf einmal zu trinken und das kalte Wasser ein paar Sekunden im Mund zu behalten, bevor sie es runterschluckten. Sie waren immer noch sehr diszipliniert, hielten sich daran, keiner musste sich übergeben, keiner bekam Magenkrämpfe.

Dann wuschen wir uns und brachten unsere Kleidung in Ordnung, so gut das ging – trotzdem wirkten wir wie Flüchtlinge aus einem Bürgerkriegsgebiet. Wir teilten uns auf, Hermann marschierte mit Jens zuerst los, in Richtung der Anlegestelle in St. Bartholomä, ich folgte mit Maik zwanzig Minuten später. Wir sahen die beiden erst auf dem Schiff wieder.

***

Eine halbe Stunde später stiegen wir an der Seelände aus und tauchten im samstäglichen Touristentrubel unter. Die Sonne war herausgekommen, der Parkplatz war belegt bis auf den letzten Platz, aber der Bus war angenehm leer: drei, vier Rentnerpaare außer uns. Am Bahnhof schickte ich die drei zum Bäcker, sie sollten sich was zu essen für die Fahrt besorgen. Dann machte ich mich auf den Weg zu meinem Treffen mit Walter.

Der war überglücklich, mich zu sehen, und mir ging es ähnlich. Ich setzte ihn ins Bild, so gut das in fünf Minuten möglich war, aber die schockierenden Details ließ ich aus – dafür war später noch genug Zeit. Dann verabredeten wir uns eine Stunde später bei seinem Mietwagen auf dem Parkplatz vor dem Bahnhof.

Ich suchte meine drei Mitarbeiter und fand sie beim Kaffeetrinken in der Bäckerei. Ich hatte Fahrkarten nach München besorgt und jedem noch dreihundert Euro dazugelegt.

„In München müsst ihr sehen, wie ihr weiterkommt. Ich habe nur den einen Tipp für euch: Bleibt weg von euren Leuten, taucht unter, verhaltet euch ruhig, so lange es geht. Wenn Bogdanov einen von uns zu fassen bekommt ...“ Ich sah ihnen an, ich musste dieses Thema nicht weiter vertiefen. „Es tut mir leid, dass es so gelaufen ist, ich hatte es mir auch anders vorgestellt. Aber genau betrachtet sollten wir zufrieden sein, dass wir hier sitzen und noch Kaffee trinken können – einverstanden?“

Maik wollte etwas sagen, schüttelte dann aber nur stumm den Kopf. Sie waren recht still geworden, in den letzten 24 Stunden.

„Gut, dann trinkt aus, in fünf Minuten geht euer Zug.“

Mehr konnte ich nicht für sie tun – und genau genommen überstieg das schon meine Mittel.

Auf dem kurzen Weg zum Bahnsteig steckte ich Hermann einen Zettel mit der Nummer des Handys zu, das Walter für den Kontakt mit Zeller eingerichtet hatte. Erst als die automatischen Türen des Zuges sich schlossen, fiel mir ein, dass er immer noch das Gewehr im Rucksack hatte. Ich sah ihn durch die Scheibe an, hielt die rechte Hand mit gestrecktem Zeigefinger vor mich, krümmte ihn mehrfach. Zuckte fragend mit dem Kinn.

Er lächelte mich nur an – das erste Mal, dass er wieder lächelte, seit den Schüssen im Kar, seit Jürgen über die Kante gegangen war. Ein böses Lächeln ... Und das war das Letzte, was ich je von ihm sah.

KAPITEL 12

Am Ende

Walter saß am Steuer eines unauffälligen weißen Golfs. Ich ging neben dem offenen Fenster in die Hocke.

„Ich muss noch was erledigen“, sagte ich. „Dann würde ich gerne mit dir nach Hause fahren. Aber ich will dich nicht noch tiefer reinziehen in die Sache ...“

„Was hast du vor?“

„Ich muss nach Vesna und Eichstrich sehen. Der Söldner, den Bogdanov uns auf den Hals geschickt hat, hat behauptet, unser Basecamp sei aufgelöst worden. Also ist da wahrscheinlich keiner mehr. Aber ich muss mich davon überzeugen, sonst beschäftigt mich das wer weiß wie lange. Andererseits könnte das auch eine Riesendummheit sein – aber ich fürchte, da komm ich nicht drum rum.“

„Das verstehe ich schon“, sagte er. „Vorschlag: Ich setze dich in der Nähe von diesem Forsthaus ab, du tust dort, was du tun musst, und ich warte auf dich, bis du fertig bist.“

„Okay.“ Ich stieg ein. „Fahr los, bringen wir das hinter uns. Und dann geht’s nach Hause!“

***

Wir passierten die Einfahrt zur Jagdhütte. Etwa vierhundert Meter danach gab es einen Wanderparkplatz, auf dem einige Autos standen. Ich stieg aus, ging rund zweihundert Meter auf einem Wanderweg in den Wald hinein und schlug mich dann durchs Unterholz nach rechts durch. Viel schneller, als ich gedacht hatte, sah ich rote Ziegel durch die Bäume schimmern ...

Ich schlich näher, so leise ich konnte, kam von hinten an die Lichtung. Nichts regte sich. Ich wartete fast eine Viertelstunde, dann trat ich ins Freie, sprang über den Bach und ging einmal um das Haus herum: Die Fensterläden waren zu, die Türen abgeschlossen. Keine Fahrzeuge vor dem Haus, keine Spuren, mit denen ich etwas hätte anfangen können. Ich atmete tief durch – hier konnte ich nichts mehr ausrichten.

Dann raschelte es leise hinter mir.

In dem Sekundenbruchteil, den ich brauchte, um herumzuwirbeln, schoss es mir kalt den Rücken runter und durch den Kopf, was für ein Idiot ich doch war. Ich war schon in Sicherheit gewesen und hatte mich prompt wieder reingeritten. War mit leeren Händen hierhergekommen, ohne jede Not, und jetzt –

Aber da war nichts hinter mir, nur leere Luft. Dann sah ich im Gebüsch zwei Augen, dicht über dem Boden, hörte ein leises Fiepen ... Mit der üblichen Verspätung nahm der Herzschlag Anlauf, pumpte das Adrenalin in die Blutbahn – völlig unnötig: Es war der Hund, der auf dem Bauch aus dem Gebüsch gekrochen kam, winselnd, zitternd, zaghaft mit dem Schwanz schlagend. Als ich nur eine kleine Bewegung auf ihn zu machte, voll Erstaunen seinen Namen sagte, spritzte er auf und sprang jaulend und bellend an mir hoch und um mich herum. Sie hatten ihn zurückgelassen, weshalb auch immer. Er hatte eine blutige Pfote, aber sonst war er in Ordnung, wie es aussah.

Kopfschüttelnd zog ich meinen Gürtel aus der Hose, legte ihn Töle um den Hals und sagte: „Du kommst mal besser mit mir."

***

In Büchern und in Filmen kann man immer wieder Menschen bestaunen, die halbe Weltuntergänge überstehen und dann einfach dort weitermachen in ihrem Leben, wo sie unterbrochen wurden.

So einer bin ich leider nicht. Zu Hause fiel ich in ein tiefes Loch, brauchte mehrere Tage, bis ich zumindest nach außen hin wieder halbwegs ich selbst war – nein, das stimmt so nicht: bis ich so tun konnte, als ob ich es sei. Ich war kaum imstande etwas zu arbeiten, ging stundenlang in der Innenstadt spazieren, saß in Cafés, beobachtete meine Mitmenschen im Einkaufsrummel und versuchte, mich wieder an das zu gewöhnen, was wir Alltag nennen.

Man darf auf solchen Erlebnissen nicht sitzen bleiben, man muss sie verarbeiten, irgendwie, und der Weg, damit nach außen zu gehen, ist der einfachste, direkteste, da sind sich die Traumatologen einig. „Ein Mord will ans Licht", schreibt die profilierteste Vertreterin dieser Disziplin, Judith Lewis Herman. Sie hat recht.

Aber unser Problem war: Wir wurden unsere Geschichte nicht los. Weder öffentlich noch persönlich. Nichts war übriggeblieben, was man hätte verwerten können – noch nicht mal erzählen konnten wir irgendjemandem davon. Walter hatte es da etwas einfacher, aber ich löffelte bis zur Neige aus, was ich mir eingebrockt hatte. Insofern ist dieser spät erstattete Bericht über die Ereignisse die einzige Therapie, die ich mir verschaffen konnte.

Auch physisch ging es mir nicht besonders, ich hatte massive Schlafstörungen. Nicht weil ich etwa schlimme Träume gehabt hätte – das ist ein Klischee, glaube ich, zumindest was mich angeht. Es war vielmehr so, dass ich aufwachte, mitten in der Nacht oder zwischen zwei und drei am Morgen, und nicht wieder einschlafen konnte, weil die Erinnerungen Achterbahn fuhren in meinem Kopf. Nach einer Woche fühlte ich mich wie ausgekotzt, und ich sah auch so aus. Wenn man dann versucht, das zum Beispiel mit Alkohol zu bekämpfen, kommt man nur noch schneller auf den Hund. Es dauerte seine Zeit, bis ich damit fertig wurde ...

Vom Technischen her war es viel einfacher. Es kostete uns einen Vormittag am Rechner, um unsere Spuren gründlich zu verwischen. Die Threads und Beiträge in den Foren konnten nicht einfach gelöscht werden, aber wir konnten sie edieren, ausräumen, die schriftlichen Inhalte einschließlich der Bilder entfernen. Irgendein Moderator würde über kurz oder lang feststellen, dass diese Threads keinen Sinn mehr ergaben, und entsprechend reagieren: entweder alles löschen oder ins Archiv verschieben. Dann kündigte Walter seine Mitgliedschaften in den Foren, danach den E-Mail-Account, unter dem er sich dort angemeldet hatte. Das war's auch schon.

***

Bleibt mir noch, die Reste zusammenzufegen: Von Zeller habe ich nie wieder etwas gehört, ich hatte und habe auch keinerlei Bedürfnis danach. Dasselbe gilt für Vesna.

Monatelang gab ich, wenn ich mich an meine morgendliche Presseschau machte, als Erstes das Suchwort „Watzmann" ein. Und ich wusste, dass Walter dasselbe tat, mit einem subtileren Suchraster. Das Ergebnis war bei uns beiden gleich null – irgendjemand musste gründlich hinter uns aufgeräumt haben.

Bogdanov dagegen tauchte wieder auf: tot, auf dem Rücksitz eines ausgebrannten Pkws, in einer Kiesgrube am Stadtrand von Dortmund. Wie unser Informant aus Hamburg berichtete, fand man im Kofferraum zwei weitere, noch nicht identifizierte Leichen. Eine „Abrechnung im Milieu", mutmaßten die Schlagzeilen ...

Ein Kollege von der WAZ besorgte mir den Polizeibericht: Es war ein silbergrauer Jaguar XJ12 gewesen, alle drei Leichen hatten mit Draht gefesselte Hände und Kugeln im Kopf: Kaliber 5,56 mm x 45 – nur eine einzige Hülse wurde gefunden, die vor dem Auto in den Schlamm getreten worden war. Natürlich ist das eine recht weit verbreitete Munition – aber sie passt eben auch in das G36C von Heckler & Koch. Für mich war das vor allem neuer Stoff für meine nächtlichen Achterbahnfahrten.

Auch von Eichstrich habe ich nie wieder was gehört. Ich muss oft an ihn denken, jedes Mal, wenn ich seinem Hund begegne. Ich habe Töle nicht bei mir behalten, dazu bin ich einfach zu viel unterwegs. Er hat bei einer guten Freundin ganz in der Nähe eine Bleibe gefunden. Ich seh ihn öfter mal, vor ein paar Tagen erst, da hatte er so ein modernes Hundegeschirr um, das man mit allen möglichen Sprüchen versehen kaufen kann. Bei ihm stand „Steuerzahler" drauf – und das stimmt auch, er trägt stolz seine Marke, ist voll integriert, geimpft, entwurmt, angemeldet und eingetragen. Einer wenigstens, der – im positiven Sinn – bekommen hat, was er verdient. Er hat mich auch nicht vergessen: Immer wenn er mich sieht, zieht er sein lautstarkes Spezialtheater für mich ab.

Neben Zeller ist Hermann der Zweite, der sich bei mir hätte melden können, aber er hat nie Gebrauch davon gemacht. Ich hatte ihm ja für den Notfall die Nummer des Handys zugesteckt, das Walter für unsere Kommunikation mit Zeller eingerichtet hatte. Es hing noch lange in meinem Büro am Ladegerät, ohne je einen Mucks von sich zu geben. Nach einem Jahr – oder etwas mehr – habe ich es abgeschaltet und Walter zurückgegeben.

Der sitzt immer noch in seinem „Fuchsbau", wie ein ganz spezieller Kollege seine Baracke mal genannt hat, lässt seine Suchprogramme durch die Rechner laufen und verabredet sich alle paar Wochen mit mir, um die Ergebnisse zu besprechen. Anschließend ziehen wir dann ein bisschen durch die Altstadt ... und reden von vergangenen Zeiten.

Und ich selbst? Es dauerte, bis ich mich in meinem Kopf wieder eingerichtet hatte, wieder zu Hause fühlen konnte. Aber solche Geschichten hinterlassen ihre Spuren. Man verändert sich, man kann nicht genauso weitermachen wie vorher – auch wenn einem nach einiger Zeit bestimmte Dinge wie geträumt erscheinen. Das war eine interessante Entwicklung, mir kam es vor wie ein Therapieangebot des eigenen Verstandes: alles auf diese Ebene abgleiten zu lassen – das wäre vielleicht eine passable Möglichkeit, es loszuwerden ...

Aber: da liegen diese fünf Edelstahlkästen unter der Leiche des toten SS-Offiziers im Toteis.

Was sollten wir damit machen? Wie sollten wir mit unserem Wissen umgehen? Irgendwann würden wir mit irgendjemandem darüber reden müssen. Aber mit wem? Nach langen Diskussionen wurde uns klar, dass dieses Uran, ganz gleich, welche der staatlichen Stellen wir informieren würden, über kurz oder lang in den Händen irgendwelcher Militärs landen musste. Und die hatten noch immer auf den Knopf gedrückt, wenn es einen zu drücken gab – früher oder später. Noch ist uns keine gangbare Lösung eingefallen, und mit meinen jährlichen Kontrollgängen ins Toteis kaufe ich uns kleine Stückchen Zeit, um weiter nachdenken zu können.

Allzu lange dürfen wir nicht mehr warten, das ist uns klar. Das Zeug lag dort oben mehr als sechzig Jahre lang sicher verborgen im Eis, und dort liegt es noch – wie ein Bombenblindgänger unter einem Kindergarten.

Denn das Eis taut, und jedes Jahr wird das Toteis etwas kleiner.

ZUM SCHLUSS

Um es in aller Deutlichkeit zu sagen: Ja, es gibt dieses Ju-52-Wrack im Watzmannkar. Und nein: Da liegt kein Flugzeugrumpf im Eis, der durch einen Abfluss oder Gletscherbrunnen zugänglich wäre.

Was mir sehr wichtig ist: Auf Gletschern oder Toteisfeldern herumzulaufen ist gefährlich, dazu braucht es eine Ausbildung, Erfahrung und die entsprechende Ausrüstung. Dasselbe gilt erst recht für das Eisklettern oder das Abseilen in Brunnen oder Spalten. Ich habe mich nie in den Abfluss des Toteisfeldes abgeseilt – dazu wäre er in den meisten Sommern auch einfach zu klein gewesen. Meine Erfahrungen auf diesem Gebiet beziehen sich auf Klettertouren in Gletscherspalten. Und heute, sieben Jahre nach dem Zeitraum, in dem diese Erzählung spielt, existiert das Toteis fast nicht mehr: Es hat mindestens vier Fünftel seiner Eismasse verloren. In wenigen Jahren wird es ganz verschwunden sein.

Was die „Wiederroute" durch die Kleine Ostwand des Watzmanns angeht: Die bietet rein klettertechnisch gesehen erst mal wenig Schwierigkeiten. Aber jemand, der in der Kletterhalle eine Sechs ohne Probleme bewältigt, kann im Freien, im richtigen Fels schon bei einer Drei in große Schwierigkeiten kommen. Das Gesagte gilt natürlich für Alleingänge erst recht. Außerdem ist die Route lang – man muss fast sechshundert Meter Höhenunterschied überwinden – und es handelt sich um eine Ostwand, mit den bekannten Risiken, zum Beispiel, was das Wetter angeht: Man sieht es nicht kommen, und Wärmegewitter am Nachmittag gibt es dort oft im Sommer und Herbst.

Wenn man oben ist, auf 2713 Meter, dann hat man noch einen mindestens zweistündigen Abstieg vor sich, über einen schwierigen Grat und auf einem zum Teil sehr steilen Hang, wo man dem Wetter voll ausgesetzt ist. Auch ein Gewitter auf dem Grat oder auf der Hocheckschulter ist nichts, was man unbedingt erlebt haben muss.

Was bis zu dieser Besteigung der Kleinen Ostwand des Watzmanns geschildert wird, beruht auf wirklich Erlebtem.

Ich habe die Wrackteile dort oben im Kar so gefunden, wie ich es erzählt habe, und ich hatte keine Ahnung, um was für ein Flugzeug es sich dabei handeln könnte – bis zu meiner Entdeckung auf dem Aussichtsbalkon des Flughafens in Stuttgart. Erst ab der Sichtung des Rumpfes vom „Wiederband" aus bestimmt die Phantasie die Handlung. Tatsächlich gibt es eine große Trümmerstrecke, die sich vom Fuß der Kleinen Ostwand den steilen Hang hinunterzieht – aber der Rumpf ist nicht erhalten, er wurde in tausend Stücke zerfetzt, als die Maschine nach dem Aufprall in der Wand aufs Toteis krachte. Und das geschah im Oktober 1940, nicht im April 1945.

Nur für den Fall, dass sich jemand das ansehen möchte: Der Hang ist sehr steil, bis 45 Grad. Der Untergrund ist instabil, besteht aus grobem Schotter, durchsetzt mit zum Teil recht großen Brocken, bis hin zur Kühlschrankgröße und größer. Man muss immer damit rechen, dass man was in Bewegung setzt, wenn man dort herumklettert.

Ich habe mich auch im Land der Phantasie bemüht, die Datenlage klar und sauber zu halten. Alles, was man aus der Welt des Alpinismus, des Journalismus und der aussterbenden Kunst der Silber-Fotografie erfährt, stimmt mit der Realität überein und ist auch nachprüfbar. Das gilt auch für alles, was die SS, Heinrich Himmler und Hermann Göring betrifft.

Die im Buch erzählte Geschichte der atomwaffentechnischen Forschung im Dritten Reich entspricht dem, was bis heute bekannt geworden ist. Während man früher davon ausging, dass im Deutschen Reich niemals Uran 235 angereichert worden sei, liest man in den Quellen heute eher den Satz „nicht in nennenswerten Mengen". Aber es sprechen viele kleine Indizien dafür, dass dies nicht ganz der Wahrheit entsprechen könnte ...

Auch die Hans Heinrich Burger GmbH in München gab es, allerdings unter einem etwas anderen Namen. Als Nationalsozialisten der ersten Stunde betrieben die Brüder in München ein Fotostudio mit ausgezeichneten Kontakten in die damaligen Spitzen des Staates. Dieser Betrieb wurde 1937 in eine GmbH umgewandelt, in der die SS und damit Heinrich Himmler die Mehrheit hielt.

Nähere Informationen dazu, wie ein Flugzeug sich verhält, wenn es im Eis versinkt, und wie es nach einigen Jahrzehnten wieder ans Licht befördert werden kann, findet man unter dem Stichwort „Glacier-Girl" im Netz. Oder, noch besser und sogar auf Deutsch, in dem Buch von David Hayes: „Im Eis verschollen. Die Bergung der US-Luftwaffenstaffel ‚Tomcat Yellow' im Grönlandeis". Erschienen bei Ullstein 1994, gibt es das Buch heute nur noch antiquarisch oder in Bibliotheken. Eine absolut faszinierende Geschichte.

Die Recherche zur Frage, ob es damals Landeversuche im Kar gegeben hat, bei denen das Absetzen einer deutschen Gipfelmannschaft hinter dem Rücken der Engländer am Nanga Parbat geübt und vorbereitet werden sollte, habe ich tatsächlich geführt, konnte aber keine schlüssigen Belege dafür finden. Allerdings halte ich es nach wie vor für möglich, dass so etwas geplant war.

Georg Halder, im Herbst 2015

Rother Bergkrimi – bereits erschienen:

ISBN 978-3-7633-7041-2

Tobs Thanner, der eigentlich nichts anderes tun möchte als bergsteigen und klettern, entscheidet sich notgedrungen für einen Job, der ihm, so hofft er, genug Freiräume lässt: Als Privatermittler will er sich um so lapidare Angelegenheiten wie das Beschatten vermeintlicher Ehebrecher oder die Rückführung eines gestohlenen Autos kümmern.
Doch gleich sein erster Auftrag wird zur Katastrophe. Der Fall lässt Thanner in tiefe menschliche Abgründe blicken und teilhaben an einer Beziehungsgeschichte mit grauenvollem Ausgang.
Hart, psychologisch fein geknüpft und mit einem melancholischen Grundton erzählt Stefan König diesen Krimi. Immer am Rand des Abgrunds – und dann auch darüber hinaus …

Rother Bergkrimi – bereits erschienen:

ISBN 978-3-7633-7071-9

Seit Eddy vor zwanzig Jahren an der italienischen Grenze einen Wilderer zur Strecke gebracht hat, ist der Alpinpolizist aus dem Gailtal eine Legende. Als sich einige Fälle von grässlichen Tierverstümmelungen häufen und die Käserin der Sternberg-Alm kurz darauf auf ähnliche Weise umkommt, befällt Eddy eine dunkle Ahnung.
Eddy und sein Kletterfreund Fredo von der italienischen Alpinpolizei ermitteln in diesem Fall, der sich von Kärnten bis in die Dolomiten ausweitet – und Eddys Leben in den Grundfesten erschüttern wird.

Ein Gänsehaut-Kriminalroman für Bergsteiger und Bergliebhaber.